アクロイド殺害事件

アガサ・クリスティ

フェラーズ夫人が，睡眠剤を多量に服用して死んでいるのが発見された。自殺か他殺か不明のままに。つづいて村の名士アクロイド氏が，短剣で刺殺されるという事件がもちあがった。職業柄，慎重を信条とするシェパード医師は，事件とその捜査状況を正確に記録しようと手記を書きはじめたが……。事件の真相は思いもよらぬものだった。ミステリの女王アガサ・クリスティを代表する傑作で，独創的な大トリックにより，世界の推理小説中，五指に入る古典的名編。そのトリックが，つねに論争の的になる問題作！

登場人物

ロジャー・アクロイド……………………地主。ファーンリー荘の主人
ラルフ・ペイトン……………………ロジャーの亡妻の連れ子
セシル・アクロイド夫人……………………ロジャーの弟の妻。未亡人
フロラ・アクロイド……………………セシル・アクロイド夫人の娘
ジョン・パーカー……………………アクロイド家の執事
ジェフリー・レイモンド……………………ロジャー・アクロイドの秘書
エリザベス・ラッセル……………………アクロイド家の家政婦
アーシュラ・ボーン……………………アクロイド家の小間使
フェラーズ夫人……………………キングズ・パドック荘の未亡人
ヘクター・ブラント少佐……………………ロジャーの旧友。狩猟家
ジェイムズ・シェパード……………………医師
カロライン……………………ジェイムズの姉
エルキュール・ポワロ……………………ベルギー人の探偵

アクロイド殺害事件

アガサ・クリスティ
大久保康雄訳

創元推理文庫

THE MURDER OF ROGER ACKROYD

by

Agatha Christie

1926

目次

アクロイド殺害事件

本格的な推理小説を愛し、殺人、捜査、疑惑などの一つ一つに真剣に挑戦するパンキイに、この一編を捧げる。

作者の言葉

『アクロイド殺害事件』は、私の本のなかでは一番よく知られている作品だろう。これは初期の作品で、たしか五番目か六番目に書いたものである。この作品が成功した理由は、中心となっているアイディアのせいだと私は思う。このアイディアは、一度しか使えない独創的なもので（あとからこれを模倣した作品が多く出たが）、おそらくたいていの読者を完全に驚かせるだろう。作家の側からいうと、このアイディアは、挑戦を試みるに値するだけの技術的な興味がある。読者のなかには、読み終わって腹を立て、「インチキだ」と叫ぶ人もいたが、そういう人に対しては、言葉の使い方のはしばしにいたるまで、どんなに綿密な注意がはらわれているかを示して、非難に対抗することを、私はよろこびとしてきた。私はこの作品を楽しみながら書いたし、登場人物のなかの一人には、われながら多くの興味を感じている。それは医師の姉のカロラインだ。ところが、この作品が「アリバイ」という題で芝居に脚色されたとき、穿鑿好きな、気の強い、中年のわがカロラインは、一朝にして消えうせ、魅力に富んだ、美貌の、しかしながらまるっきり個性をもたぬ若い娘さんに変えられてしまった。作者として、これほどつらいことはなかったといっていい。

——アガサ・クリスティ

1　シェパード医師の朝食

フェラーズ夫人が死んだのは、九月十六日から十七日にかけての夜——木曜日であった。私が呼ばれて行ったのは、十七日の金曜日の朝八時だった。もはや手のくだしようがなかった。死後すでに数時間たっていたのだ。

私が自宅に帰ったのは、九時すこしすぎだった。鍵で表のドアをあけると、帽子や合オーバーをかけたりして、しばらくのあいだ、玄関で、わざとぐずぐずしていた。初秋の朝は寒かったので、オーバーを着て行ってよかったと思った。じつを言うと、私は、はなはだしく気が転倒し、困惑していたのだ。私がそのときすでに、その後数週間の出来事を予見していたなどと言うつもりはない。断じてそんなことはなかった。ただ本能的に何かが起こることを感じていただけだ。

左手の食堂から、茶碗の音や姉のカロラインの短い乾いた咳が聞こえてきた。

「ジェイムズかい」と姉は声をかけた。
むだなことをきくものだ。私以外の人間であるはずはないからだ。じつを言えば、私がしばらくぐずぐずしていた理由は、まさにこの姉のカロラインなのだ。キップリング氏の語るところによれば、マングース族のモットーは、「行け、そして嗅ぎ出せ」というのだそうである。もしカロラインが紋章を選ぶようなことがあったら、私は、マングースが後脚で立った図柄をすいせんしたい。ただし姉の場合は、この標語の前半分は省いてもいい。姉は家にじっと坐っていながら、嗅ぎ出したいものは、ちゃんと嗅ぎ出してしまうからだ。どうしてそんなことができるのかわからないが、ともかく嗅ぎ出してしまうのだ。召使や出入りの商人たちが、姉の情報局を構成しているのではないかと思う。姉が外出するのは、情報を集めるためではなくて、情報を流すためだ。情報を流すことにかけても、姉は、すばらしい手腕家なのだ。

私が玄関でぐずぐずしていたというのも、じつは、姉のこのような性癖が原因だった。フェラーズ夫人の死に関して、どんなことであれ、私がなにか姉に話したら、それは一時間半とたたないうちに、村じゅうに知れわたるにちがいない。職業柄、私は、いつも慎重ということを信条としている。だから、あらゆる情報を、いつもできるだけ姉から遠ざけるような習慣を身につけてしまった。そうしたところで、たいてい姉は嗅ぎ出してしまうのだが、私としては、情報を洩らした責任を回避したことで、道徳的満足を感じることができるわけだ。

フェラーズ夫人の夫も、一年あまりまえに死んでいたが、カロラインは、それ以来ずっと、なんの根拠もないのに、夫人が夫を毒殺したのだと言い張っていた。

フェラーズ氏は、常習的な飲酒過多の結果、急性胃炎で死んだという私の不変の答えに、姉は耳をかそうともしなかった。胃炎と砒素《ひそ》中毒とは症状が似ていることは私も認めるが、カロラインが毒殺説を主張する根拠は、それとはまったくちがっていた。

「夫人の顔つきを見れば十分ですよ」と姉は言うのだ。

フェラーズ夫人は、もう若いとはいえなかったが、たいへん美しい婦人で、着ているものも、地味ではあるが、非常によく似合っていた。それにしても、パリから衣裳をとりよせる婦人はたくさんいるし、それだからといってその女たちが夫を毒殺するとはかぎらないわけだ。

こんなことを考えながら、私が玄関でぐずぐずしていると、ふたたびカロラインの声が聞こえた。今度は、いっそうきびしい口調だった。

「そんなところで、いつまでもなにをしているの、ジェイムズ？　なぜ早くきて、朝食を食べないの？」

「すぐ行きますよ、姉さん」私はあわてて答えた。「オーバーをかけていたんです」

「それくらい時間をかけたら、オーバーなんか半ダースはかけられるわ」

まったくそのとおりだった。それくらいの時間はぐずぐずしていたのだ。

私は食堂へはいり、習慣どおり姉の頬に軽く接吻し、卵とベーコンの皿の前に腰をおろした。

ベーコンはもう冷たくなっていた。

「ずいぶん早く出かけたんだね」カロラインが言った。

「うん、キングズ・パドック荘へね。フェラーズ夫人のところです」

「知っていますよ」

「どうして知っているんです？」

「アニイから聞いたわ」

アニイというのは小間使だ。いい娘だが、たいへんおしゃべりだった。

ちょっと沈黙がつづいた。私は卵とベーコンを食べていた。姉は、細くて長い鼻のさきを、かすかにふるわせていた。これは、なにかに興味をもった場合とか、ひどく興奮したときの癖なのだ。

「それで？」姉は話のつづきをさいそくした。

「ひどいもんですよ。どうにも手のほどこしようがないんです。睡眠中に死んだんですね」

「知っていますよ」

今度は私も腹にすえかねた。

「知っているはずはないですよ」ぴしゃりと私は言った。「ぼくだって向うへつくまで知らなかったし、まだ誰にも話していませんからね。アニイが知っているとしたら、まさしく千里眼ですよ」

「わたしに話してくれたのはアニイじゃないわ。牛乳配達さんよ。牛乳配達はフェラーズ家の料理人から聞いてきたんですって」

前にも言ったように、カロラインは情報を集めに出かける必要はなかった。家に坐っていさえすれば、情報のほうから舞いこんでくるのだ。

姉は言葉をつづけた。

「あのひとは、なんで死んだの？　心臓麻痺？」

「牛乳配達は、そのことは話さなかったんですか？」私は皮肉を言った。

しかし皮肉なんかカロラインには通じなかった。私の皮肉をまともに受けて姉は答えた。

「牛乳配達は知らなかったわ」

いずれにせよカロラインは、おそかれはやかれ、このことを聞き出すにちがいなかった。私の口から知らせても、けっきょくは同じことなのだ。

「ヴェロナールの飲みすぎです。近ごろ不眠症でヴェロナールを用いていたから、おそらく分量をまちがえたんでしょう」

「ばかばかしい」カロラインは即座に否定した。「わざと飲みすぎたんですよ。きまってます」

奇妙なことだが、人間というものは、心ひそかに信じている事実があって、しかもそれを認めたくない場合、誰かほかのものからそのことを言われると、ついいきり立って、それを否定したくなるものだ。私はすぐさま、むきになって反駁《はんばく》しはじめた。

「姉さんは、例によって、理由もないのに、無茶なことを言うんですね。フェラーズ夫人が自殺したがる理由が、いったいどこにあるんです？　まだ若くて、財産もあるし、健康にもめぐまれていて、人生を楽しむ以外に何もすることのない未亡人ですよ。自殺なんて、ばかばかしい」

「ちっともばかばかしいことはありませんよ。あなただって、近ごろあの人のようすが変わっていたことは、気がついていたと思うわ。あんなふうに変わったのは、ここ六か月ばかりのあいだですよ。目に見えてやつれてきたわ。それに、不眠症だということは、あなただって、たったいま認めたじゃありませんか」

「それで、姉さんの診断はどうなんですか？」私は冷ややかにたずねた。「不幸な恋愛事件といったようなものですか？」

カロラインは頭《かぶり》を振った。

「後悔ですよ」姉は強い口調で言ってのけた。

「後悔？」

「そうですよ。あのひとは夫を毒殺したのだとわたしが言ったときも、あなたは信じようとしなかったわね。いまとなれば、わたしの確信は、いっそう強くなったわ」

「姉さんの考えは、あまり論理的ではないようだ」私は反駁した。「殺人というような大それた罪を犯す女なら、後悔なんて気の弱いセンチメンタルな気持にならずに、自分の犯罪の結果を楽しむくらいの冷血さをもってるはずです」

カロラインはまた頭を振った。

「そういう女もいるでしょう——でもフェラーズ夫人は、そういう種類の女ではないわ。夫人は神経のかたまりみたいなひとよ。一時的な衝動に負けて夫を殺す気になったけれど、それは夫人が、どんな苦しみでも、がまんすることができないひとだからです。そして、アシュレ・フェラーズのような男の妻なら、きっといろいろと苦しいことがあったにちがいないと思うわ」

私はうなずいた。

「それで、それ以来あのひとは、自分の犯した罪を後悔し、なやんでいたんです。わたしだって同情したい気持になるわ」

カロラインが、フェラーズ夫人が生きていたあいだに一度でも同情する気持になったとは、私には考えられない。もはや夫人がパリ仕立ての衣裳を身につけることもできない場所へ行ってしまったので、理解とか同情とか、やさしい気持を抱くようになったのだ。

私は、姉の考えはすべて根拠がないことを、はっきり言ってやった。姉の言いぶんの、すくなくともある部分については、私も心ひそかに同感していたので、かえって必要以上にきっぱりと言ってやったのだ。しかし姉が、思いつきの憶測だけで真相にたどりついたとしたら、誰もが、はなはだおもしろくないことになる。姉が自分の意見を村じゅうにふれまわったら、誰もが、弟の私から仕入れた医学的根拠によって組み立てた意見だと思うだろう。人生とはつらいものだ。

「ばかばかしい」私の手きびしい反駁に対して、姉は言いかえした。「そのうちにわかるわ。夫人はきっとなにもかも告白した遺書を残したにちがいないからね」

「遺書のようなものは、なに一つ残しちゃいませんよ」こんなことを言うと、どんなことになるか考えもしないで、私は鋭く言った。

「まあ、それじゃあなたはそのことも調べたのね。ねえ、ジェイムズ、やっぱりあなたも心の奥では、わたしと同じことを考えていたんだわ。あなたって、ほんとに隅におけないわね」

「いつでも自殺の可能性を考慮するのが常識ですからね」私は姉の言葉を押えつけるように言った。

「検屍審問《インクエスト》はあるかしら？」

「あるかもしれません。ぼくの出方ひとつです。もしぼくが、過って過量の睡眠剤を服用したのだとはっきりと証言すれば、審問なんか開かなくてすむでしょう」

「それで、あなたにはその確信があるの？」姉は抜け目なくたずねた。

私は、それには答えずに、食卓をはなれた。

2 キングズ・アボット村の人々

私と姉のカロラインとのあいだにかわされた話の内容を書きすすめるまえに、この地方の地理について若干知っておいていただいたほうがいいと思う。私たちの村、キングズ・アボットは、他の村とくらべて格別変わったところのない、ありふれた村だ。一番近い大きな町といえば、九マイルはなれたクランチェスターである。村には大きな停車場と、小さな郵便局と、それに、たがいに競争している二軒の雑貨屋がある。屈強な男たちは若いうちに村を出てしまう傾向があるが、そのかわり未婚の女や退役軍人がたくさん残っている。村人の道楽あるいは気晴らしを、一言でいえば、「ゴシップ」ということになる。

キングズ・アボットで大きな屋敷といえば二つしかない。一つはフェラーズ氏の死後その夫人にのこされたキングズ・パドックである。いま一つはロジャー・アクロイドの所有するファーンリー・パークである。アクロイド氏は、いかなる現実の田舎地主よりも田舎地主らしいという点で、つねに私の興味をひく人物である。村の緑地を背景として、古風な喜歌劇の第一幕目の最初に登場する赤ら顔の狩猟家を思い出させる。舞台の上で、そういう連中はよくロンドンにあこがれる歌をうたったものだが、近頃ではレビューが流行して、こんな田舎地主は喜歌劇の舞台から姿を消してしまった。

むろんアクロイド氏は、実際は田舎地主ではない。荷車の車輪製造で大儲けをした製造業者だそうだ。赤ら顔で、物腰のやわらかな、五十年配の男である。村の牧師と親密で、教区の基金に多額の寄付をし（ただし、噂によると、私生活の面では、おそろしくけちだということだ）、クリケット競技、青年クラブ、廃兵救済会などの後援にも協力している。事実、彼は平和なキングズ・アボット村の中心人物だったのだ。

ところで、このロジャー・アクロイドは、二十一歳の青年時代に、五つか六つ年上の美しい婦人と恋におち、結婚した。婦人の名はペイトンといって、男の子を一人かかえた未亡人であった。この結婚の歴史は短くて、苦しみにみちたものだった。あからさまに言えば、アクロイド夫人は酒乱だったのだ。そして結婚後四年で、酒のために生命をおとした。

その後、アクロイドは、再婚する気配も見せなかった。妻の連れ子は、母親が死んだとき七歳だった。その子が、いまは二十五歳になっていた。アクロイドは、はじめからこの子を自分の本当の子供のように思い、可愛がって育ててきたが、この青年がなかなかの道楽者で、継父にとっては、つねに苦労の種だった。にもかかわらず、キングズ・アボットの人たちは、みんなこのラルフ・ペイトンに好意をもっていた。一つには彼が非常に美貌の青年だったからだ。

前にも言ったように、この村の人たちは何よりもゴシップ好きだった。アクロイドとフェラーズ夫人が親しくしていることは、誰もがはじめから気がついていたが、フェラーズ氏が死んでから、二人の親密さは、いっそう目立ってきた。よく二人がいっしょにいるところを見かけて、人々は、喪があけたらフェラーズ夫人はロジャー・アクロイド夫人になるのだろうと遠慮なく噂していた。たしかにそれは似合いの組合せだと思われた。ロジャー・アクロイドの妻は、あきらかに酒のために死んだのだし、アシュレ・フェラーズは、長年、死ぬまで大酒飲みだった。過度の酒のみの犠牲者であるこの二人が、以前の配偶者からうけた苦痛を、たがいに埋合せするのは、しごく当然のことと思われたのだ。

フェラーズ一家が、この村に移り住んだのは、ほんの一年ほどまえのことだが、アクロイドのほうは、過去の長い年月、ゴシップの後光にとりまかれていた。ラルフ・ペイトンが成人するまでのあいだ、何人かの家政婦がアクロイド家をきりもりしてきたが、家政婦がかわるたびに、カロラインやその友人たちから、強い疑いの目で見られた。すくなくとも十五年のあいだ、村じゅうの人たちは、アクロイドは家政婦の一人と結婚するだろうと確信をもって期待していたといっても過言ではない。最後の一人、ミス・ラッセルという手ごわい女が、五年間、つまり前任者の二倍の期間、絶対的な権力をふるっていた。もしフェラーズ夫人が登場しなかったら、アクロイドは、おそらくこの女からのがれることはできなかったかもしれない。それと――もう一つ原因があった。それは――未亡人になったアクロイドの義妹が、娘をつれて、とつぜんカナダからやってきたことだ。セシル・アクロイド夫人、アクロイドのろくでなしの弟セシルの未亡人がファーンリー荘に住むことになったので、カロラインの説によれば、ミス・ラッセルは本来の地位に引きもどされたというわけだ。

「本来の地位」がどういうものなのか、私にはよくわからない――それにこの言葉はなにやら冷ややかな不快なひびきがある――ともかくミス・ラッセルは、唇をひきつらせ、「すっぱい微笑」としか形容できないような微笑をうかべて、「お気の毒なセシル・アクロイド夫人――義兄のお慈悲にすがるなんて、おなさけのパンは苦いといいます。わたしにしても、もし自分の働きで暮らしているのでなかったら、とてもみじめな気持になると思いますわ」とセシル氏の未亡人に対して最大限の同情を示したことを私は知っている。

フェラーズ夫人のことが噂にのぼったとき、セシル・アクロイド夫人がそのことをどう考えたか、私は知らない。アクロイドが再婚しないでいるほうが、夫人にとって有利なことはあきらかだった。いつも彼女は、フェラーズ夫人に会うと、――感激的とはいえないまでも――とても愛想がよかった。もっとも、そんなことから彼女の本心が読みとれるものではない、とカロラインは言っているが。

　ここ数年間におけるキングズ・アボットの重大問題といえば、こんなものだった。アクロイドと彼の結婚問題を、村の人たちは、あらゆる角度から論じあった。そこで焦点になるのは、いつもフェラーズ夫人だった。

　ところが、いまや万華鏡の絵は一変した。結婚式の贈物について、のんびりと相談しあっていた村人たちは、急転直下、悲劇のまっただなかに投げこまれたのだ。

　そんなことや、そのほかいろんなことを思いめぐらしながら、私は機械的に往診に出かけた。とくに興味をひかれるような患者もいなかったが、かりにいたとしても同じことだったろう。なぜなら、私の心は、何度となくフェラーズ夫人の死の謎へともどっていたからだ。はたして自殺だろうか。もし自殺だとすれば、夫人は、なぜ自殺したかについて遺書を残しそうなものだ。私の経験では、自殺の決心をした女は、たいていその決定的な行為にいたるまでの心境を書き残したがるものだ。彼女らはいつも脚光を浴びたがるのだ。

　最後に夫人と会ったのは、いつだったたろう。まだ一週間とはたっていなかった。そのときの夫人のようすは、すべてを――そうだ、すべてを考えあわせてみても、なにも変わったところはなかった。

　それから、とつぜん私は、言葉こそかわさなかったが、つい昨日、夫人の姿を見かけたことを思い出した。夫人はラルフ・ペイトンといっしょに歩いていた。私は、びっくりした。というのは、ラルフがキングズ・アボットにいるとは思ってもいなかったからだ。ラルフは継父と喧嘩して家をとび出したものとばかり思っていたのだ。もう六か月近くも、村でラルフの姿を見かけなかった。二人はならんで歩きながら、顔をよせて、夫人のほうからなにか熱心に話しかけていた。

前途に対する不吉な予感が、はじめて私の心をかすめたのは、このときだった、と言ってもいいように思う。まだなにもはっきりしたかたちをとっていたわけではなかった——しかし、事の成行きについて、ある漠然とした前兆めいたものを感じたのだ。ともかく、昨日のラルフ・ペイトンとフェラーズ夫人の熱心なないしょ話を思いうかべると、私は妙な気持になった。

そんなことを考えていると、ロジャー・アクロイドと、ぱったり出会った。

「シェパード！」と彼は叫んだ。「ちょうど、きみに会いたいと思っていたところだ。どうもえらいことが起こったよ」

「じゃ、もうお聞きになったんですね？」

彼はうなずいた。彼が手ひどい打撃をうけていることがわかった。大きな赤い頬の肉が、げっそり落ちくぼんだように見え、いつもの快活な健康なようすは、まったく見られなかった。

「きみの想像以上に面倒なことになったんだ」彼は静かに言った。「ねえ、シェパード、きみに、ぜひ話したいことがあるのだが、これからすぐ私の家へきてもらえないだろうか」

「それはちょっと困るな。まだあと三軒ほど往診しなければならないし、十二時までには家へもどって外来の患者を診《み》なければならないからね」

「それじゃ、午後——いや、それより今晩いっしょに食事をしよう。七時半ではどうかね？　つごうはつかないかね？」

「そうですね——それならなんとかなります。それにしても、なにか起こったんですか？　ラルフのことですか？」

なぜこんなことを言ったのか、自分でもよくわからない——たぶんラルフがこれまでしばしば事件を起こしたからだろう。

アクロイドは、わけがわからぬといったように、ぽかんと私の顔をみつめた。私にもようやく、なにかほんとに悪いことが、どこかで起こったにちがいない、とわかりかけてきた。アクロイドが、こんなにとりみだしたのを、これまで見たことがなかった。

「ラルフだって？」彼はぼんやりとつぶやいた。「いや、ラルフのことじゃない。ラルフはロンドンにいる——ちぇっ、ガネット婆さんがくる。こんないまいましい事件のことをしゃべらされるのは、まっぴらだ。じゃ、今晩会おう、シェパード、七時半にね」

私はうなずいた。彼は、さっさと歩み去った。その場に残った私は、五里霧中だった。

ラルフはロンドンにいる？　だが、昨日の午後、たしかに彼はキングズ・アボットにいたではないか。すると、昨夜か今朝早く、ロンドンへもどったのだろうが、それにしてはアクロイドの口ぶりから受けた印象は、まるでそぐわなかった。ラルフが何か月もこの村によりつかないような口ぶりだった。

私は、これ以上この謎を追究するひまがなかった。情報に飢えたガネット婆さんにつかまってしまったからだ。ガネット婆さんも、姉のカロラインのもっている性質を、そっくりそなえていた。ただ、この婆さんには、カロラインの作戦行動に偉大さをあたえる例の一足とびに結論を引き出す狙いのたしかさはなかった。ガネット婆さんは、情報を聞き出したくて呼吸をはずませていた。

フェラーズ夫人は、ほんとにお気の毒だ、夫人が、長いあいだ麻薬常用者だったと世間では言っているが、そんな噂をまきちらすなんて、まったくひどい。だが、困ったことに、このような途方もない噂のなかにも、ちょっぴり真実がふくまれているものだ。火のないところには煙は立たないという諺《ことわざ》もある。アクロイドさんは、そのことを知って婚約を破棄したのだ、と世間では言っている――いいえ、婚約していたことはたしかだ。自分は、たしかな証拠を握っている。むろん先生は、そのことについては詳しく知っているはずだ――お医者さんというものは、いつも知ってはいるが――ただ口外しないだけなのだ。

こんなことをべらべらまくし立てながら、婆さんは、ビーズのような目をじっと私に注いで、私がどういう反応を示すかを見まもっていた。さいわい私は姉のカロラインと長いあいだ一緒に生活しているので、平静な顔で、あたらずさわらずの返事をする術を心得ていた。

この場合、私はガネット婆さんに、意地のわるい世間のゴシップの仲間入りをしないのは、見あげたものだ、と言ってやった。自分でも、みごとな反撃だと思った。婆さんは、どぎまぎしていた。婆さんが態勢を立てなおすまえに、私はさっと引きあげた。

私は、いろいろと考えながら家へ帰った。診療室には、患者が数人待っていた。

患者を全部片づけてしまったので、昼食の前に、しばらく庭へ出て考えをまとめようと思ったとき、もう一人、患者が待っているのを発見した。その女は立ちあがって、ちょっと驚いて立ちどまった私のほうへ歩みよってきた。

ミス・ラッセルには、肉体的病患を超越した、なにか鋼鉄を思わせるものがあるだけで、ほかになにも特別なものはないのに、そのとき私が、どうしてそんなにびっくりしたのか、自分でもわからなかった。

このアクロイド家の家政婦は、背が高くて美しいが、なにか近づきがたい感じがした。目はきびしく、唇を固く結び、もし私がこんな家政婦の下ではたらく小間使か台所女中だったら、足音を聞くたびに逃げ出すだろう。

「おはようございます、シェパード先生」ミス・ラッセルは言った。「膝を診ていただきたいのでございますが」

ひととおり診察したが、実を言えば、診察してみても、すこしも異状はないようだった。なんとなく痛むというミス・ラッセルの説明は、どうにも腑に落ちなかったから、もし相手がもっと誠実さに欠けた女性だったら、私は仮病ではないかと疑ったかもしれない。事実、一瞬ではあるが、フェラーズ夫人の死因についてなにかを聞き出そうとして、わざと膝の病気をつくり出したのではないか、という考えが心をかすめた。しかしすぐに、すくなくともその点では私の判断が誤っていたことがわかった。ミス・ラッセルは、この事件については、ちょっとふれただけで、それ以上なにも言わなかった。それにしても、なにか話したいことがあってぐずぐずしているらしいことはたしかだった。

「先生、お薬をどうもありがとうございます」とうとう彼女は言った。「でも、こういうものがすこしでも効くと思っているわけではございませんわ」

私にしても、効くとは思っていなかったが、職業柄、一応反駁《はんばく》した。けっきょくのところ、べつに害にはならないのだし、商売道具とあれば、弁護しないわけにはいかないのだ。

「わたくし、こういう薬品は、みんな信用しませんわ」ミス・ラッセルは、薬品棚を軽蔑するように見わたしながら言った。「薬というものは、いろいろと害があるものですわ。コカイン中毒がいい例ですわ」

「それは程度問題ですよ」

「コカイン中毒は、上流社会にとても多いんだそうですね」

ミス・ラッセルは、上流社会のことについては、私なんかよりはるかによく知っているにちがいない。だから私は、これ以上彼女と議論するつもりはなかった。

「先生、ちょっと教えていただきたいのですが」とミス・ラッセルは言った。「ほんとに麻薬中毒にかかったら、治療法はないんでしょうか？」

こういう質問には、いいかげんな返事をするわけにはいかなかった。私は、その問題について、簡単に説明した。彼女は注意深く耳をかたむけていた。彼女はやはりフェラーズ夫人に関する情報を聞き出そうとしているのではないか、と私は疑った。

「たとえばヴェロナールですが——」と私は言いかけた。

ところが奇妙なことに彼女はヴェロナールに興味を示さなかった。そして、自分のほうから話題を変えて、「専門家にも検出できないような毒物があるそうですが、ほんとうでしょうか？」とたずねた。

「ほほう」と私は言った。「あなたは推理小説の愛読者ですね」

彼女はそれを認めた。

「推理小説にとって肝腎なことは」と私は言った。「めずらしい毒物を手に入れることです——できれば南アメリカあたりから、誰もまだ聞いたことのないようなもの——文明からとり残されたどこかの蛮族が矢じりに塗りつけるような毒物をね。その毒にふれると、死が瞬間にやってくる、しかし西洋の科学は無力で、それを検出できない――あなたがおっしゃるのは、そういう毒物のことでしょう？」

「そうですわ。そういうものが本当にあるんでしょうか？」

私は頭《かぶり》を振った。

「残念ながらありませんね。もっとも、クラーレというのがありますが、これは――」

私はクラーレについて、くわしく説明したが、彼女は今度もまた興味をうしなったようだった。彼女は、私の薬品棚にも、そういう毒物があるかたずね、私がないと答えると、もう私に対して興味をうしなったように思われた。

ミス・ラッセルは、もう帰らなければならない、と言った。診療室の戸口まで送って行ったとき、ちょうど昼食の鐘が鳴った。

ミス・ラッセルが推理小説の愛読者だったとは、これまで思ってもいなかった。ミス・ラッセルが家政婦の部屋から出て、怠けている女中どもを叱りつけたあと、ふたたび部屋へもどって、『七番目の死の謎』といったような推理小説を楽しそうに読みはじめる場面を想像して、私はひどく愉快な気分になった。

3　かぼちゃをつくる男

昼食のとき、私はカロラインに、今夜はファーンリー荘で食事をすることになったと話した。姉は文句を言うどころか、逆に大賛成だった。

「すばらしいわ。あの事件のことが、すっかり聞けるわ。それはそうと、ラルフはどんな厄介事をひき起こしたの？」

「ラルフだって？」私はおどろいて言った。「なにもひき起こしませんよ」

「じゃ、なぜラルフはファーンリー荘にいないで、スリー・ボアーズ館なんかに泊まってるの？」

私は、ラルフ・ペイトンがスリー・ボアーズ館という田舎宿に泊まっているというカロラインの言葉を、すこしも疑おうとしなかった。カロラインがそうだと言えば、それだけで私には十分だった。

「ラルフはロンドンにいると、アクロイドは言っていましたがね」と私は言った。不意をうたれたので、私は絶対に情報を洩らさないというたいせつな鉄則を忘れてしまったのだ。

「まあ！」とカロラインは言った。興奮のために鼻をうごめかしたのを、私ははっきりと見た。彼女は言った。「ラルフは、きのうの朝スリー・ボアーズ館にあらわれたのよ。いまもまだ滞在しているわ。ゆうべは若い女といっしょに外出したらしいけど」

これを聞いても、私はすこしもおどろかなかった。ラルフは、遊びに出ない晩のほうがめずらしいのだ。しかし、はなやかなロンドンから、どうしてキングズ・アボットのようなところへ楽しみを求めにきたのか、すこしばかり私には不思議だった。

「相手は女給かなんかですか?」

「いいえ、問題はそれなのよ。ラルフは、わざわざその女に会いに出かけたんだけれど、その相手がどんな女なのかわからないの」(カロラインにとって、こんなことを認めなければならないのは、とてもくやしいことなのだ)「でも想像はつくわ」わが不屈の姉は、言葉をつづけた。

私は、がまん強く待った。

「相手は従姉だわ」

「フロラ・アクロイド?」私はおどろいてききかえした。

もちろん、フロラ・アクロイドは、ラルフ・ペイトンとは、なんの血縁関係もないが、ラルフはこれまで長いあいだアクロイドの実子同様にあつかわれてきたのだから、当然二人は、いとこ同士ということになるわけだ。

「そう、あのフロラよ」

「でも、フロラに会いたいんなら、なぜファーンリー荘へ行かないんだろう？」

「秘密に婚約しているからだわ」カロラインは満悦この上もない顔つきで言った。「アクロイドさんが許してくれないから、二人はこんなふうにして会うより仕方がないのよ」

　このカロラインの説は欠陥だらけだと私は思ったが、それを指摘するのはさしひかえた。そんなこととは知らずに姉が新しく隣の家に引越してきた人物のことを話しだしたので、話題はそのほうに移った。

　隣のからまつ荘という家に、最近、一人の男が引越してきた。その男が外国人だという以外に、なにひとつ嗅ぎ出せないのが、カロラインにとって大きな悩みの種だった。彼女の情報局の連中も、今度はまるで無力だった。その男だって、世間の人と同じようにミルクも野菜も肉も、それからたまには魚も食べるだろうが、それらの食品を供給することを商売にしている連中も誰ひとり情報を仕入れることができなかった。名前はポロット氏ということになっていたが――どうも本名ではないようだ。一つだけわかったのは、その男がかぼちゃづくりに興味をもっていることだ。

　だが、カロラインが求めているのは、もちろんそんな種類の情報ではなかった。カロラインが知りたいのは、彼がどこの人間で、どういう職業か、結婚しているのかどうか、夫人はどんな女だったか、あるいはいまも生きているならどんな女なのか、子供はあるのかないのか、母親の実家の姓はなんというのか――というようなことだった。旅券の記載事項を考え出したのは、きっとカロラインのような人間にちがいない。

「姉さん」私は言った。「あの男の以前の職業だけは、はっきりしていますよ。理髪師だったんです。あの口髭をごらんなさい」

カロラインは同意しなかった。理髪師なら、髪にウエーブがかかっていて、あんなにすなおにのびているはずはない、理髪師というものは、みんなウエーブをかけるものだ、というのだ。

私は髪にウエーブをかけていない理髪師を何人か個人的に知っているので、それを例にあげて説明したが、姉は、納得しなかった。

「あたしには、あの男のことが、まるで見当がつかないんですよ」姉は不満そうに言った。「このあいだも、園芸の道具を借りに行ったんだけど、とても礼儀正しいのよ。でも、なに一つ手がかりはつかめなかったわ。しまいに、あなたはフランス人かって、ぶしつけにきいてみたら、ちがうっていうの――どうしてか、それ以上なんにもきく勇気がなくなってしまったわ」

私は、この不可解な隣家の男に対して、ますます興味をいだきはじめた。カロラインの質問の矢を封じて、シバの女王のように手ぶらで帰らせることのできる男は、かなりのしたたかものにちがいない。

「きっとあの男は近頃はやりの真空掃除機を持っていると思うわ――」

またなにか借りに行って、質問するきっかけをつかみたいという考えが姉の目にうかんだのを私は見逃さなかった。それを機会に私は庭へ逃げ出した。私は、どっちかというと、園芸は好きなほうだ。タンポポの根を、せっせと抜いていると、すぐ近くから「あっ！」という声が聞こえるとともに、なにか重いものが耳もとをかすめ、不快な音を立てて、ぐしゃりと足もとに落ちた。かぼちゃだ！

私は、しゃくにさわって顔をあげた。左手の塀の上に顔があらわれた。ぐるりだけをうさんくさいほど黒い髪におおわれた鶏卵《たまご》形の頭、すばらしい口髭、油断なさそうな二つの目。これが謎の隣人ポロット氏であった。

ポロット氏は、たちまち雄弁に詫びごとをまくしたてた。

「どうも失礼いたしました。まったく申しわけありません。かぼちゃをつくりはじめてから二、三か月になりますが、けさになりまして、急に私はこのかぼちゃに腹が立ってきましてな。そこで、かぼちゃどもに暇を出すことにしたんです――ところが、どうしたことか、それが心のなかだけではなく、動作にまで出てしまいましてな。いちばん大きなやつを拾いあげ、塀ごしに投げとばしてしまいました。お恥ずかしい次第です。心からお詫びいたします」

これほどていねいにあやまられては、怒っているわけにはいかなかった。それに、かぼちゃがからだに当たったわけではないのだ。しかし、塀ごしに大きなかぼちゃを投げるのが、この新しい隣人の趣味でないことを、私は心から希望した。そういう癖は、隣人としての彼に友情を感じさせるものではないからだ。

この不思議な小男は、すぐに私のはらのなかを読みとったらしい。

「ああ、いや、ムッシュー、ご心配にはおよびません。私は、こんな癖はもっていませんから。しかし、ムッシュー、ここに一人の男がいて、ある目的のために働き、苦労の末やっと余暇らしいものと仕事らしいものを手に入れた。ところが、結局その男が求めていたのは、忙しかった昔のこと、よろこんで捨てたはずの昔の職業だったというようなことが想像できますか？」

「想像できます。そういうことは誰にもあるんじゃないですか。私自身が、その一例です。一年前、私は遺産を相続しました――私の夢を実現できるほどの金額です。かねがね私は旅行したい、世界漫遊をしてみたいと思っていたのです。ところが、いま申しましたように、一年前にそういうことがあったのに――このとおり、いまもここにこうしているのですからね」

小男はうなずいた。

「習慣の鎖とでも申しますかな。私たちは一つの目的に向かってはたらく、そしてその目的を達成すると、日々の苦しい仕事から離れたことに気がつく。しかも、私の仕事は、おもしろい仕事でした。世の中に、これほどおもしろい仕事はないでしょうね」

「と申しますと?」私は、さきをうながした。その瞬間、私の心には、カロラインの穿鑿精神が強くはたらいていた。

「人間性を研究する仕事ですよ、ムッシュー!」

「なるほど」私は愉快な気持で言った。

あきらかに理髪師あがりだ。理髪師以上に人間性の機微を研究するに適した職業が、ほかにあるものではない。

「それにまた、私には友人が一人いました——長いあいだ、私のそばを離れたことのない友人です。ときには、はたのものをあきれさせるほど馬鹿なことをするやつですが、それでも、私にとっては、かけがえのない友人でした。その男のばかばかしさまでが、いまではなつかしいほどです。あの天真爛漫《ナイーブテ》さ、素直な考え方、私の優秀な才能でその男をよろこばせたりおどろかせたりする楽しさ——そうしたものをうしなって、私は言葉につくせないほどさびしい」

「亡くなられたんですか?」私は同情をこめて、たずねた。

「いや、いまも健在で、景気よくやっていますよ——ただし、地球の向う側でね。アルゼンチンにいるのです」

「アルゼンチンにね」私はうらやましそうに言った。

私は、かねがねアルゼンチンへ行きたいと思っていたのだ。私は溜息をついた。ふと見ると、ポロット氏が同情をこめた目で私を見ていた。他人の気持を理解できる人物らしい。

「いずれあなたも南アメリカへおいでになるんでしょう？」

私は溜息をつきながら首を振った。

「一年前に、行けば行けたんですがね、私はばかでしたよ――いや、ばかよりも始末が悪い――欲ばりだったんです。その財産を、あてにもならぬものに投資して、すってしまったんです」

「そうですか。投機に手を出したんですね？」

私は悲しそうにうなずいた。だが、私は心のなかでは愉快さを感じた。この小男は、厄介なほど生真面目なのだ。

「ポーキュパイン油田株じゃありませんか？」

私は、ぎょっとした。

「実を申しますと、私も、あれを買おうかと思ったんですが、けっきょく西オーストラリアの金鉱株一本にしぼったんです」

隣家の男は、私には合点のいかない奇妙な表情で、私を見ていた。そして、「運命ですな」と、ぽつんと言った。

「なにが運命なんですか？」私はいらいらしてききかえした。

「ポーキュパイン油田株を真剣に考える一方、西オーストラリア金鉱株のことも真剣に考える人のお隣に住むことになったことですよ。ところで、あなたもやはり栗色の髪がお好きですか？」

私が、あっけにとられて、その顔をみつめると、相手は大きな声で笑いだした。

「ああ、いや、ご安心ください、気が狂ったわけじゃありません。いまのは、ばかげた質問でした。いまお話しした友人というのは、とても純真で、世の中の女性は、みな善良で、美人ばかりだと考えているような男なんです。ところが、あなたはもうご年配で、お医者さんだから、この世の多くのものが、ばかばかしくて空しいことを知っていらっしゃる。とにかく、私たちは隣同士になったんです。お姉さまに、私のつくった最上のかぼちゃを進呈したいんですが、受けとっていただけますか？」

彼は身をかがめたかと思うと、一個のすばらしく大きなかぼちゃをさし出した。私は贈りたいという彼の気持を尊重して、遠慮なく受けとった。

「まったくきょうはなかなか有意義な朝でした」小男はうれしそうに言った。「遠国にいる友と、いろんな点で似ている方とお近づきになれたんですから。それはそうと、一つおたずねしたいことがあるんですが。あなたは、この小さな村の人なら、きっと、一人のこらずごぞんじでしょう？　あの髪と目の黒い好男子は何者ですか？　いつも胸を張って唇のあたりにゆったりとした微笑をうかべて歩いている青年です」

それだけ聞けば私にはすぐ見当がついた。

「ラルフ・ペイトン大尉にちがいないようです」

「前には、この村では見かけませんでしたね？」

「さよう、しばらくこの村にはいなかったんです。あの青年は、ファーンリー荘のアクロイド氏の息子――養子なんです」

隣家の男は、ちょっとじれったそうな身ぶりをした。

「私も、そうだろうと思っていました。アクロイド氏から、たびたび話は聞いていたんです」

「アクロイド氏をごぞんじなんですか？」私はちょっとおどろいて言った。

「ロンドンで知り合いました――私がロンドンで仕事をしていた時分です。この村では私の以前の職業については何も言わないよう、私はあの人に頼んでおいたんです」

「そうですか」私は、思ったとおりのこの見えすいた紳士気どりを、むしろ愉快に感じた。

ところが相手は、ほとんど誇張といってもいいほどの笑いをうかべて言った。

「世をしのんで暮らすのが好きな人間がいるものです。私は名声なんかほしくありません。この村では私の名前をまちがえていますが、私はそれを訂正したいとも思いません」

「なるほど」返事のしようがなくて、私は言った。

「ラルフ・ペイトン大尉――」ポロット氏は考えながら言った。「では、あの青年が、アクロイド氏の姪の美しいフロラさんの婚約の相手なんですね？」

「誰からそんなことを聞いたんですか？」私はすっかりおどろいてたずねた。

「アクロイド氏からです。一週間ばかり前でした。アクロイド氏は、たいへんよろこんでいました——そういうことになるのを、ながいあいだ望んでいたようですね。すくなくとも私はそううけとりました。むしろ、むりやりそう仕向けたとすら思っています。しかし、そういうことは、あまり賢明なやりかたとはいえませんね。若いものは、自分の気に入った結婚をすべきで、遺産を相続できるからといって養父をよろこばせるための結婚などすべきじゃありません」

私の予想は根底からくつがえされた。アクロイドともあろう人が、理髪師ふぜいに秘密をうちあけ、姪と養子の結婚問題を相談するなどとは、とうてい考えられなかった。アクロイドは自分より身分の低いものには親切にするが、同時に非常に体面を重んじる人物だ。してみると、このポロット氏は、理髪師ではないのかもしれない、と私は考えはじめた。

その混乱をごまかすために、私は最初に頭にうかんだことを口に出した。

「どうしてラルフ・ペイトンなんかに注意を向けたんですか？　美青年だからですか？」

「いや、それだけではありません——まあ、イギリス人にしては、めずらしい美青年ですがね——お国の女流作家ならギリシャの神になぞらえるような美青年です。それよりも、あの青年には、なにか私に納得できない点があるんですよ」

彼は、この最後の言葉を、いかにも物思わしげな調子で言った。なんともいえない印象を私はあたえられた。それは、私にはうかがい知ることのできない、ある秘密の知恵によって、この青年のすべてを見通しているような感じだった。私の心に残ったのは、そういう印象だった。というのは、そのとき、家から私を呼ぶ姉の声が聞こえたからだ。

私は家にはいった。カロラインは、外から帰ってきたところで、まだ帽子をかぶったままだった。なんの前置もなしに、カロラインは話しはじめた。

「アクロイドさんに会ったわ」

「そうですか」

「もちろんわたしのほうから呼びとめたのよ。でも、アクロイドさんは、とても急いでいて、しきりに逃げたがっていたわ」

そのとおりだったにちがいないと私は思った。アクロイドは、カロラインに対して、その日の朝ガネット婆さんに対して私が抱いたのと同じ気持を抱いたことだろう——あるいは、それ以上だったかもしれない。カロラインのほうが、振りはなすには困難な相手だからだ。

「わたしは、すぐにラルフのことをきいてみたわ。とてもびっくりしていたわ。ラルフがこの村にいるなんて、夢にも思っていなかったらしいわ。なにかのまちがいじゃないか、なんて言ってたわ。とんでもないことだわ！　このわたしがまちがえるなんて！」

「まったく」私は相槌をうった。「あの男も、姉さんのことを、もうすこし知っててもいいはずだ」

「アクロイドさんは、ラルフとフロラの婚約のことを、わたしに話してくれたわ」

「そのことなら、ぼくも知っていますよ」私は、すこし得意そうに言った。

「誰から聞いたの？」

「新しい隣人からです」

カロラインは、ルーレットの珠が二つの数字のあいだを、ためらいがちに転がるように、ほんの一、二秒間、はっきりと動揺の色を見せた。だが、たちまち目の前にさし出された餌をふり払った。

「わたしは、ラルフがスリー・ボアーズ館に泊まっていることを、アクロイドさんに話してあげたわ」

「カロライン、あなたは、そんなふうに、相手かまわず、なんでもひとにしゃべってしまうくせがあるが、そのために、どんなに人にめいわくをかけているか、考えたことはないんですか？」

「なにを言うの。ものごとは、知らずにいるより、知ったほうがいいにきまっているわ。ひとに教えてあげるのを、わたしは自分の義務だと思ってるのよ。アクロイドさんは、とても感謝していたわ」

「それで？」まだそのさきがあるのがわかっていたので、私はうながした。

「アクロイドさんは、その足ですぐにスリー・ボアーズ館へ行ったと思うわ。でも、行ったとしてもラルフはいやしないわ」

「どうして?」

「だって、わたしが森を抜けて帰ってきたら――」

「森を抜けて帰ってきた?」

さすがのカロラインも、ちょっと顔をあかくするくらいの誇りは、まだ持っていた。

「きょうは、すごくお天気がよかったでしょう。だからすこし散歩しようと思ったの。森の紅葉は、いまがちょうど見ごろですからね」

カロラインは、どんな時節だろうと、森に興味をもつようなことはありえなかった。ふだんから、足が濡れ、いろんな不愉快なものが頭に落ちてくる場所としか思っていなかった。姉を森へ導いたのは、鋭敏なマングース的本能なのだ。キングズ・アボット村の界隈で、人目につかずに若い女と話のできる場所は、この森のほかにはなかった。しかも、そこはファーンリー・パークと地つづきだった。

「そうですか」私は言った。「それから?」

「いま言ったように、森を抜けて帰ってくると、人声が聞こえたの」

姉はそこで一息いれた。

「それで?」

「一方はラルフの声なの——わたしにはすぐわかったわ。一方は若い女の声だったわ。もちろん立ち聞きなんかするつもりはなかったけれど——」

「そりゃそうでしょうとも」せいいっぱいの皮肉をこめて、私は口をはさんだが、しかし、この皮肉はカロラインには通じなかった。

「でも、聞こえてくるんだから聞かないわけにはいかないわ。女のほうが、なにか言っていたわ——なにを言ったのか、よくわからなかったけど、今度はラルフが答えたわ。ひどく怒ったような調子だったわ。ラルフは、こう言っていたわ。『ねえ、きみ、いつ親父が、わずかなはした金で、ぼくを廃嫡《はいちゃく》するかもしれないってことがわからないのかい？　この四、五年、親父はもうすっかりぼくにあいそをつかしているんだからね。もうちょっとで、おしまいなんだ。それに、ぼくたちはお金が要《い》るんだ。親父があの世へ行ってくれれば、ぼくは大金持になれるんだ。親父は、噂にたがわぬケチんぼだが、お金だけは、うなるほど持っている。遺言を書きかえられると困るんだ。だから、ここはぼくにまかせて、心配しないでくれ』一言もまちがいなく、ラルフはこのとおり言ったのよ。はっきりおぼえているわ。ところが運わるく、そのときわたしが枯枝かなにかを踏みつけたもんだから、二人は声をひそめて、すぐに行ってしまったわ。まさか、あとを追いかけるわけにもいかないので、とうとうその娘が誰だったか、見とどけることができなかったわ」

「それは残念でしたね。でも、姉さんは、大いそぎでスリー・ボアーズ館へとってかえし、気分がわるくなったとか何とか言って、酒場へ行ってブランデーを飲んだ。そして、女給が二人ともはたらいてるのをたしかめた」

「あれは女給じゃなかったわ」カロラインは即座に答えた。「実を言うと、フロラ・アクロイドじゃないかと思うんだけれど、ただ——」

「それにしては、筋が通らないってわけか」

「でも、フロラでないとすると、いったい誰だったのかしら?」

姉は、あれでもない、これでもないと、この界隈に住む娘たちの名前を、片っぱしからかぞえあげた。

やっとそれが一段落して姉が一息ついたすきに、私は往診に出かけるからと言って、その場を逃げ出した。

私は宿屋のスリー・ボアーズ館へ足を向けた。もうラルフが帰っている時分だと思ったからだ。

私はラルフをよく知っていた——たぶんキングズ・アボットでは誰よりもよく知っているだろう。というのは、私はラルフと知りあうまえに彼の母親を知っていたから、ほかの人にはわからない彼の性質まで、私にはよく理解できたからだ。ある程度、彼は遺伝の犠牲者だった。母親の致命的な飲酒癖は受けついでいなかったが、意志が薄弱だった。けさ会った新しい友人が言ったように、彼は人並はずれた美貌の持主だった。身長六フィート、申しぶんなく均斉のとれた体、運動家らしい優雅な身のこなし、髪は母親に似てブルネット、陽やけのした顔は、いつもにこやかだった。ラルフ・ペイトンは、なんの努力もせずに人の心をひきつけるように生まれついていた。放縦で、浪費癖があって、この世のなにものをも尊敬しないが、それでいて愛すべき青年で、友人はみな彼を愛していた。

なんとかこの青年の力になってやれないものだろうか？　力になってやれそうだ、と私は思った。

スリー・ボアーズ館へ行ってたずねると、ペイトン大尉はちょうど帰ってきたところだという。あがって行って、案内もたのまずに、私は彼の部屋へはいった。

これまで耳にしたことを思い出して、歓迎されるかどうか疑わしかったが、そんな心配は無用だった。

「やあ、シェパード先生！　よくきてくださいました」

彼は陽やけした顔に明るい微笑をうかべて、手をさしのべながら、私に歩みよった。

「このいまいましい土地で、お会いできてうれしいのは先生だけですよ」

私は眉をあげた。

「この村がどうしたというんだね？」

ラルフは当惑したように笑った。

「話せばながい物語です。先生、どうも万事うまくいかないんですよ。それより、まあ一杯いかがですか?」

「ありがとう。ご馳走になろう」

ラルフはベルを押しに行き、もどってくると、どっかり椅子に腰をおろした。

「うちあけて言いますとね」と彼は憂鬱そうに言った。「ぼくはまったく弱りきっているんです。事実、これからどうしたらいいか、まったくわからないんです」

「いったいどうしたというんだね?」私は同情をこめてたずねた。

「あのいまいましい親父のことですよ」

「お父さんがどうしたというんだね?」

「親父がどうしたということじゃなくて、これからなにをするかが問題なんです」

給仕がきたので、ラルフは飲みものを注文した。給仕が行ってしまっても、ラルフは肘掛椅子にうずくまって、むっつりだまりこんでいた。

「そんなに——重大なことなのか?」私はきいた。

彼はうなずいた。

「今度という今度は、ぼくもすっかり音《ね》をあげましたよ」

その声の調子が、いつになく生真面目なので、私は、これはいいかげんなことを言っているのではないと思った。ラルフがこんなふうに生真面目になるのは、よくよくのことに違いなかった。

「じっさい、これからどうなるのか、自分でもわからないんです……わかるわけがないんです」

「なにか私で力になれることがあるなら……」私は、遠慮がちに言ってみた。

だが彼は、きっぱりと首を振った。

「ご親切はありがたいんですが、しかし先生をこの問題にまきこむわけにはいきません。自分ひとりでしまつをつけなければならないことなんです」

そして、ちょっと黙っていたが、やがて前とはすこしちがった口調で、また同じことを言った――

「そうです――自分ひとりでかたづけなければならないんです――」

4　アクロイド家の晩餐《ばんさん》

私がファーンリー荘の玄関のベルを押したのは、七時半すこしまえだった。ドアは執事のパーカーの手で、びっくりするほどすばやく開かれた。

天気のいい晩だったので、私はわざと歩いて行った。広い真四角のホールへはいると、パーカーが外套をぬがせてくれた。ちょうどそこへアクロイドの秘書のレイモンドという快活な青年が、アクロイドの書斎へ行くために、両手に書類をいっぱいかかえてホールを通りかかった。

「こんばんは、先生。お食事においでになったんですか？　それとも往診ですか？」

最後の言葉は、私が樫の簞笥《たんす》の上においた黒鞄を見てから言ったのだ。

私は、いつ呼ばれるかわからない産婦がいるので、万一の場合のため、その準備をして出てきたのだ、と説明した。レイモンドはうなずいて、そのまま行きかけたが、ふとふりかえって言った。

「応接間へおはいりになってください。もうすぐご婦人がたがおいでになります。私はこれからアクロイドさんのお部屋へこの書類を持って行くところですから、先生がお見えになったことをお伝えしておきます」

レイモンドと入れちがいに、パーカーはひきさがっていたので、私は一人ホールにとり残された。私はネクタイを直し、壁にかかっている大きな鏡をのぞいてから、正面のドアに向かって歩いて行った。それが応接間のドアであることを私は知っていたのだ。

ちょうどドアのノブをまわしかけたとき、室内からなにか音が聞こえた——窓をおろして閉める音だと私は思った。それを私は、いわば、まったく機械的にそう思っただけで、そのときは別にたいして注意も払わなかった。

私はドアを開けて室内へはいった。はいりかけたとき、ちょうど部屋から出ようとするミス・ラッセルと、あぶなくぶつかりそうになった。私たちは、たがいに失礼を詫びた。

　このときはじめて私は、この家政婦をつくづく観察し、若いときはどんなに美人だったろう――いや、いまでも美人だ、と思った。黒い髪には、まだ白髪もまじっていないし、そのときのようにほんのり顔をあからめると、いつものきびしい顔つきも、それほど目立たなかった。

　ごくぼんやりとではあったが、彼女は外出していたのだろうか、と私は思った。というのは、走ってきたあとのように、息を切らしていたからだ。

「すこし早すぎたようですね」と私は言った。

「あら！　そんなことございませんわ。もう七時半すぎましたもの」そして一息ついてからまた言った。「わたくし、今夜先生が晩餐にいらっしゃるとは、すこしもぞんじませんでしたわ。アクロイドさんが、なんともおっしゃらなかったものですから」

　私が晩餐によばれたことを、ミス・ラッセルは、どういうわけかよろこんでいないような印象を漠然とうけたが、その理由は見当がつかなかった。

「膝はいかがですか？」

「ありがとうございます、べつに変わりございません。では、わたくし、これで失礼いたします。もうすぐセシル・アクロイド夫人がいらっしゃいますわ。わたくしは――ただちょっとお花がちゃんと生けてあるかどうか、それを見にきたんです」

ミス・ラッセルは足早に部屋を出て行った。私は、ぶらぶらと窓のほうへ歩みよりながら、なぜ彼女は部屋にいた理由をあんなふうに弁解がましく言ったのだろう、といぶかしく思った。そして、そのときになって、ちょっと注意すれば、もちろんちゃんと知っていたはずのこと——窓が大きなフランス窓で、テラスに向かって開くようになっていることに気がついた。したがって、さっき聞いた音は、窓をしめる音であるはずはなかった。

　つれづれのままに——それに、なにはともあれ、苦しい考えから気分をそらすために、私は、あの音はなんであったか、いろいろと考えてみた。

暖炉の石炭がはねた音だろうか？　いや、そういう音とは、まるでちがっていた。簞笥のひきだしをしめる音か？　いや、それともちがう。

　そのとき、銀卓と呼ばれているテーブルが、ふと目にとまった。それは蓋がついていて、ガラス越しに中が見えるようになっていた。私はそばへ歩みよって、なかのものを見た。なかには古い銀貨が数個と、チャールズ一世がはいていたという赤ん坊の靴、中国の硬玉人形、それにたくさんのアフリカの民具や骨董がはいっていた。その硬玉人形を、もっとよく見たいと思って、私は蓋をあげた。指がすべって蓋が落ちた。

　とたんに私は、さっき聞いた音がなんであったかを知った。この銀卓の蓋を、そっと用心ぶかくおろした音なのだ。私は自分を納得させるために、一、二度、蓋をあげたりおろしたりしてみた。それから、なかのものをもっとよく調べるために、もう一度、蓋をあげた。

蓋をあけたまま銀卓の上にかがみこんでいるところへ、フロラ・アクロイドがはいってきた。

フロラ・アクロイドを好かない人間はすくなくないが、彼女の美しさを賛美しないものは一人もいなかった。好意的な人たちにとっては、彼女は、たいへん魅力的だったといっていいだろう。誰でも最初に目につくのは、その人並はずれた肌の白さだ。北欧的な明るい金髪で、目は碧《あお》く――ノルウェーの峡谷《フィヨルド》の水の碧さそのままで、肌にはバラ色がさしていて、なめらかだった。肩幅は少年のように広いが、腰はほっそりしていた。疲れた医師にとって、このような健康そのものの女性を見るのは、まさしく目の保養になった。

単純で素直なイギリス娘――旧弊かもしれないが、こういう純血種は、たいへん貴重な存在だと思う。

フロラは私といっしょに銀卓のかたわらに立って、チャールズ一世がこの赤ん坊の靴をはいていたことについて、異端的な疑問を口にした。

「いずれにしても」フロラは言った。「誰かがはいたからといって、こんなに大騒ぎするなんて、ばかばかしいと思いますわ。現在はいているわけでも使っているわけでもないんですもの。ジョージ・エリオットが『フロス河の水車場』を書くときに使ったペンだって――要するにただのペンじゃありませんか。ほんとうにジョージ・エリオットが好きなら、廉価版の『フロス河の水車場』を買って読めばいいんですわ」

「あなたなんか、ああいう時代おくれの小説なんか読んだことはないでしょうね、フロラさん？」

「そんなことはありませんわ、シェパード先生。あたしは『フロス河の水車場』は大好きですわ」

それを聞いて、私はうれしかった。近ごろの若い女性が読んだりおもしろがったりする小説には、私は怖気《おぞけ》をふるっていたからだ。

「先生は、まだあたしにお祝いを言ってくださいませんのね」とフロラが言った。「まだお聞きになりませんの？」

彼女は左手を前へ出してみせた。薬指に、みごとな一粒真珠がかがやいていた。

「あたし、ラルフと結婚することになりましたの。伯父も、とてもよろこんでいますわ。結婚すれば、あたし、アクロイド家の人間になるわけですものね」

私は彼女の両手を握った。

「おめでとう。あなたの幸福を祈ります」

「婚約してから、もう一か月になるんですけれど」冷たい口調でフロラはつづけた。「発表したのは、きのうですわ。伯父はクロス・ストーンズ荘を修理して、あたしたちが住めるようにしてくださるそうですわ。だから、あすこで農園を経営することになってるんですけれど、ほんとうは冬のあいだは狩猟をし、社交季節はロンドンで、夏はヨットというふうに暮らすつもりですわ。あたしは海が大好きなんです。それから、もちろん教区の仕事にも精を出して、母の会みたいな集まりには、かならず出席しますわ」

そこへセシル・アクロイド夫人がはいってきて、遅くなったことを詫びた。

遺憾ながら、私はこの夫人が大きらいなのだ。夫人は鎖と歯と骨の化身みたいな女だった。じつに不愉快な女なのだ。小さな冷たい淡青色の目は、どんなおしゃべりをしているときでも、冷たく打算的に光っていた。

私は窓際にフロラを残したまま、夫人のほうへ歩みよった。夫人は指の関節と指環の詰合せみたいな手をさし出し、それから、せきを切ったようにしゃべりはじめた。

「フロラの婚約のことはお聞きになりましたか？　どこから見ても似合いの夫婦ですわ。二人は、一目見たときから愛しあうようになりましたのよ。ラルフはブルネットだし、フロラは金髪だし、こんなすばらしい組合せはありませんわ。ほんとうに、シェパード先生、母親として、こんな安心なことはございませんわ」

セシル・アクロイド夫人は溜息をついた――夫人の母親としての気持は尊重するが、その目は、あいかわらず鋭く私を観察していた。

「わたくし、いろいろと考えましたのよ。あなたはロジャーの古くからのお友だちですし、兄が、あなたのご意見を、どんなに信頼しているか、それはわたくしたちも、よくぞんじておりますわ。わたくしとしては、なかなかむずかしい立場なんでございますよ——なくなったセシルの妻の立場といたしましてはね。いろいろとやっかいな問題がございますの——財産上のこととか、いろいろとね。ロジャーがフロラに財産を譲渡してくれる意思があることは、わたくしも信じて疑いませんが、ご承知のように、兄は、お金のこととなると、すこし変わっていますからね。事業家には、よくあることなんだそうですけれど。ついては、この問題について、先生からロジャーの気持を打診していただけたらと考えたんでございますよ。フロラはとても先生になついてるんでございますよ。わたくしどもは、先生とは、まだ二年そこそこのおつきあいですけれど、昔からのお友だちのような気がするんでございますよ」

応接間のドアが開かれたので、夫人のおしゃべりは打ち切られた。じゃまがはいったのを私はよろこんだ。私は、他人の私事に首をつっこむのはきらいだったし、フロラの財産譲渡の問題でアクロイドと話をするつもりは毛頭なかった。もうすこしでセシル夫人にそのことをはっきり言わなければならないような羽目におちいるところだった。

「先生はブラント少佐をごぞんじでしたわね?」

「ええ、よく知っています」

ヘクター・ブラント——すくなくとも名前だけは、たいがいの人が知っているはずだ。想像もおよばぬような土地へ行って、どんな人よりも多くの猛獣を撃ちとめた人物なのだ。

彼の名を聞くと、人々は言ったものだ——「ブラント——あの猛獣狩りの名人でしょう？」

アクロイドとブラントとの交友関係は、私には以前から不可解だった。この二人は、まったく共通したものをもっていなかった。ブラントはアクロイドより五つほど年下だった。二人は若いころ友だちになって、その後の人生行路は別々だったが、友情は依然としてつづいていた。二年に一度ぐらい、ブラントはファーンリー荘に二週間ほど滞在する習慣で、この家を訪問する人は、玄関にはいるとすぐ、たくさんの角をつけた大きな野獣の首ににらまれて、はっと息をのむのだが、これこそ二人のかわらざる友情のしるしだった。

いまブラントは、独得の慎重な、やわらかな足どりで部屋へはいってきた。がっしりした体つきの、たくましい、中背の男だ。顔はマホガニー色とでもいうのだろうか、しかも、妙に無表情だった。灰色の目は、たえずどこか遠いところで起こった出来事を見つめているような印象をあたえた。口数がすくなくて、なにか言うときには、言葉をむりやり引っぱり出すように、とぎれがちな口調でしゃべった。

いま彼は、「こんばんは、シェパード先生」と、いつものぶっきらぼうな調子で言って、暖炉の前にいかめしく立ち、トンブクツーでなにか非常に興味のあることが起こっているのを見ているような目で、私たちの頭ごしに外を眺めていた。

「ブラント少佐」とフロラが話しかけた。「ここにあるアフリカの品物のことを話してくださいませんか。みんなごぞんじでしょう？」

ヘクター・ブラントは女ぎらいだという評判を聞いたことがあるが、いま見ると彼は快活といってもいいようなものごしで、銀卓のそばのフロラのところへ行った。二人は、肩をならべて、テーブルのなかをのぞきこんだ。

私は、セシル・アクロイド夫人がまたぞろフロラの財産譲渡の問題を話しだすのではないかと思って、いそいでスイートピーの新種の話をはじめた。その朝デイリー・メイル紙の記事を読んで、私はスイートピーの新種ができたことを知っていたのだ。夫人は園芸のことはなにも知らなかったが、その日その日の話題はなんでも知っているふりをしたがる女で、「デイリー・メイル」の読者だった。それで私たちは、アクロイドと秘書がくるまで、気のきいた会話をつづけることができた。二人がくるとまもなく、パーカーが食事の用意ができたことを知らせた。

食卓での私の席は、夫人とフロラのあいだだった。ブラント少佐は夫人の向い側、ジェフリー・レイモンドはその隣だった。

あまり陽気な晩餐ではなかった。アクロイドは、あきらかになにかに気をとられていた。ひどく元気がなく、ほとんど料理に手をつけなかった。夫人とレイモンドと私とで会話をつないだ。フロラは伯父の沈鬱にひきこまれていたし、ブラント少佐はいつものように無口だった。

食事がすむとアクロイドは私の腕をとって書斎へつれこんだ。

「コーヒーを持ってきたら、あとは誰も入れないように、レイモンドにもそう言いつけておいたよ」アクロイドは言った。

私は、それとなく老人を観察した。あきらかに彼はなにかに神経をたかぶらせていた。しばらく彼は、書斎を行ったりきたりしていたが、やがてパーカーがコーヒーを持ってはいってくると、暖炉の前の肘掛椅子にからだを沈めた。

この書斎は快適な部屋だった。一方の壁には書棚がずらりとならんでいた。椅子は大きくて、濃紺色の革張りだった。窓ぎわにおかれた大きなデスクの上には書類がきちんと整理して積み重ねてあった。まるいテーブルの上には各種の雑誌やスポーツ新聞などがおいてあった。

「近ごろまた食後の痛みがぶりかえしてきた」アクロイドは、コーヒーをすすりながら、なにげない調子で言った。「例の薬を、もうすこしくれないかね」

アクロイドが私たちの会談は医療上の相談だという印象をあたえようとしていることに私は気がついた。そこで私も調子をあわせることにした。

「そんなことだろうと思いましてね、薬はちゃんと持ってきていますよ」

「それはよかった。それじゃ、すぐいただこうか」

「ホールにおいた鞄のなかにあります。とってきましょう」

するとアクロイドは引きとめた。

「きみがわざわざ行くことはない。パーカーがとってきてくれるよ。先生の鞄を持ってきてくれ、パーカー」

「かしこまりました」

パーカーは出て行った。私が口を開こうとすると、アクロイドは手をあげて制した。

「まあ、待ってくれ。わしが自分の気持をおさえられないほど神経がたかぶっていることは、きみにもわかっているだろう？」

私にも、それはよくわかっていた。だから私は非常に不安だったのだ。あらゆる種類の不吉な予感が襲ってきた。

とたんにアクロイドがまた言った。

「窓がしまっているかどうか、たしかめてくれないか」

すこしばかりぎくりとして、私は立って窓のところへ歩いて行った。それはフランス窓ではなく、ふつうの上げ下げする型の窓だった。どっしりした青ビロードのカーテンがおりていたが、窓そのものは上のほうがすこし開いていた。

パーカーが鞄を持って戻ってきたとき、私はまだ窓ぎわにいた。

「だいじょうぶですよ」自分の席へもどりながら私は言った。

「掛金はかけてくれただろうね？」

「かけました。いったいどうしたんですか、アクロイドさん？」

パーカーがドアをしめて出て行ったのを見きわめてから私は言った。それでなければ、私だって、そんなことは言わなかっただろう。

アクロイドは、しばらく間《ま》をおいてから答えた。

「ひどく困ったことになったんだ」ゆっくりと彼は言った。「いや、そんな薬なんか、どうでもいい。パーカーの手前、そう言っただけなんだから。召使というやつは好奇心が強いからね。さあ、ここへきて、腰をおろしてくれ。ドアもしまっているね？」

「ええ、誰にも聞かれる心配はありませんよ。安心してください」

「シェパード、わしが、この二十四時間にどんな経験をしたか、誰も知らないだろう。目の前で自分の家が崩れるのを見た人間がいるとすれば、わしは、まさにそれと同じことを経験したのだ。ラルフの事件が、最後の一撃だ。だが、いまはその問題にはふれないことにしよう。問題は、ほかにあるんだ――別にあるんだ！　わしにはどうしていいかわからん。しかも、すぐ心をきめなければならないんだ」

「どういう問題が起こったんですか？」

アクロイドは、すぐには口を開かなかった。なんとなく言いだしにくいようだった。いよいよ口を開いたとき、彼の質問は、私にとってはまったく不意うちだった。私が夢にも予測しないことだった。

「シェパード、アシュレ・フェラーズが死ぬまえに診察したのは、きみだったね？」

「そうです」

質問をつづけるのが、彼には、ひどくつらそうだった。

「きみは疑問をもたなかったのかね――こういうことが頭にうかばなかったかね――たとえば――たとえばだよ、フェラーズは毒殺されたのではないかというようなことが？」
一、二分間、私は答えなかった。それから、言うべきことを心にきめた。ロジャー・アクロイドは、姉のカロラインとはちがうのだ。
「ほんとうのことを言いましょう。あの当時、私はなんの疑いも抱きませんでした。ところが、その後――姉のくだらない憶測を聞いているうちに、はじめてそのことが気になったんです。それ以来、どうしてもそのことが頭からはなれないんです。しかし、おことわりしておきますが、そういう疑いを抱いたからといって、なにも根拠があるわけじゃないんです」

「フェラーズは毒殺されたのだよ」とアクロイドは言った。

それは力のない、重苦しい声だった。

「誰にですか？」私は鋭くきいた。

「自分の妻に」

「どうしてそれを知っているんですか？」

「あの女が、自分の口から話したのだ」

「いつですか？」

「きのうだ――ああ！　きのうなんだ！　まるで十年も昔のような気がする」

私が黙って待っていると、やがて彼はさきをつづけた。

「わかっているだろうが、シェパード、これは内密にうちあけているのだ。きみも胸のなかにしまっておいてもらいたい。わしは、きみの意見が聞きたいのだ――わし一人では、この重荷に堪えられない。いまも言ったように、わしにはどうしたらいいのかわからないのだ」

「話をすっかり聞かせてくれませんか。私にはまだよくわからないんです。どうしてフェラーズ夫人はあなたにそんな告白をしたんですか？」

「それは、こういうわけだ。三か月まえ、わしはフェラーズ夫人に結婚を申しこんだ。夫人は、それを拒絶した。その後また申しこむと、今度は承諾したが、先夫の喪が明けるまでは婚約を発表しては困るというんだ。きのう、わしは夫人を訪問して、フェラーズ氏が死んでからすでに一年と三週間もすぎたんだから、もう婚約を発表してもかまわないではないかと言った。その数日まえから、どうも夫人のようすがおかしいことに気がついていたからだ。ところが、いきなり、なんの前ぶれもなしに、夫人はわっと泣きくずれた。そして、わしに――なにもかもうちあけたんだ。夫の冷酷さ、次第にわしを愛するようになったこと、それから――ついに夫人がとった怖ろしい手段。毒殺だったんだ！　ああ、なんということを！　それはむごたらしい毒殺だったんだ！」

私は、アクロイドの顔に嫌悪と恐怖の色を見た。フェラーズ夫人もこれと同じものを見たにちがいない。アクロイドは愛情に溺れてどんなことでもゆるすようなタイプの男ではなかった。生まれつき善良な市民なのだ。その告白を聞いた瞬間、彼の内部の健全で法に従順なあらゆるものが、完全に夫人に背を向けさせたことは、容易に想像できる。彼は低い、単調な声で言葉をつづけた。

「夫人は、すべてを告白したんだ。ただ一人だけ、まえからすべてを知っている人物がいるらしい――そして、そいつが莫大な金を出せと夫人を脅迫したらしいんだ。そのために夫人は気が狂うほど苦しめられていたんだ」

「誰ですか、その人物は？」

突如として、私の目の前に、ラルフ・ペイトンとフェラーズ夫人とが寄りそっている光景がうかびあがった。二人は顔と顔をくっつけていた。一瞬、不安のために私は胸がどきどきした。もし――いや！　そんなことがあるはずはない。その日の午後のラルフの態度に、なんのわだかまりもなかったことを、私は思い出した。なんてばかげたことを考えたんだろう。

「夫人は、どうしてもその男の名を言わなかった」アクロイドは、ゆっくりと言った。

「実をいうと、それが男だとさえ言ったわけではないのだ。しかし、もちろん――」

「それは、もちろん」私は言った。「男にちがいないですよ。それで、あなたにも全然見当がつかないんですか？」

返事のかわりに、アクロイドは呻《うめ》き声をあげて両手に顔をうずめた。

「そんなことがあるはずはない。そんなことを考えるだけでも、狂気の沙汰というものだ。いや、わしの心をかすめたこの狂気じみた疑いは、きみにさえ言えるもんじゃない。だが、これだけは話しておこう。夫人の口ぶりから察すると、その問題の人物は、わしの家庭内にいるのではないかと思われることだ――だが、そんなことがあるはずはない。きっとわしは夫人の言葉を誤解したのだろう」

「あなたは夫人に、なんて言ったんですか？」

「なにが言えるものか。それがわしにとって怖ろしいショックだったことは、むろん夫人にもわかった。さて、こうなると、わしの義務として、この事件をどう処理したらよいかという問題が残るわけだ。夫人はわしを事後従犯者にしてしまったんだ。そのことを夫人は、わしよりもさきに気がついたようだ。わしは茫然としてしまった。夫人はわしに二十四時間の猶予を求めた――そのあいだはなにもしないとわしに約束させたのだ。しかも、その脅迫者の名前は、どうしてもわしに教えなかった。きっと夫人は、わしがまっすぐ、その男のところへ出かけて行って殴り殺すかもしれないと心配したのだろう。そんなことになれば夫人としても身の破滅だからね。二十四時間のうちに、かならず夫人のほうから連絡するというのだ。ああ、誓って言うがね、シェパード、そのとき夫人がどんな決心をしていたか、わしはすこしも気がつかなかったんだ。まさか自殺をしようとは！　夫人を自殺に追いやったのは、わしなんだ」

「いや、そんなことはありませんよ」と私は言った。「そんなふうにものごとを大げさに考えてはいけません。夫人の死は、あなたの責任じゃありません」

「問題は、わしはいまなにをなすべきかということだ。夫人は死んだのだ。過ぎ去ったことを、穿鑿したところで、それがなんになるだろう！」

「私もそう思います」

「しかし、もう一つ問題がある。自分が手を下したも同様に夫人を死へ追いやったその悪党を、どうやってつかまえるかということだ。そいつは、夫人の以前の犯罪を知って、憎むべきハゲタカのようにそれにくらいついたのだ。夫人は、りっぱに犯した罪の償いをした。その悪党を、なにもせずに放置しておいていいものだろうか」

「よくわかりました。あなたは、その男を探し出そうと言うんですね。しかし、そうなると、いろいろのことが明るみに出てしまいますよ」

「そこなんだ。わしもそのことを考えた。だから、心のなかで、とつおいつ迷っているのだ」

「そういう悪党は罰せらるべきだという点では、私も賛成ですが、そのために払う代償のことも考えに入れなくてはなりませんからね」

アクロイドは立ちあがって、部屋のなかを歩きはじめた。やがてまた椅子にからだを沈めた。

「どうだろう、シェパード、このままにしておいたら。夫人からなにも言ってこなければ、死んだものは死んだものとして葬り去るのだ」

「夫人から、なにか言ってくるというのは、どういう意味ですか？」私は好奇心をもってたずねた。

「夫人は、どこかに、なにかの方法で、わしにあてた伝言を残したにちがいないという気がするんだよ。死ぬ前にね。べつに論拠があるわけではないが、そう思えるんだ」

私は首を振った。

「しかし夫人は手紙も伝言も残さなかったんでしょう？」

「しかし、なにか残したにちがいないと私は確信するんだ。それだけじゃない、夫人は、みずから死をえらぶことによって、すべてを明るみに出そうと思ったんじゃないかという気がする。自分を破滅に追いこんだ男に復讐するためにも、そう思ったんじゃないかという気がするんだ。わしが、もしその場に居合せたら、夫人はきっとそいつの名を知らせ、どんな犠牲を払ってでもつかまえてほしいと頼んだにちがいないと思うよ」

アクロイドは私を見た。

「そう感じたというだけでは、きみは信じてくれないかね?」

「いや、信じます。ある意味ではね。もし、あなたが言うように夫人から、なにか伝言があるとしたら――」

私は口をつぐんだ。ドアがあいて、パーカーが何通かの手紙をのせた銀盆を持ってはいってきたからだ。

「夕方の郵便がまいりました」銀盆を渡しながら彼は言った。

そして、コーヒーの茶碗をかたづけて出て行った。

パーカーのためにほかへ逸《そ》らされていた私の注意が、またアクロイドへもどった。アクロイドは、一通の細長い青い封筒を手にとって、化石したように、それをみつめていた。ほかの郵便物は床の上に落ちていた。

「夫人の筆蹟だ」彼は、ささやくように言った。「昨夜、自殺するまえに、外へ出て、この手紙を投函したのにちがいない」

彼は封を切って分厚い手紙をとり出した。そして鋭く目をあげた。

「窓はたしかにしめてくれたね?」

「たしかにしめましたよ」私はおどろいて言った。「なぜですか?」

「夕方からずっと誰かがわしを見張っているような気がするんだ。おや、あの物音は?」

急に彼は戸口をふりかえった。私もふりかえった。二人とも、ドアの掛金がかすかに動いたような気がしたのだ。私は立って行ってドアを開けてみた。誰もいなかった。

「神経のせいだろう」アクロイドはつぶやいた。

彼は折りたたんだ分厚い手紙をひろげて、低い声で読みはじめた。

「愛するロジャー——いのちは、いのちを要求するとか、それはわたしにもわかります——きょうの午後、わたしはそのことを、あなたのお顔から読みとりました。ですから、わたしは、わたしの前に開かれたたった一つの道を行こうと思います。この一年間、わたしの生活をこの世の地獄にした人間を罰することは、あなたの手にまかせます。きょうの午後お目にかかったときは、その男の名前を申しあげませんでしたが、いまこそこの手紙でうちあけたいと思います。わたしには気になる子供も近い親類もございませんから、すべてが明るみに出ることは、気にかけてくださらなくても結構です。愛するロジャー、あなたにまでご迷惑をかけようとしたわたしの罪をおゆるしください、いざとなってみれば、とうていわたしにはできないことでした。けれど……」

手紙をめくろうとしたアクロイドの指が、ふいに動かなくなった。

「シェパード、失礼だが、この手紙は、わし一人で読んだほうがいいようだ」彼は、あやふやな口調で言った。「これは、わし一人に読ませるつもりで書かれたものらしいからね」

彼は手紙を封筒にもどして、テーブルの上においた。

「あとで、わし一人になってから読むことにしよう」

「いや、いけません」私は衝動的に叫んだ。「いま読んでください」

アクロイドは、ちょっと驚いて私をみつめた。

「失礼しました」私は顔をあからめて言った。「読んで聞かせてほしいという意味ではなかったんです。ただ私がここにいるあいだに読んでいただきたかったんです」

アクロイドは首を振った。

「いや、やっぱりあとにしよう」

しかし、どういうわけか、自分でもわからない理由から、私はなおもせがんだ。

「せめて、その男の名前だけでも読んでください」と私は言った。

アクロイドという人物は、生まれつき旋毛《つむじ》まがりなのだ。強《し》いられれば強いられるほど、いっそうそれに応じなかった。いくら私が言っても、むだだった。

パーカーが手紙を持ってきたのは九時二十分まえだった。手紙が読まれないまま私がアクロイドの部屋を出たのは、きっかり九時十分まえだった。私はドアのノブに手をかけたまま、ちょっとためらって、ふりかえり、なにかしのこしたことはないかと考えた。なにも思いつかなかった。私は首を振って部屋を出てドアをしめた。

私は、すぐ目の前にパーカーの姿を見つけて、びっくりした。パーカーは、ばつのわるそうな顔をした。ことによるとこの男はドアのところで立ち聞きしていたのではないかと思った。

なんとあぶらぎった、肥った、とりすました顔をした男だろう。おまけに、その目には、たしかにうさんくさいところがあった。

「アクロイドさんは、今夜はとくに誰にもじゃまされたくないから、きみにそう伝えてくれと言っていたよ」と私は冷たく言った。

「かしこまりました。――その、お呼びのベルが鳴ったような気がしたものですから」

こんな見えすいた嘘には、返事をしてやる必要はなかった。パーカーはさきに立って玄関まで私を見送り、外套を着せかけてくれた。私は外へ出た。月は雲にかくれて、すべてが暗く、ひっそりと静まりかえっていた。

門番小屋の木戸を出ようとしたとき、村の教会の時計が九時を報じた。私は村の方角へ左にまがった。そして、反対の方角からきた男と、あぶなくぶつかりそうになった。

「ファーンリー荘へ行くには、この道でいいんですか？」男は、しゃがれ声でたずねた。

私は相手を見た。帽子を目深《まぶか》にかぶって、外套の襟を立てていた。だから、顔はほとんど、いや、全然見えなかったが、若い男らしかった。がさつで、無教育な者の声だ。

「これが門番小屋の木戸です」と私は言った。

「どうもありがとう」男は礼を言ってから、ちょっと黙っていたが、やがて必要もないのにつけ加えた。「わしはこのへんは不案内なもんですからね」

男は歩きだした。ふりかえると、男はファーンリー荘の門をはいって行った。奇妙なことに、その男の声は、誰か私の知っている人間の声を思い出させた。しかし、それが誰なのかは、どうしても思い出せなかった。

十分後に、私は家へついた。カロラインは、なぜ私がこんなに早く帰ったのかを知ろうと、好奇心を燃やしていた。姉を満足させるためには、私は、その晩の出来事を、すこしばかりでっちあげて話さなければならなかったが、姉は、そんな見えすいたこしらえごとなど、すぐ見抜いてしまうのではないかと不安を感じた。

十時になると、私は立ちあがってあくびをし、もう寝よう、と言った。カロラインはしぶしぶ同意した。

その日は金曜日だった。金曜日の夜は私は家じゅうの時計を巻くことにしていた。私が、いつものように時計を巻いているあいだに、カロラインは、召使が台所の戸じまりをちゃんとしたかどうかをたしかめた。

二人が二階へあがったのは十時十五分すぎだった。階段を上がりきったとき、下のホールで電話のベルが鳴った。

「ベイツ夫人だわ」と、カロラインはすぐに言った。

「そうかもしれないね」と、私はうんざりした声で言った。

私は階段を走りおりて受話器をとった。

「なに？　なんだって？　え？　よし、すぐ行く」

私は二階へ駆けあがり、鞄をとりあげると、応急手当に必要な物をいくつかつめた。それからカロラインに大声でどなった。

「電話はファーンリー荘のパーカーからだ。ロジャー・アクロイドが殺されているのを、いま発見したというんだ」

5　殺人

私は時を移さず自動車を出してファーンリー荘へ駆けつけた。車からとびおりると、いらいらしながら呼鈴を鳴らした。返事が手間どったので、もう一度、呼鈴を鳴らした。鎖をはずす音が聞こえて、パーカーが、例の無感覚な顔に特別の表情もうかべず入口を開けた。

私はパーカーを押しのけるようにしてホールへはいった。

「どこにいるんだ？」鋭い声で私はきいた。

「どなたでございますか？」

「ご主人だ。アクロイドさんだ。いつまで私の顔を見てぼんやり突っ立っているんだ。警察へは知らせたのか？」

「警察へ？　警察とおっしゃいますと？」パーカーはびっくりして、まるで幽霊でも見るように私をみつめた。

「パーカー、いったいどうしたんだ。おまえが言ったように、もしご主人が殺されたのなら――」

う、う、とパーカーは喘《あえ》いだ。

「だ、だんなさまが？　殺された？　とんでもない！」

今度はびっくりするのは私の番だった。

「まだ五分とたたないまえに、きみは私に電話をかけて、アクロイドさんが殺されているのを発見したと言ったじゃないか？」

「わたくしが？　とんでもない。そんな電話をかけたおぼえは、まるでございません」

「では、私が誰かにかつがれたとでもいうのか？　アクロイドさんは無事だというのか？」

「失礼でございますが、電話をかけた人間は、わたくしの名前を使ったのでございますか？」

「電話で聞いたとおりの言葉を言ってみよう。『シェパード先生でございますか？　こちらはファーンリー荘の執事のパーカーでございます。おそれ入りますが、すぐきていただけないでしょうか。アクロイドさまが殺されたのでございます』」

パーカーと私は、たがいにぼんやりと相手の顔をみつめた。

「性質《たち》のわるい悪戯《いたずら》でございますな、先生」パーカーは、不愉快そうな口調で言った。「そんな縁起でもないことを言うなんて」

「アクロイドさんは、どこにいるんだ？」だしぬけに私はきいた。

「まだお書斎だろうとぞんじます。ご婦人がたは、おやすみになりました。ブラント少佐とレイモンドさんは、撞球室においでになります」

「ちょっとご主人にお目にかかって行きたい。今夜は一人にしておいてほしいと言っていたが、この妙な悪戯が気になる。ご主人が無事なのを、この目でたしかめて帰りたい」

「ごもっともでございます。わたくしもやはり気がかりでございます。おさしつかえなかったら、わたくしもごいっしょにお部屋の入口まで――」

「いいとも。さあ、行こう」

私はパーカーをしたがえて、右手のドアをはいり、二階のアクロイドの寝室に通じる狭い階段のある小さなロビーを通り抜け、書斎のドアをたたいた。

返事がない。ノブをまわしたが、ドアには鍵がかかっていた。

「ちょっとごめんくださいまし」パーカーは大きな体に似合わず敏捷に片膝をつき、鍵孔に目を押しあてた。

「鍵はちゃんと孔にさしこんであります」パーカーは立ちあがりながら言った。「内側からさしこんであります。旦那さまは、ご自分で鍵をおかけになって、たぶん眠っておられるのでしょう」

私も膝をついて、パーカーの言葉をたしかめた。

「異状はないようだ。しかし、やっぱり、パーカー、アクロイドさんを起こしてみよう。何事もなかったということを、ご主人の口から直接聞かないと、安心して帰れないからね」そう言いながら、私はノブをガチャガチャいわせて、大声で呼んだ。「アクロイドさん、アクロイドさん」

だが、それでも返事がなかった。私は肩ごしにパーカーをふりかえって、ためらいながら、「家のなかの人たちをびっくりさせたくないんだがね」と、言った。

パーカーは、私たちがはいってきたホールとの境のドアをしめてきた。

「こうしておけば大丈夫だろうと思います。撞球室は向う側ですし、奉公人の部屋やご婦人がたの寝室も離れておりますから」

私はうなずいて、もう一度、力いっぱいドアをたたいた。それから腰をかがめて、鍵孔から大声で呼んだ。

「アクロイドさん、アクロイドさん！　シェパードです。入れてください」

だが、それでも——ひっそりしていた。鍵のかかった室内には、まったく人の気配が感じられなかった。パーカーと私は顔を見あわせた。

「どうだね、パーカー、ドアをこわしてはいろうと思うんだが——二人でこわそうじゃないか。責任は私がもつ」

「先生がそうおっしゃるなら」パーカーは、ためらい気味に言った。

「そうだ。私はアクロイドさんのことが、ほんとに心配になってきたんだ」

せまいロビーを見まわすと、重い樫材の椅子があった。それをパーカーと二人がかりで持って力まかせにぶっつけた。一度、二度、三度、椅子を錠前に叩きつけた。三度目に錠はこわれて、二人は部屋のなかへよろめきこんだ。

アクロイドは、私が部屋を出たときと同じように、暖炉の前の肘掛椅子に腰をおろしていた。頭ががっくりと横にたれて、上衣の襟のすぐ下のところに、ねじれた金属細工が光っているのが、はっきりと見えた。

パーカーと私は近づいて、ぐったりとしたアクロイドの姿を見おろした。鋭い音を立ててパーカーが息をのむのを私は聞いた。

「背後から刺されたんです。おそろしいことだ！」

パーカーはハンカチで額の汗をふき、それから、短剣の柄へ、おずおずと手をのばした。

「さわっちゃいけない」私は鋭く言った。「すぐ警察へ電話をかけるんだ。そして、このことを知らせるんだ。それからレイモンド君とブラント少佐に知らせてくれ」

「かしこまりました」

まだ額の汗をふきながら、パーカーは急いで部屋から出て行った。

すべきことはしたが、死体を動かさないように、短剣には手をふれないように注意した。短剣を抜きとったところで、もはやなんの役にも立たなかった。アクロイドは、あきらかに、かなり前にこと切れているからだ。

やがて、レイモンド青年の、おびえたような、信じかねるような声が、部屋の外で聞こえた。

「なんだって？　え？　まさか！　先生はどこにいるんだ？」

青年は、せっかちに部屋へはいりかけたが、とたんに顔を真蒼にして入口で立ちどまった。その彼を押しのけて、ヘクター・ブラントが部屋へはいってきた。

「おお！」そのうしろでレイモンドが叫んだ。「じゃ、やっぱり本当だったのか」

ブラントは、まっすぐ肘掛椅子のそばに歩みよった。死体の上にかがみこんだので、私は彼もパーカーと同じように短剣の柄に手をふれるのではないかと思った。私は手を出して彼を引きもどした。

「なにも動かしてはいけません」と私は説明した。「現状のまま警察に見せなければいけないんです」

ブラントは、すぐに諒解してうなずいた。顔は、あいかわらず無表情だったが、その硬いマスクの下に、私は激しい感情の動きを見たような気がした。ジェフリー・レイモンドも、そのときはそばへきて、ブラントの肩ごしに死体をのぞきこんでいた。

「おそろしいことだ」と彼は低い声で言った。

レイモンドは落着きをとりもどしてはいたが、いつもかけている鼻眼鏡をはずして、レンズを拭うのを見ると、その手がふるえていた。

「物盗りでしょうね?」と彼は言った。「しかし、どこからはいったのだろう? 窓からかな? なにか盗まれたものがあるかしら?」

そう言いながら彼は机のほうへ行った。

「きみは強盗のしわざだと思うのかい?」と私はゆっくりとした口調で言った。

「ほかに考えようがありますか? 自殺という線は問題にならないと思います」

「こんなふうに、自分で短剣を突き刺すことは不可能だ」私は確信をもって言った。「他殺にまちがいない。しかし、動機はなんだろう?」

「ロジャーは敵をつくるような人間じゃない」ブラントは静かに言った。「強盗にちがいない。だが、なにを盗もうとしたのだろう? 探しまわったようすはないようだ」

彼は室内を見まわした。レイモンドは、まだデスクの上の書類を調べていた。

「なにもなくなっていませんし、どのひきだしも、かきまわしたようすがありません」レイモンドは言った。「実に不思議です」

ブラントは顎をしゃくってみせた。そして、「床に手紙が落ちているよ」と言った。

私は床の上を見た。宵のうちにアクロイドが落としたときのまま、三、四通の手紙が散らばっていた。

だが、フェラーズ夫人の手紙がはいっていた青い封筒はなかった。私が口をひらきかけたとき、呼鈴の音が家じゅうにひびきわたった。ホールに人声がして、やがてパーカーが警部と巡査を案内してきた。

「こんばんは、みなさん」と警部が言った。「まことにお気の毒なことです。アクロイドさんのような、やさしい立派な紳士が、こんなことになるなんて。執事の話では他殺だということですが、先生、事故あるいは自殺の可能性はありませんか？」

「絶対にありませんね」と私は答えた。

「そうですか。面倒なことになりましたな」

彼はそばへきて立ったまま死体をのぞきこんだ。

「何も動かしてないでしょうね？」

「私が絶命しているのをたしかめましたが――それには、たいして手間はかかりませんでしたよ――それ以外、死体には全然手をふれていません」

「なるほど。そして、あらゆるものが殺人が行なわれたことを指摘しているわけですね——すくなくとも現在のところでは。では、事情を伺いましょう。死体を発見したのは誰ですか？」

私は慎重に事情を説明した。

「電話で知らせてきたとおっしゃるんですね？　執事から？」

「わたくしは絶対に電話をかけたおぼえはありません」パーカーは熱心に主張した。「今夜は一度も電話のそばへ近づきませんでした。そのことは、ほかの人たちも証明してくれると思います」

「おかしな話だな、それは。先生、たしかにパーカーの声のように聞こえましたか？」

「そうですね——たしかにそうとは断言できませんね。なにしろ、はじめからパーカーだと思いこんでいましたから」

「ごもっともです。そこで、ここへ駆けつけてきて、ドアをこわして部屋にはいり、アクロイドさんがこういう姿になっているのを発見したというわけですね。死後どのくらい経過していると思いますか、先生？」

「すくなくとも三十分——あるいは、もっとたっているかもしれませんね」

「ドアは内側から鍵がかかっていたとおっしゃいましたね？　窓はどうでしたか？」

「窓は、私自身が、宵のうちに、アクロイドさんから頼まれてしめ、錠をおろしました」

警部は、大股に窓のところへ歩いて行って、カーテンを引きあけた。

「しかし、いずれにしても、いまは開いていますな」と彼は言った。

そのとおり窓は開いていた。下のガラス窓が、いっぱいに引きあげられていた。

警部は懐中電灯をとり出して、外側の窓敷居を照らした。

「なるほど、犯人はここから逃げたんですな。はいったのも、ここからです。ごらんなさい」

明るい懐中電灯の光に照らされて、はっきりそれとわかる靴跡が、いくつか見えた。ゴム底の靴跡のように見えた。とくにはっきりしている一つの靴跡は内側を向き、もう一つはちょっと前のと重なりあって外側を向いていた。

「一目瞭然ですな」と警部は言った。「なにか貴重品がなくなっていますか？」

ジェフリー・レイモンドは首を振った。

「いま私どもが調べたところでは、なにもなくなっていません。アクロイドさんは、とくに貴重なものは一つもこの部屋へおいておきませんでした」

「ふむ」警部は言った。「犯人は窓が開いているのを見て、外からよじのぼり、アクロイド氏が椅子に腰かけているのを見た——たぶんアクロイド氏は眠っておられたのだろう。そこで犯人はうしろから一突きに刺したが、急に恐ろしくなって逃げ去った。しかし靴跡だけは、はっきり残している。これじゃ、たいして苦労もせずに、そいつをつかまえることができそうだ。このへんを怪しげな人間がうろついていたというようなことはありませんか？」

「ああ、そうだ！」私は、だしぬけに言った。

「なんですか、先生？」

「今夜、門を出ようとしたとき、妙な男に会ったんです、その男は、ファーンリー荘へ行く道を私にたずねました」

「何時ごろでしたか？」

「ちょうど九時きっかりです。門を出ようとしたとき教会の時計の鳴るのが聞こえました」

「その男の人相はわかりませんか？」

私は、できるだけくわしく人相風態を話した。

警部は執事のほうを向いた。

「いまの人相にあてはまるような男が、玄関へきたかね？」

「いいえ、今夜は一人も訪問客はありません」

「裏口は？」

「たぶん、そんなことはないと思いますが、念のため奉公人たちにたずねてまいりましょう」

パーカーがドアのほうへ行きかけるのを、警部は大きな手をあげてとめた。

「いや、けっこうだ。私が自分で質問する。しかし、そのまえに、時間の点を、もうすこしはっきりさせておきたい。アクロイドさんを最後に見たのは誰ですか？」

「最後に会ったのは、たぶん私だろうと思います」と私は言った。「私が別れたのは――ちょっと待ってください――九時十分ぐらいまえでした。アクロイドさんが、誰にも邪魔されたくないと言いましたので、私はパーカーにそのことを伝えました」

「そのとおりでございます」とパーカーは丁重《ていちょう》に言った。

「アクロイドさんは、九時半には、たしかに生きておられました」とレイモンドが口をはさんだ。「この部屋で話をしておられる声を私は聞きました」

「誰と話をしていたのかね？」

「それはわかりません。もちろんそのときは、シェパード先生とごいっしょだとばかり思っていました。私は、そのとき仕事の書類のことで、アクロイドさんにおたずねしたいことがあったんですが、話し声が聞こえましたので、今夜は誰にも邪魔されずにシェパード先生と話がしたいと言われたことを思い出して、そのまま引き返したのです。しかしいま考えてみると、そのときはもう先生はお帰りになったあとだったようですね」

私はうなずいた。

「私は九時十五分すぎには家へ帰っていました」と私は言った。「それから電話で呼ばれるまで、どこへも出かけていません」

「すると、九時半にアクロイド氏といっしょにいたのは誰だろう?」と警部は言った。

「あなたではありませんね、ええと――なんというお名前でしたかね?」

「ブラント少佐です」と私は言った。

「ヘクター・ブラント少佐ですか」警部の声には敬意がこめられていた。

ブラントはただ首を振ってみせただけだった。

「少佐とは以前にも、こちらでお会いしましたね?」と警部は言った。「ついお見それしましたが、去年の五月にも、たしかここへお泊まりになりましたね?」

「六月です」とブラントは訂正した。

「そうそう、六月でした。ところで、いまおたずねしたように、今晩九時半にアクロイドさんといっしょにいたのは、あなたではないでしょうね?」

ブラントは首を振った。

「食事のあとは一度も会っていません」と、少佐は質問されるまえに答えた。

警部は、ふたたびレイモンドのほうに向きなおった。

「そのとき、話の内容は聞きとれませんでしたか?」

「ほんのちょっとですが聞きました」と秘書のレイモンドは答えた。「しかし、そのとき私は、アクロイドさんとごいっしょなのは、シェパード先生だとばかり思っていたものですから、アクロイドさんのおっしゃった言葉を聞いて、とても変に思いました。私のおぼえているかぎり正確に申しますと、アクロイドさんは、こうおっしゃったのです。『最近は、はなはだ出費が多いので』アクロイドさんは、このとおりおっしゃいました。『せっかくのお申出でながら、ご期待にそうことは……』もちろん、私はすぐに立ち去りましたので、それからさきは聞いておりません。しかし、どうも不思議で、まさかシェパード先生が――」

「――自分のために借金を申し込むはずはないし、他人にかわって無心するはずもない」と私はその言葉を引きとった。

「金の無心か」警部は考えこんだ。「これは重大な手がかりになるかもしれんな」それから今度は執事に向かって言った。「パーカー、きみはさっき、誰も表玄関から訪問した客はいないと言ったね？」

「そのとおりでございます」

「すると、その謎の人物を家へ入れたのはアクロイド氏自身だということになりそうだ。それにしては、よくわからんが――」

警部はしばらく、白昼夢のなかをさまよっているように見えた。

「うむ、一つだけはっきりしていることがある」警部は放心状態から覚めたように言った。「アクロイド氏は九時半にはちゃんと生きていたということだ。生きていたと証明できるのは、この時刻までだ」

そのときパーカーが咳払いをした。警部の視線が彼に移った。

「なんだね？」と警部は鋭く問いかけた。

「出しゃばるようで恐縮でございますが、そのあとフロラさんがアクロイドさんにお会いになっております」

「フロラ嬢が？」

「さようでございます。十時十五分ぐらいまえだったように思います。フロラさんは、部屋から出てくると、今夜はこれ以上アクロイドさまのじゃまをしてはいけないとおっしゃいました」

「アクロイド氏は、それを伝えるためにフロラさんをおまえのところへ行かせたのか？」

「いいえ、そういうわけではございません。私がウィスキーとソーダ水をのせたお盆を持って行きますと、ちょうどフロラさんがこの部屋から出ておいでになりまして、私を呼びとめられ、アクロイドさまは今夜は誰にもじゃまされたくないとおっしゃっていると私にお話しになったのでございます」

警部は、それまでよりもいっそう注意ぶかい視線を執事に向けた。

「そのまえに、きみはアクロイド氏から、じゃまをしないようにと言い渡されていたんじゃないのか？」

パーカーは急にどもりはじめた。手がぶるぶるふるえていた。

「はい、さようでございます。そのとおりでございます」

「それなのに、部屋へはいろうとしたのか？」

「つい、忘れていたのでございます。とにかく、いつもその時刻にはウィスキーとソーダ水を持ってまいりまして、なにかご用はないかとお伺いする習慣だったものですから――つまり、いつもの習慣で、ついうっかりと――」

パーカーのうさんくさい狼狽ぶりに私が気がつきはじめたのは、このときからだった。執事は体じゅうをふるわせていた。

「うむ」と警部は言った。「すぐフロラ嬢に会わなければならない。しばらくこの部屋はこのままにしておくことにしよう。ここの調査は、フロラ嬢の話を聞いてからにしよう。念のため、窓をしめて錠をおろしておくことにしよう」

それだけのことをしてから、警部はホールへはいって行った。私たちも彼のあとにつづいた。警部は、ちょっと立ちどまって狭い階段を見あげてから、肩ごしに巡査に言った。

「ジョーンズ、きみはここに残っていてくれ。誰もあの部屋に入れないように」

パーカーが、うやうやしく口をはさんだ。

「失礼でございますが、玄関へ通じるあのドアをしめますと、誰もこの部屋へははいれません。あの階段は、アクロイドさまの寝室と浴室にだけ通じておりまして、ほかの部屋とは、全然連絡がございません。以前にはドアが一つあったのでございましたが、アクロイドさまがふさいでおしまいになりました。ご自分のお部屋を完全に独立させたかったのでございます」

ここで事情をはっきりさせ、状況を説明するために、この家の右手の翼の簡単な見取図を挿入することにした。パーカーが説明したように、狭い階段は、二部屋をぶちぬいて一部屋にした広い寝室と、そのとなりの浴室と洗面所に通じている。

警部は一目で部屋の配置を見てとった。私たちがホールへはいると、そこのドアに鍵をかけ、その鍵をポケットに入れた。それから巡査になにか低い声で指示をあたえた。巡査は、すぐに出て行った。

「これから例の靴跡を調べなければなりませんが」と警部は言った。「しかし、そのまえに、ちょっとフロラ嬢に会って話を聞かなければなりません。フロラさんは、アクロイド氏が生きているうちに会った最後の人物ですからね。フロラ嬢は、この事件を、もう知っていますか?」

レイモンドが首を振った。

「では、あと五分間は、知らせる必要がありません。事件を知ってとり乱されては、私の質問に答えていただけないでしょうからね。ただ、強盗がはいったので、着がえをして降りてきて、ちょっと質問に答えていただきたいと伝えてください」レイモンドがこの伝言

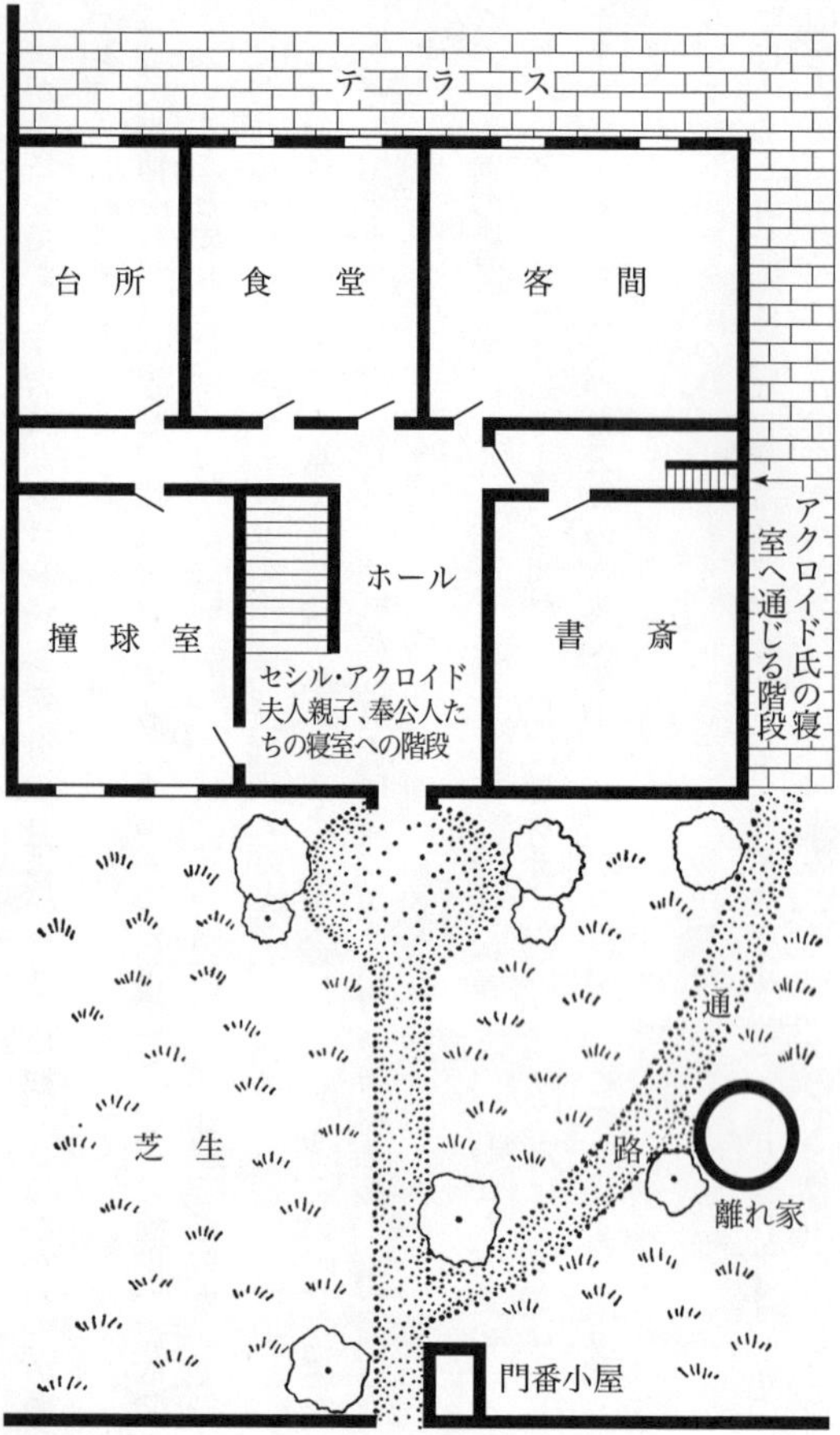

テ　ラ　ス
台所
食　堂
客　間
ホール
撞球室
書　斎
セシル・アクロイド
夫人親子、奉公人たち の寝室への階段
アクロイド氏の寝室へ通じる階段
通路
離れ家
芝生
門番小屋

をもって二階へあがって行った。

「フロラさんは、すぐ降りていらっしゃるそうです」とレイモンドはもどってきて報告した。「警部さんが言われたとおりに伝えておきました」

五分とたたぬうちに、フロラが階段をおりてきた。薄桃色の絹のキモノをまとっていた。不安そうな興奮した表情だった。

警部が進み出た。

「こんばんは、お嬢さん」と警部は、ていねいに言った。「盗賊がはいった形跡がありますので、ご協力をねがいたいのです。これは、なんの部屋ですか――撞球室ですか。では、こちらへきて、お掛けください」

フロラは、壁いっぱいの長さの長椅子《ディヴァン》に、おちついて腰をおろし、警部を見あげた。

「なんのことやらわかりませんけれど、なにか盗まれましたの？　わたしから、なにをお聞きになりたいんですか？」

「いや、簡単なことです。パーカーの話によると、あなたは十時十五分くらいまえに、伯父さまの書斎から出てこられたそうですが、それにちがいありませんか？」

「そのとおりですわ。伯父に、おやすみなさいを言いにまいったのです」

「時刻もまちがいありませんか？」

「だいたいそのころだったと思いますが、でも、正確にはおぼえておりません。ことによると、もうすこし遅かったかもしれません」

「そのとき伯父さまは、お一人でしたか？　それとも誰かいっしょにいましたか？」

「一人でしたわ。シェパード先生がお帰りになったあとでした」

「そのとき窓が開いていたか、しまっていたか、気がつきませんでしたか？」

フロラは首を振った。

「わかりませんわ。カーテンが引いてありましたから」

「なるほど。伯父さまは、ふだんと変わらないごようすでしたか？」

「そう思います」

「失礼ですが、あなたは伯父さまと、どんな話をなさいましたか？」

フロラは記憶をまとめようとするかのように、答えるまえに、ちょっと考えていた。

「わたしは、お部屋へはいって、『おやすみなさい、伯父さま。今夜は疲れていますから、おさきにやすませていただきます』と申しました。するとと伯父がうなずきましたので、わたしはそばへ行って接吻しました。伯父は、わたしが着ているフロックはとても似合うよというようなことを言って、忙しいから早く行くようにと申しました。それでわたしは部屋を出たのです」

「伯父さまは、誰も書斎へ入れないようにと、とくにおっしゃいましたか？」

「ああ、そうそう、忘れていましたわ。伯父は『パーカーに、もう今夜は用事はないから、邪魔をしないように伝えてくれ』と申しました。ちょうどドアの外でパーカーに会いましたので、わたしは、そのとおり伝えました」

「そうですか」と警部は言った。

「なにを盗まれたんですか？」

「それが――実はまだはっきりしないんです」ためらいがちに警部は答えた。

フロラの目が大きくみひらかれ、不安の色がうかんだ。彼女は、いきなり立ちあがった。

「なにかあったんですね？　なにかわたしにかくしていらっしゃるんですね？」

ヘクター・ブラントが、持ち前のひかえめな態度で、フロラと警部のあいだに割ってはいった。フロラが手をさしのべようとすると、ブラントはそれを両手でとって、まるで幼い子供でもあやすように軽くたたいた。フロラは、彼のがっしりした岩のような態度のなかに慰めと安全を見いだしたかのように、少佐を見あげた。

「とんでもないことが起こったんです、フロラさん、われわれみんなにとって不幸なことが起こったんです。伯父さんのロジャーが――」

「伯父がどうかしたんですか？」

「あなたには大変なショックだろうと思います。きっとショックをうけるにちがいない。ロジャーは死んだのです」

フロラは、はっとして身をひいた。恐怖のために目が大きくひろがった。

「いつ？　いつですか？」フロラは、ささやくように言った。

「あなたが伯父さまの部屋を出て、まもなくではないかと思います」ブラントは重々しく答えた。

フロラは咽喉に手をあて、短い叫び声をあげた。私は、倒れようとするフロラを、急いで抱きとめた。気をうしなったのだ。ブラントと私はフロラを二階へかかえあげ、ベッドに寝かせた。それから私は、セシル・アクロイド夫人を起こして凶事を知らせてくれるように少佐に頼んだ。フロラは、まもなく気がついたので、私は夫人に手当の方法を教えて看護をまかせた。それから急いで階下にもどった。

6　チュニジアの短剣

私は、台所へ通じるドアから出てきた警部と、ばったり出会った。

「先生、お嬢さんはどうですか？」

「うまいぐあいに気がつきましたよ。お母さんが付き添っています」

「それはよかった。私は召使たちを調べてみたんですが、みんな口をそろえて今夜裏口へきたものは一人もいないと言っています。あの怪しい人物についての先生の観察は、すこしぼやけているようですな。なにかもっとはっきりと判断の基礎になるようなものはありませんか？」

「残念ながらありませんね」と私は答えた。「暗い夜だったし、その男は上着の襟を立てて、帽子を目深にかぶっていましたからね」

「なるほど」と警部は言った。「顔をかくそうとしていたのかもしれませんな。たしかに先生の知合いの人間じゃなかったんですね？」

私は知らない人間だったと答えたが、しかし、それほど断定的には言えなかった。その男の声に、どこか聞きおぼえがあるように感じたことを思い出したからだ。私はこのことを、すこしためらいながら警部に説明した。

「がさつな、無教育な人間の声だったと言われるんですね？」

私はうなずいたが、しかし、がさつなというのは、すこし誇張した言い方のようにも思えてきた。警部が考えたように顔をかくすつもりだったとすれば、声だって作り声をしたと考えることもできるわけだ。

「先生、すみませんが、もう一度、書斎へきていただけませんか。一つ二つおたずねしたいことがあるんです」

私に異存はなかった。デイヴィス警部はロビーのドアの鍵をあけ、私がはいると、自分もはいって、またそのドアに鍵をかけた。

「二人きりでお話ししたいんです」と警部は薄気味わるい口調で言った。「立ち聞きされちゃ困りますからね。ところで、例の恐喝というのは、いったいどういうことなんですか？」

「恐喝ですって？」私はびっくりして叫んだ。

「あれはパーカーの空想からうまれた産物ですか？　それとも、なにか根拠があると思いますか？」

「もしパーカーが恐喝についてなにか耳にしたとすれば、きっとドアの外で鍵孔に耳を押しつけて聞いたのだろうと思います」

デイヴィス警部はうなずいた。

「おそらく、そんなところでしょうね。私は、パーカーが、今夜ひとりのとき、なにをしていたかを、すこしばかり調査しはじめたんです。実を言うと、どうもあの男の態度が納得できないんです。あの男は、なにか知っていますよ。私が質問をはじめると、やっこさん、ぎょっとしたようすで、だしぬけに恐喝とかなんとか怪しげなことを言いだしたんです」

私は即座に肚をきめた。

「あなたのほうからこの問題をもち出していただいて、私としては大助かりです。実はさっきから、事情をすっかりお話ししたものかどうか、迷っていたんです――というより、すでに事実上は、なにもかもお話しすることにきめていたんですが、適当な機会を待っていたわけなんです。いまお話ししたほうがいいようだ」

そして、すぐに私は前に書いたようなその夜の出来事を、すっかり話した。警部は、ときどき質問をはさみながら、熱心に耳をかたむけていた。

「実に意外な話ですな」私が話し終わると、警部は言った。「すると、その手紙は完全に消えうせたとおっしゃるんですね。残念ですな——実に残念だ。それさえあれば、われわれが求めているもの——殺人の動機がわかるんですがね」

私はうなずいた。

「私もそう思います」

「アクロイド氏が、この家の家族の誰かが関係しているんじゃないかと思っていることをほのめかした、とあなたはおっしゃいましたね？　もっとも、家族という言葉は、広くも狭くも解釈できますがね」

「まさかあなたは、われわれの探している人物はパーカーかもしれないなどと考えているんじゃないでしょうね？」と私は言った。

「どうもくさいですな。あなたが部屋を出られたとき、あの男は、あきらかにドアのところで立ち聞きしていた。そのあと、あの男が書斎へはいろうとしたとき、フロラさんとばったり出会った。かりにフロラ嬢が立ち去ってから、また書斎にはいったとしたら、どうですか？ アクロイド氏を刺し殺し、内側からドアに鍵をかけ、窓を開けて外へ出る、そして、あらかじめ開けておいた裏口へまわる——という推理はどうですか？」

「それには一つだけ矛盾があります」私は考えながら言った。「もしアクロイド氏が、私が帰るとすぐあの手紙を読んだとしたら——彼はとても読みたがっていたんです——そのあと一時間もここに腰をおろしたまま、あれこれ心のなかで思いあぐねていたというのは、ちょっと理解できませんね。おそらくすぐにパーカーを呼びつけて、その場で詰問し、大声でどなりつけたと思います。アクロイドが、ひどく癇癪《かんしゃく》持ちだったことを忘れないでください」

「しかしアクロイド氏は、そのとき手紙を読むひまがなかったのかもしれない。九時半に誰かといっしょだったことはわかっているんです。もしその客が、あなたが帰ったあとすぐにきて、その人物が帰ってからフロラさんが寝るまえの挨拶にきたとすると、十時頃まで手紙を読むひまがなかったことになります」

「では、あの電話は？」

「パーカーがかけたんですよ——おそらくドアをしめて窓を開けることを考えつくまえでしょうね。ところが、そのあとで気が変わり——あるいは怖ろしくなって——電話のことは知らぬぞんぜぬで通そうということに肚をきめたんです。それにちがいないですよ」

「そうでしょうか——」私はいくらかあいまいに言った。

「とにかく、電話の件は交換局をしらべれば真相がわかりますよ。この家からかかった電話だとすれば、パーカー以外には考えられません。犯人はあの男ですよ。しかし、当分このことは秘密にしておいてください——証拠をすっかり固めるまでは、あいつに警戒させたくないですからね。やっこさんがずらからないように監視しましょう。表向きは、あなたがおっしゃった謎の男を追っているように見せかけておきましょう」

警部は、それまで馬乗りにまたがっていたデスクのまえの椅子から立ちあがって、肘掛椅子の死体のそばへ行った。

「この凶器は手がかりになりますな。めずらしい品だ——見たところ骨董品《こっとうひん》らしいですな」

彼は腰をかがめて、短剣の柄を入念にしらべていたが、やがて満足そうに鼻を鳴らした。それから、とても慎重に、柄の下のところをつかんで、傷口から刀身を抜きとった。なおも柄に手をふれないように用心しながら、その短剣をマントルピースの上に飾ってある口の広い陶器の茶碗のなかに入れた。

「さよう」と彼は短剣のほうに顎をしゃくってみせながら言った。「りっぱな美術品ですよ。そこらにざらにある品物じゃありません」

まったくそれは精巧な品物だった。刀身はほそくて、さきがとがっており、柄には珍しい入念な金属細工が巧みにはめこんであった。警部は、注意深く指で刀身にさわってみて切れ味をためし、感服したように顔をしかめた。

「すばらしい刃だ。これなら子供でも人を刺せる――バターを切るようにわけなく刺すことができる。そのへんにころがしておくには、いささか物騒な玩具ですよ」

「もう死体は調べてもよろしいですか？」と私はたずねた。

警部はうなずいた。

私は綿密に死体を調べた。

「どうですか？」私が調べ終わると、警部はたずねた。

「専門用語ははぶいて説明します。専門的なことは検屍審問のときまで待ちましょう。右ききの人間が背後から加えた犯行で、即死です。被害者の顔の表情から見て、まったく予期されない犯行だったと思われます。被害者は、加害者が誰か、それさえ知らずに死んだかもしれませんね」

「執事なんてやつは、猫みたいに足音も立てずにそっと歩きまわりますからね」とデイヴィス警部は言った。「この犯行には、たいして不可解な点はないようです。短剣の柄をごらんください」

私は見た。

「あなたにははっきり見えないかもしれないが、私には一目でわかります」彼は声をひそめて言った。「指紋ですよ！」

警部は自分の言葉の効果をためそうとするように、二、三歩あとへさがった。

「なるほど」と私はたいしておどろきもせずに言った。「そうだろうと思っていましたよ」

なぜ私が無知だと思われなければならないのか、その理由が私にはわからなかった。私だって推理小説も読めば新聞も読むし、普通の理解力をそなえた人間なのだ。もし短剣の柄に足の指の痕がついているとでもいうのなら問題は別だ。そのときには私だって、いくらでもおどろいたり怖がったりしてみせるだろう。

警部は、私がびっくりしてみせなかったのが不満らしかった。彼は茶碗をとりあげ、私を撞球室へさそった。

「レイモンド君が、この短剣について、なにか知ってるかどうか、たずねてみたいんですよ」と、警部は説明した。

ホールへもどって、外側のドアに鍵をかけてから、撞球室へ行った。そこにジェフリー・レイモンドがいた。警部は証拠の品をさし出した。

「レイモンドさん、これに見おぼえがありますか？」

「見たことがあります――たしかそれはブラント少佐がアクロイド氏に贈られた品だと思いますが、モロッコ――いや、チュニジア産のものです。それじゃ、これが凶器に使われたんですか？　意外ですね。ほとんど考えられないくらいですが、しかし同じ短剣が二つあるはずはありませんしね。ブラント少佐を呼んできましょうか？」

返事を待たずに彼は急いで出て行った。

「いい青年ですな」と警部は言った。「正直で純真なところがある」

私もその意見に同意した。ジェフリー・レイモンドがアクロイドの秘書をつとめてきたこの二年のあいだに、私はアクロイドが彼に腹を立てたり癇癪をおこしたりしたのを見たことがなかった。同時にレイモンドが非常に有能な秘書だったことも私は知っていた。

まもなくレイモンドはブラント少佐をつれてもどってきた。

「私の言ったとおりです」レイモンドは興奮して言った。「やはりチュニジアの短剣ですよ」

「しかしブラント少佐はまだ現物を見ていないはずですがね」と警部は反駁した。

「さっき書斎へはいったとき見ました」と無口な狩猟家は答えた。

「じゃ、あのときもう知っていたんですね？」

ブラント少佐はうなずいた。

「なぜ、そのときすぐにそのことをおっしゃらなかったんですか？」警部は疑わしそうに言った。

「言うべき時機ではなかったからです」とブラントは言った。「言うべき時機でないのに余計なことをいうと、いろんなまちがいを起こしますからね」

彼は平然として警部の凝視を見かえした。

警部のほうが口のなかでなにかぶつぶつ言って目をそらした。そして短剣をブラントに渡した。

「あなたは確信をもっておられるようだが、少佐、たしかにまちがいないとおっしゃるんですね？」

「絶対に。疑問の余地はありません」

「ふだんは、こういう――骨董品は、どこにしまっておくんでしょう？　ごぞんじありませんか、少佐？」

それに答えたのは秘書だった。

「応接間の銀卓のなかです」

「なんだって？」と私は叫んだ。

みんなが私の顔を見た。

「どうしたんですか、先生？」警部が、うながすように言った。

「いや、なんでもありません」

「どうしたんですか、先生？」と、もう一度警部がうながした。

「いや、つまらないことなんです」と私は言いわけがましく説明した。「ただ、今夜、晩餐によばれたとき、応接間で銀卓の蓋のしまる音を聞いたんです」

警部の顔に深い疑惑の色と、わずかながら半信半疑の表情がうかぶのを私は見た。

「銀卓の蓋の音だと、どうしてわかったんですか?」

やむをえず私はくわしく説明した――退屈な、くどくどした説明で、私としては実に気のすまない説明だった。

警部は、私の説明をしまいまで聞いた。

「先生が銀卓のなかのものをごらんになったとき、この短剣は、ちゃんとありましたか?」

「わかりません。はっきりあったという記憶はないんですが――しかし、もちろんそこにあったんでしょうね」

「家政婦を呼んできいてみよう」と警部は言って、呼鈴を鳴らした。

まもなく、パーカーに呼ばれて、ミス・ラッセルがはいってきた。

「わたくし、銀卓のそばへは行かなかったように思います」彼女は警部の質問に答えた。「お客間の花がみんな新しくとりかえてあるかどうかを、わたくしは見てまわっておりました。ああ、そうそう、いま思い出しましたわ。銀卓の蓋は開いておりましたわ。開けておいてはいけないと思いまして、わたくしは、通りがかりに蓋をしめたんでございます」

そう言って彼女は、挑むように警部を見た。

「わかりました」と警部は言った。「そのとき、この短剣はそこにありましたか?」

「さあ、はっきりしたことは申せませんわ」ミス・ラッセルは答えた。「わたくしは別に見ようともしませんでしたから。みなさまが、もうすぐいらっしゃることを知っていましたので、わたくしは、早くそこを出ようとしたのです」

「ありがとう」と警部は言った。

警部は、もっと突っこんできたいらしく、ちょっとためらうようすを見せたが、家政婦のほうでは、「ありがとう」という言葉を、あきらかに、もう質問は終わったと解釈し、そのまま出て行ってしまった。その後ろ姿を見送って、「なかなか、しっかり者らしい」と警部はつぶやいた。「待てよ。その銀卓というのは、窓際にあるとおっしゃいましたね、先生？」

レイモンドが私に代わって答えた。

「そうです、左の窓際です」

「その窓は開いていましたか？」

「すこし開いていました」

「とすると、これ以上この問題に深入りする必要はなさそうですな。ある人物は――ひとまず、ある人物と言っておきましょう――あの短剣をいつでも好きなときに手に入れることができた。とすると、正確に、いつ手に入れたかということは、すこしも問題ではありません。レイモンド君、私は明朝、署長といっしょにもう一度まいります。あのドアの鍵は私が預かっておきます。メルローズ署長に、現場を、ありのまま見せたいからです。署長は州境まで晩餐に招かれて行って、たしか今夜はそちらに泊まるはずです……」

私たちは、警部が短剣を入れた茶碗をとりあげるのを見まもっていた。

「この品は慎重に保管しておかなければなりません。いろいろの点で重要な証拠品になりそうだから」

数分後に私はレイモンドと撞球室を出たが、彼は、おもしろそうにくすくす笑った。彼が私の腕に手をかけたので、私は彼の視線の方向を追った。デイヴィス警部がパーカーに小さなメモを渡して、なにか意見を求めているようすだった。

「すこし見えすいていますね」とレイモンドは言った。「それじゃ、パーカーに嫌疑がかかっているんですね。私たちもデイヴィス警部に指紋を提供しようじゃありませんか」

彼は名刺受けから二枚の名刺をとり、それを絹のハンカチで拭いてから、一枚を私に渡し、一枚を自分がとった。それから、にやにや笑いながら、それを警部に渡した。

「お土産をさしあげましょう」と彼は言った。「第一号はシェパード先生。第二号は、私のものです。ブラント少佐の分は明朝さしあげます」

若いものは陽気だ。友人でもあり、主人でもあった人物の悲惨な殺害事件すら、ジェフリー・レイモンドの心を、いつまでも曇らせておくことはできないのだ。またそれでいいのかもしれない。私にはわからない。私自身は、そうした弾力性を、とうの昔にうしなってしまったのだ。

家へ帰ったのは、ずいぶん遅かったから、カロラインはもう寝ているだろうと思ったが、それは私の認識不足だった。

姉は熱いココアを用意して私を待っていた。そして、私がそれを飲むあいだに、その晩の出来事をすっかり私から引き出してしまった。私は殺人の事実だけを話し、恐喝の件については、なにもふれなかった。

「警察では。パーカーを疑っているらしい」私は立ちあがって寝室へ行きながら言った。

「状況は、かなり明確に、あの男にとって不利なようです」

「パーカーですって!」と姉は言った。「ばかばかしい! あの警部は、よっぽど低能だわ。パーカーが容疑者だなんて、あきれてものが言えないわ! じょうだんじゃありませんよ」

こういう不明確な姉の宣言を最後に、私たちはそれぞれ寝室へはいった。

7　隣家の男の職業

翌朝、私は、たいして重症患者がいるわけではないからという口実で、いくらか気はとがめたが、大いそぎで往診をすませた。帰ってくると、カロラインが玄関へ迎えに出てきた。

「フロラ・アクロイドがきているわ」姉は興奮して、低い声でささやいた。

「なんだって？」

私は、できるだけおどろきを見せまいとした。

「とてもあなたに会いたがっているわ。もう三十分も待っているのよ」

カロラインがさきに立って、せまい私の居間へ行きかけた。私もあとからつづいた。

フロラは窓際のソファに腰かけていた。喪服を着て、いらいらと手を握りしめていた。その顔を見て、私はぎょっとした。血の気がまったくなくなっていた。だが口をききはじめると、とてもおちついて、しっかりしていた。

「シェパード先生、先生のお力におすがりしたいと思ってまいりました」

「それはもう、いくらでもお力になりますわ」とカロラインが言った。

フロラがカロラインの同席を望んでいるとは、私には思えなかった。おそらく私と二人きりで話をしたかったのだと思う。だが一方、時間をむだにつぶしたくなかったらしく、フロラは、あきらめたように言った。

「先生、わたしといっしょにからまつ荘へ行っていただきたいんです」

「からまつ荘へ？」私はおどろいてききかえした。

「あの妙な小男に会いに？」カロラインが叫んだ。

「そうですわ。あの方が誰だか、ごぞんじでしょう?」

「私たちは理髪師の隠居だろうと想像していたんですがね」

フロラは碧《あお》い目をまるくした。

「まあ、あの方はエルキュール・ポワロさんですわ! ごぞんじでしょう——有名な私立探偵ですわ。とてもすばらしい仕事をなすったんだそうですわ——まるで小説のなかの探偵みたいに。一年前に隠退して、この村へいらしたんです。伯父はよく知っていましたが、ポワロさんが誰にも邪魔されずに静かに暮らしたいとおっしゃるので、誰にも話さないと約束したのです」

「そういう人だったんですか」私はゆっくりと言った。

「先生も、あの方のことはお聞きになったことがあるでしょう?」

「私はカロラインがよくいうように、時代おくれの人間なんです……たったいま、あなたの口から、はじめて聞いたんです」

「おどろいたわ!」とカロラインが言った。

姉が、なんのことを言ったのか、私にはよくわからなかった——おそらく自分が隣人の正体を見抜けなかったことを言ったのだろう。

「どういうわけで、あなたはポワロ氏に会いに行くとおっしゃるんですか?」私は、ゆっくりとたずねた。

「この殺人事件を調べていただくためにきまっているじゃありませんか」カロラインが、ずけずけと言った。「そんなに頭の働きが鈍くちゃ困るわよ、ジェイムズ」

私は、ほんとに頭が働かなかったわけではない。カロラインは、かならずしも私の意図を的確には理解していなかった。

「あなたはデイヴィス警部を信頼していないんですね？」私は言葉をつづけた。

「あたりまえじゃないの」とカロラインが言った。「あたしだって信用しないわ」

これでは誰だって殺されたのはカロラインの伯父だと思うだろう。

「ポワロ氏が、この事件を引き受けてくれるかどうか、どうしてわかります？」と私はたずねた。「現役から引退した人ですよ」

「そのことなんです」フロラは無造作に言った。「なんとかして承知していただきたいんです」

「そうすることが賢明な方法だと確信をもっているんですか？」私は重々しく言った。

「きまっているじゃないの。よかったら、あたしもいっしょにまいりましょうか」とカロラインが言った。

「失礼ですけれど、わたしは先生に行っていただきたいんです」とフロラは言った。

ときによっては、あけすけに言ったほうが得策なのを、フロラは知っていた。カロラインのような人間には、遠まわしに言ったのでは効果がないのだ。

「だって――」と、あけすけに言った埋合せにフロラは如才なく説明した。「先生はお医者さまですし、最初に死体を発見なすったんですから、ポワロさんにくわしいことをすっかり説明していただけると思うんです」

「そうね、たしかにそうですわ」とカロラインは不服そうに言った。

私は部屋のなかを一、二度、行ったりきたりした。

「フロラさん」と私はまじめな調子で言った。「悪いことは申しません、あの探偵をこの事件に引っぱりこむのは、よしたほうがいいですよ」

フロラは急に立ちあがった。みるみる頬に血の気がのぼった。

「先生が、なぜそうおっしゃるのか、わたしには、よくわかっています。でも、それだからこそ、わたしはポワロさんのところへ行きたいんです。先生は恐れていらっしゃるのです！　でも、わたしは恐れてなんかいません。ラルフのことなら、先生よりも、わたしのほうが、よく知っていますもの」

「ラルフですって?」とカロラインが言った。「ラルフと、どんな関係があるんですか?」

フロラも私もカロラインを無視した。

「ラルフは気の弱いひとかもしれません」フロラは言葉をつづけた。「過去には、ばかなこと――ときには悪いことだって――したかもしれません。でも、人を殺すようなひとではありません」

「いや、いや、私はラルフのことをそんなふうに考えているわけじゃありませんよ」

「それなら、なぜ先生は、ゆうべスリー・ボアーズ館へいらっしゃいましたの？」フロラは追及した。「お帰りの途中——伯父の死体が発見されたあとで」

私は、ちょっと言葉が出なかった。スリー・ボアーズ館へ行ったことは誰にも知られていないと思っていたのだ。

「どうしてそれをあなたは知っているんですか？」私は逆襲した。

「わたしは、けさあそこへ行ったのです。召使から、ラルフが泊まっていると聞いたものですから——」

私はそれをさえぎった。

「ラルフがこのキングズ・アボットにいることを、あなたは知らなかったんですか？」

「知りませんでした。わたし、びっくりしましたわ。わけがわかりませんでしたの。それで、不思議に思って出かけて行ったのです。そして、先生も昨夜お聞きになったように、ラルフが昨夜の九時ごろ外出して、そのまま帰っていないことを、宿の人から聞いたんです」

彼女の目が、挑むように私の目を見かえした。そして私の表情にあらわれたなにかに答えるように叫んだ——

「でも、それがどうしていけないんでしょう。どこへ行こうと、それはラルフの自由ですわ。ことによるとロンドンへ帰ったのかもしれませんわ」

「荷物をおいたままですか？」おだやかに私はたずねた。フロラは足を踏み鳴らした。

「そんなこと、どうでもいいと思います。かんたんに説明のつくことですわ」

「それだからあなたはエルキュール・ポワロのところへ行きたいとおっしゃるんですね。このままそっとしておいたほうがいいんじゃないですか。いいですか、警察では、すこしもラルフを疑っちゃいないんですよ。全然別の線を追っているんです」

「でも、そこが問題ですわ」フロラは泣き声になった。「警察はラルフに目をつけているんです。クランチェスターの町から、けさ――ラグラン警部という、いやらしい、イタチみたいな小男がやってきて、わたしよりも前にスリー・ボアーズ館へ行ったことがわかったんです。宿の人が、その警部がきたことや、質問したことを、すっかり話してくれました。きっとラルフを犯人だと思っているんですわ」

「そうすると、昨夜とは方針が変わったわけだ」と私はゆっくりと言った。「それでは、その男は、パーカーが犯人だというデイヴィス警部の説を信じないわけだ」

「パーカーだなんて」と姉は軽蔑するように鼻さきで笑った。

フロラは進み出て、私の腕に手をかけた。

「さあ！　シェパード先生、ポワロさんのところへまいりましょう。あの方なら真相を発見してくださいますわ」

「ねえ、フロラ」私は、やさしく彼女の手の上に自分の手を重ねて言った。「ほんとうにあなたは真相をとことんまでつきとめたいんですか？」

彼女は私を見て、重々しくうなずいた。

「先生は不安に思っていらっしゃるんですね。でも、わたしは確信しています。わたしは先生よりもラルフをよく知っていますもの」

「もちろんラルフがやったんじゃありませんよ」我慢に我慢をかさねていたカロラインが口をはさんだ。「ラルフは、浪費家かもしれないけれど、いい青年ですわ。あんなに行儀のいい人はいませんよ」

私はカロラインに殺人犯人のなかにも行儀のいい人間はたくさんいると言ってやりたかったが、フロラの前なので遠慮した。フロラがそう決意した以上、私としても従わざるをえないわけで、私たちはすぐに家を出た。姉が得意の「もちろん」ではじまるご託宣の火蓋を切らないうちに出かけたほうが得策だと思ったからだ。

とてつもなく大きなブルターニュ風の帽子（ブルトン帽）をかぶった老婆が、からまつ荘の玄関の戸を開けて私たちを迎えた。ポワロ氏は在宅らしかった。

こぢんまりとととのった居間に通され、ほんの一、二分待つと、きのうはじめて知合いになったポワロ氏がはいってきた。

「これは先生《ムッシュー・ル・ドクトゥール》、ようこそ」と彼はにこやかに言った。「いらっしゃい、マドモワゼル」ポワロはフロラに挨拶した。

「たぶん――」と私は口を切った。「昨夜起こった惨劇については、すでにお聞きおよびのことと思いますが」

ポワロの顔から笑いが消えた。

「もちろん聞いております。おそろしいことです。心からマドモワゼルにおくやみを申しあげます。なにか私でお役に立つことがありますか？」

「フロラ嬢は、あなたにお願いして、その――」と私は言いかけた。

「犯人を見つけていただきたいのでございます」と、フロラは、はっきりした口調で言った。

「そうですか」と小男の探偵は答えた。「しかしそれは警察がやってくれることでしょう？」

「警察はまちがいをしでかしそうなのです」とフロラは言った。「いまでも、もうまちがいかけているように思われます。ポワロさま、どうぞお力をかしてくださいまし。お金のことでしたら――」

ポワロは手をあげた。

「失礼ですが、お金のことではありません、マドモワゼル。もちろん、お金のことはどうでもよいと言っているわけではありません」彼の目が一瞬きらりと光った。「お金は、私にとって大きな意味をもっていましたし、いまだって、そうです。しかし、そのことではなく、もし私がこの事件に手をつけるとすれば、一つだけ、はっきり諒解していただかなくてはならないことがあります。それは、いったん手をつけたら私は最後まで徹底的にやるということです。よい猟犬は、けっして途中で嗅跡を捨てるようなことはいたしません！　あとになって、やっぱり警察にまかせておけばよかったとお思いになるかもしれませんよ」

「わたしは事実を知りたいのでございます」フロラはまっすぐに相手の目を見ながら言った。

「事実をすべてですか？」

「はい、すべての事実を」

「では、お引き受けいたしましょう」小男は静かに言った。「そして、いまのお言葉を、あとで後悔されることがないように祈ります。では、事情をすっかりお聞かせください」

「シェパード先生から話していただいたほうがいいと思います。先生は、わたしよりも、ずっとよくごぞんじなんですから」

そう頼まれたので、私は、すでに書きしるした事実を、細大洩らさず慎重に語りはじめた。ポワロは、ときどき質問をはさみながら、しかし、たいがいは黙って天井に目をむけたまま、注意ぶかく耳をかたむけていた。

私は、ゆうべ警部と私とがファーンリー荘を出たところで物語を終わった。

「それでは、今度は、ラルフのこともすっかりお話しになってくださいな」とフロラが言った。

私はためらったが、彼女のうむを言わさぬ視線に強いられて、話しつづけた。

「あなたは、その宿屋……スリー・ボアーズ館へ……昨晩、帰りがけにお寄りになったんですね？」ポワロ氏は、私の話がすむと、質問した。「なぜおいでになったんですか？」

私は、言葉を慎重にえらぶために、ちょっと間をおいた。

「誰かがラルフに伯父さんの死を知らせてやるべきだと思ったからです。ファーンリー荘を出てから、私とアクロイド氏以外には、ラルフがこの村にいることを誰も知らないんじゃないか、ということに気がついたのです」

ポワロはうなずいた。

「なるほど。先生が宿屋へお寄りになった動機は、それだけなんですね？」

「そうです、それが私の唯一の動機です」私はぎごちなく答えた。

「たとえば、その青年《ス・ジュノム》について——なんと申しますか——あなた自身、安心したい、という気持からではなかったんですか？」

「わたし自身が安心するといいますと？」

「先生は、私の言う意味が、よくわかっておられるのに、わからないような顔をしていらっしゃる。つまり、ペイトン大尉が、宵のうちずっと宿屋にいたことがわかれば、先生は、ほっとされたろうということですよ」

「そんなことはありません」私は鋭く言った。

小男の探偵は、私を見て重々しく首を振った。

「先生はフロラ嬢ほど私を信用してくださいませんね」と彼は言った。「しかし、それはいっこうかまいません。見のがしてならないのは、こういうことです――ペイトン大尉は、説明を必要とする情況のもとで姿を消してしまった。これが重大な問題だと思われることを、私はあなたがたにかくそうとは思いません。しかしこれは、案外簡単に説明できるかもしれませんよ」

「わたしが申していますのは、そのことなのでございます」フロラが力をこめて言った。

ポワロは、それ以上その問題にふれなかった。そして、これからすぐ警察署へ行こうと言いだした。フロラは家へ帰ったほうがいいと言い、私には、警察へ同行して、この事件を担当している係官に紹介してもらいたい、と言った。

私たちは、ポワロの申し出どおりにした。デイヴィス警部は、ひどく気むずかしそうな顔をして警察署のまえにいた。署長のメルローズもいっしょにいた。もう一人の男は、「イタチみたいな人相」とフロラが言っていたのを思い出したのですぐにわかったのだが、クランチェスターから出張してきたラグラン警部だった。

私はメルローズ署長とは、ごく懇意だったので、ポワロを紹介して、事情を説明した。署長は、はっきりいやな顔をしたし、ラグラン警部の顔は夕立雲のように険悪になった。けれどもデイヴィスだけは、署長の当惑顔を見て、かえってすこし元気が出たかのようだった。

「事件は実に明白です」とラグラン警部は言った。「しろうとが首をつっこむ必要は、まったくありません。ゆうべの事件の筋道は、どんなまぬけにだってわかるはずで、十二時間もむだにすごすなんて法はありませんよ」

彼は復讐的な視線を憎々しげにデイヴィス警部に向けたが、デイヴィス警部のほうは、どこ吹く風といった表情で、その視線を受けとめた。

「アクロイド家のご遺族が、適当と思われる方法をおとりになるのは、もちろん当然ですが」とメルローズ署長は言った。「しかし、警察としては、どんなことであろうと、公務上の調査のじゃまをされるのは困ります。むろんポワロさんの偉大な名声は、よくぞんじあげておりますがね」署長は、ていねいにつけ加えた。

「警察は自家宣伝ができませんからね、割がわるいですよ」とラグラン警部が言った。

この気まずさを救ったのはポワロだった。

「実は私はもう世間から隠退した人間なのです」と彼は言った。「二度と事件を引き受けるつもりはありませんでした。なによりもおそろしいのは世間に名前が出ることです。そこで、この事件の解決に、なにかお役に立つ場合がありましても、私の名前は出さないようにお願いしなければなりません」

ラグラン警部の顔が、すこし明るくなった。

「あなたのすばらしい成功の例は、私も聞きおよんでいます」署長も、しだいにうちとけたようすで言った。

「私も、いろいろと経験をしましたが」とポワロは静かに言った。「私の成功の大半は警察の援助のたまものでした。私はイギリスの警察には、たいへん感服しております。ラグラン警部が、もし私のお手伝いをゆるしてくださるならば、非常な光栄と存じます」

警部はますます機嫌のよい顔になった。

メルローズ署長が、私をわきへ呼んで、ささやいた。

「私の聞いたところでは、あの小男は、実際めざましい仕事をやっているんだ。私たちとしたら、当然、警視庁《スコットランド・ヤード》の世話にはなりたくないわけだ。ラグランは自信たっぷりだが、私は、かならずしもあの男と同じ考えじゃないんだ。というのは、私は――この事件の関係者については、あの男よりもよく知っているからだ。ポワロという人物は、名声をほしがっているわけじゃないようだ。あまり出しゃばらずに、私たちと協力してくれるだろうか？」

「ラグラン警部により大きな名誉をもたらすことになるでしょう」と私は、しかつめらしい態度で言った。

「それならけっこうだ」とメルローズ署長は元気に声を高めて言った。「では、ポワロさん、これまでの経過をお話ししましょう」

「ありがとう」とポワロは言った。「シェパード先生のお話では、執事に嫌疑がかかっているそうですね」

「いいかげんなものですよ」と、すぐにラグラン警部が言った。「上流社会の召使というものは、すぐにおどおどするので、なんでもないのに、疑いをかけられるようなことになるんです」

「指紋は？」と私は言ってみた。

「パーカーの指紋とは似ても似つかぬものです」彼は、かすかに微笑をうかべてつけ加えた。「それから、あなたのもレイモンド氏の指紋も合いませんでしたよ、先生」

「ラルフ・ペイトン大尉の指紋は、どうでしたか？」ポワロが、おだやかにたずねた。

私は、ポワロが巧みに警察官たちの鼻面をひきまわすのを見て、ひそかに感心した。警部の目にも尊敬の色がうかぶのを私は見た。

「さすがに抜け目がありませんな、ポワロさん。あなたといっしょに仕事をするのは、さだめし愉快だろうと思います。例の若い紳士の指紋は、本人の身柄をおさえたら、さっそくとることにしています」

「それはきみの思いちがいではないかな、警部」とメルローズ署長がやや気色ばんで言った。「わしはラルフ・ペイトンなら子供のころから知っている。人殺しなんかする若者じゃないよ」

「そうかもしれません」警部はそっけなく答えた。

「ラルフに不利な点というと、どういうことですか？」と私はきいた。

「ゆうべ九時きっかりに彼は外出している。九時半ごろ、ファーンリー荘の近くで彼のすがたを見かけたものがあります。それ以来誰もすがたを見ていない。それに彼は、ひどく金に困っていたようです。私はここに靴を一足、押収してきていますが――ゴム鋲をうった靴です。ほとんど同じような靴を、彼は二足、もっています。これから、この靴をあの足跡とくらべてみるつもりです。現場は、誰にも乱されないように巡査に張番させてあります」

「すぐに出かけよう」とメルローズ署長が言った。「ポワロさんも先生も、いっしょにおいでになりませんか」

すすめにしたがって、私たちは署長の車に乗りこんだ。警部は一刻も早く靴跡を調べに行きたいらしく、門番小屋のところで降ろしてくれるように頼んだ。車道を半分ほど行ったところで、小道が右手にわかれていて、それがテラスとアクロイドの書斎の窓に通じていた。

「ポワロさん、あなたは警部といっしょにここで降りますか？　それとも書斎のほうをごらんになりますか？」と署長がたずねた。

ポワロは書斎のほうをえらんだ。パーカーが玄関のドアを開けた。彼は、いつものとりすました、うやうやしい態度で、前夜のおどおどした状態から、すっかり立ち直っていた。

メルローズ署長はポケットから鍵をとり出してロビーへ通じるドアを開け、書斎へ私たちを案内した。

「ポワロさん、死体を移しただけで、あとはそっくり昨夜のままです」

「死体があったのは——どこですか？」

できるだけ正確に、私はアクロイドの位置を説明した。肘掛椅子は、まだ暖炉のまえにあった。

ポワロは行って、その椅子に腰かけた。

「お話の青い封筒の手紙は、先生が部屋から出られたとき、どこにありましたか？」

「アクロイドさんが、右手のこの小さなテーブルの上におきました」

ポワロはうなずいた。

「それ以外は、なにもかももとのままですね？」

「そう思います」

「メルローズ署長、まことに恐れ入りますが、ちょっとこの椅子に腰かけてみていただけないでしょうか？　どうもありがとう。そこで、先生、ごめんどうですが、短剣が刺さっていた場所を正確に示してくださいませんか」

私がそれを示すと、そのあいだポワロは入口に立った。

「すると、短剣の柄は、入口からはっきり見えたわけですね。先生もパーカーも、すぐに気がつきましたか？」

「気がつきました」

ポワロは、つぎに窓際へ行った。

「死体を発見されたとき、もちろん電灯はついていたんですね？」ポワロはふりかえってたずねた。

私はそうだと答え、彼が窓敷居の足跡をしらべているそばへ行った。

「このゴム底は、ラルフ・ペイトン大尉の靴のゴム底と模様が同じですね」彼は静かに言った。

それから、もう一度、彼は部屋の中央へもどった。そして、敏捷な、熟練した視線を部屋じゅうにくばって、隅から隅まで調べあげた。

「シェパード先生、あなたは観察眼は鋭いほうですか？」最後に彼はきいた。

「自分ではそう思っています」おどろいて私は答えた。

「暖炉には火があったようですが、ドアをこわして、アクロイド氏の死体を発見されたとき、その火はどうなっていましたか？　消えかかっていましたか？」

返事に困って、私は笑った。

「さあ――なんとも申せませんね。気がつきませんでしたよ。たぶんレイモンド君かブラント少佐なら――」

私と向かい合っていた小男の探偵は、かるい微笑をうかべて首を振った。

「何事もつねに方法を選ばなければなりません。先生にいまのような質問をしたのは、私の判断の誤りでした。各人それぞれ観察の方法がちがいます。死体の外観についてなら、先生も、きっと、なにひとつ見逃さず、くわしく話してくださったでしょう。もし私が机の上の書類についてききたいと思ったら、レイモンド君が見るべきものは全部見ているでしょう。暖炉の火のことが知りたかったら、そういうものを観察するのを役目にしている人間にたずねなければならないわけです。ちょっと失礼します」

彼はすばやく暖炉に近づいて呼鈴を鳴らした。

まもなくパーカーが姿をあらわした。

「お呼びですか？」と彼は口ごもりながら言った。

「はいんなさい、パーカー」とメルローズ署長が言った。「この方が、なにかきみにたずねたいそうだ」

パーカーは敬意のこもった視線をポワロに向けた。

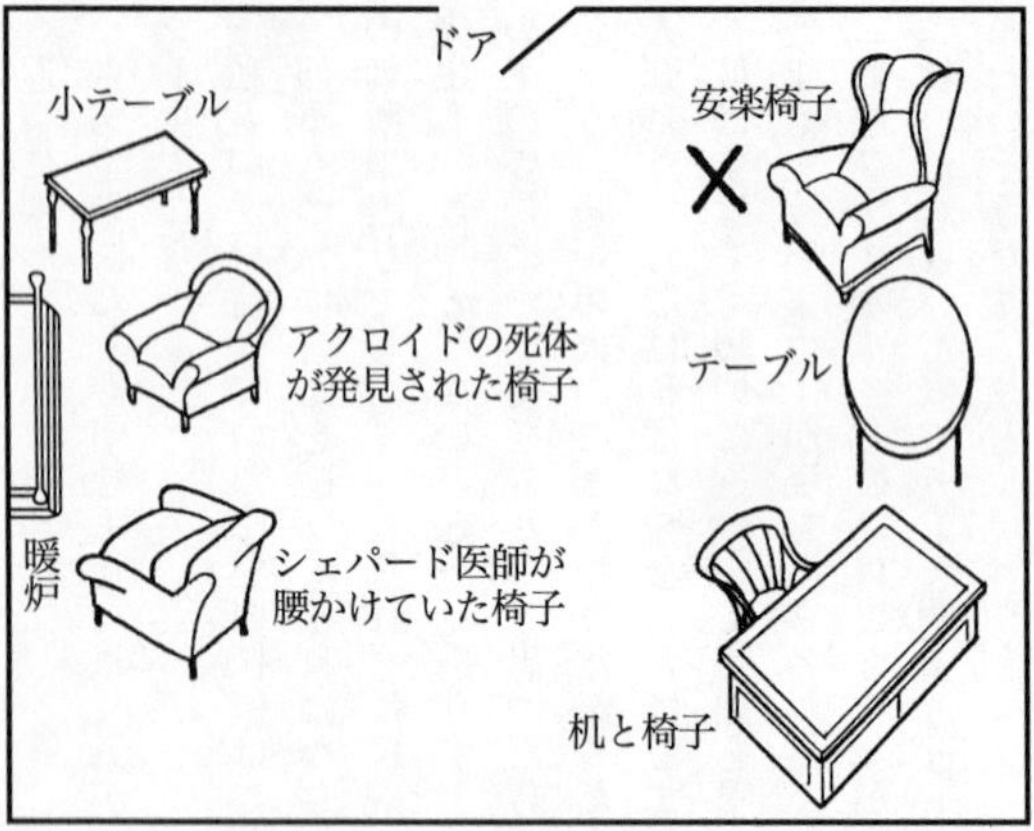

「パーカー、ゆうべきみがシェパード先生といっしょにドアをこわして部屋にはいり、ご主人の死体を発見したとき、暖炉の火はどうなっていたかね？」

パーカーは、すこしもためらわずに答えた。

「火はすっかり弱くなっておりました。ほとんど消えかかっておりました」

「そうか！」とポワロは言った。ほとんど勝ちほこったような声だった。

「よく見てごらん。パーカー、この部屋は、そのときとそっくりそのままかね？」

執事の目が、ぐるりとあたりを見まわした。その視線が窓の上でとまった。

「カーテンが引いてございました。そして電灯がついておりました」

ポワロは満足げにうなずいた。

「ほかには？」

「はい、この椅子が、もうすこしまえのほうに引き出してありました」

彼は、入口から見て左手、ドアと窓との中間にある大きな安楽椅子を指さした。

（ここに室内の平面図を挿入し、問題の椅子に×印をつけておく。）

「どんなふうになっていたか、椅子をその位置においてみてくれないか」とポワロは言った。

執事は問題の椅子を壁からたっぷり二フィートほど引き出し、正面がドアのほうを向くように動かした。

「これは妙だ《ヴォワラ・ス・キ・エ・キュリユウ》」ポワロはつぶやいた。「誰だってこんな位置で椅子に腰かけようとは思わないだろう。いったい誰がもとの位置に直したんだろう？　パーカー、きみかね？」

「いいえ」とパーカーは答えた。「わたくしはだんなさまを見て、ただもう気が転倒しておりましたので」

ポワロは私のほうを見た。

「あなたですか、先生？」

私は首を振った。

「わたくしが警察の方といっしょにまいりましたときには、もとの場所にもどっておりました」とパーカーが口をはさんだ。「それはたしかでございます」

「不思議だ」とまたポワロは言った。

「きっとレイモンドかブラントが、もとへもどしたんでしょう」と私は言った。「しかし、いずれにしても、それは、たいして重要なことではないでしょう」

「そうです、どう考えても、どうでもいいことなんです」とポワロは答えた。そして、「だからこそ実に興味があるんですよ」と、やさしくつけ加えた。

「ちょっと失礼します」とメルローズ署長は言って、パーカーといっしょに出て行った。

「パーカーが言ったのは本当だと思いますか？」と私はたずねた。

「椅子のことは本当です。ほかのことはわかりません。先生、あなたもこの種の事件にたくさん関係されるとおわかりになると思いますが、ある一つの点については、みんな共通しているんですよ」

「それはどういうことですか？」私は興味をおぼえてたずねた。

「事件の関係者は、ひとり残らず、なにかかくすべきことをもっているということです」

「私もですか？」私は微笑しながらたずねた。

ポワロは、注意深く私の顔を見た。

「あなたももっていると思います」と彼はおだやかに答えた。

「しかし――」

「先生は、例のラルフ・ペイトン青年について知っておられることを、全部私に話してくださいましたか?」彼は、私が顔をあかくするのを見て微笑した。「いや! ご心配にはおよびません。けっしてむりにおたずねするようなことはいたしませんから。いずれ、時がくればわかることです」

「あなたの方法を、すこし教えてくださいませんか」私は自分の混乱をごまかすために、いそいで話しかけた。「たとえば暖炉の火のことですが、あれは――?」

「ああ、あれはしごく簡単なことですよ。あなたがアクロイド氏とわかれたのは――たしか九時十分まえでしたね?」

「正確にそのとおりです」

「そのとき窓は閉じて掛金がかかっており、ドアには鍵がかかっていなかった。ところが、十時十五分すぎに死体が発見されたときは、ドアには鍵がかかっていて、窓は開いていた。誰が開けたのでしょう? そんなことができるのは、あきらかにアクロイド氏だけだし、その理由は二つあって、そのうちのどちらかです。つまり、室内ががまんできないほど暑くなったためか(ただし、暖炉の火は、ほとんど消えかかっていて、昨夜はたいへん温度が下がっていたから、これは理由になりません)、それともアクロイド氏が誰かを窓から引き入れたからです。そして、もし誰かを入れたのだとすれば、それはアクロイド氏がよく知っている人物だったにちがいない――あの窓のことについては、前にも、ひどく気をつかっていましたからね」

「ひどく簡単ですね」と私は言った。

「事実を順序よく組織的に整理しさえすれは、なんでも簡単ですよ。われわれはいま、昨夜の九時半に被害者といっしょにいた人物に関心をもっています。すべての点から見て、それは窓から入れてもらった人物と推測できますし、その後ミス・フロラが生きているアクロイド氏に会っていますが、その訪問者が誰であったかがわかるまでは、この事件の謎の解決には到達できません。窓は、その人物が帰った後も開けたままになっていたので、犯人がそこからはいったとも考えられるし、あるいは同じ人間がもう一度引っかえしてきたのかもしれません。やあ、署長が戻ってきました」

メルローズ署長が興奮したようすではいってきた。

「あの電話をかけた場所が、やっとわかりましたよ。ここからかけたものではなくて、昨夜の十時十五分にキングズ・アボット駅の公衆電話からシェパード先生のところへつながれたものです。そして十時二十三分にはリヴァプール行きの夜行郵便列車がアボット駅から発車しています」

8　ラグラン警部の確信

私たちは顔を見あわせた。

「駅のほうは、もちろん調べさせるんでしょうね？」と私は言った。

「当然ですよ。もっともその結果については、あまり期待してはいませんがね。ご承知のように、あの駅は、あのとおりですからね」

そのとおりだった。キングズ・アボットは小さな村にすぎないが、アボット駅は、たまたま重要な接続駅になっていた。主要な急行列車は、たいていこの駅に停車し、車輛の入れ換えや連結や編成が行なわれた。公衆電話のボックスも二つか三つあった。夜のその時分には、十時十九分に到着し、十時二十三分に発車する北方行きの急行列車に連結するため、三本のローカル線の列車が、つぎつぎと到着した。したがって、停車場ぜんたいが非常に混雑するから、誰か特定の人物が電話をかけるところや急行に乗りこむところを目撃される機会は、きわめてすくなかった。

「それにしても、なぜ電話をかけたのだろう？」メルローズ署長が言った。「その点が実に妙だと思うんですよ。まるでつじつまが合いません」

ポワロは書棚の上の陶器の置物を、注意深くおき直していたが、このときふり返って言った。

「たしかに理由はあったのですよ」

「しかし、どういう理由が考えられますかね？」

「それがわかるときは、なにもかもわかるときです。これは非常に奇妙な、非常に興味のある事件です」

この最後の言葉の調子には、なんとも形容できないものがこもっていた。私は、彼が独特の角度からこの事件を見ていることを感じた。しかし彼がなにを見たのかは、私にはわからなかった。

ポワロは窓際へ行って外を眺めた。

「シェパード先生、あなたが門の外で怪しい人物に会ったのは、九時だとおっしゃいましたね？」

私のほうをふり向きもせずに彼はたずねた。

「そうです」と私は答えた。「教会の大時計が九時を打つのを聞きました」

「その男が、この家までくるのに、どのくらい時間がかかるでしょう――たとえば、この窓のところまで」

「外側をまわって、せいぜい五分ですね。車道の右の小道を通ってまっすぐにくれば二、三分でしょう」

「しかし、そうするには、その道を知っていなければなりませんね。とすると、どう解釈したらいいか――その男はまえにもここへきたことがあるということになる――このへんの地理を知っているということになりますね」

「そのとおりです」メルローズ署長が答えた。

「アクロイド氏のところへ、先週あたり、誰か訪問客があったかどうか、はっきりわかりませんか？」

「レイモンド君にきいてみればわかるでしょう」と私は言った。

「それとも、パーカーに」とメルローズ署長が言った。

「それとも両方にですかな《ウ・トゥー・レ・ドゥー》」とポワロはフランス語で言って微笑した。

メルローズ署長がレイモンドをさがしに行ったので、私は呼鈴を鳴らして、もう一度パーカーを呼んだ。

メルローズ署長は、すぐに若い秘書をつれてもどってきて、ポワロに紹介した。ジェフリー・レイモンドは、あいかわらず若々しくて、ほがらかだった。ポワロに紹介されたことを、彼はおどろきもし、よろこんでもいるようだった。

「あなたがこの村に世をしのんで住んでいらっしゃるとは、すこしも知りませんでしたよ、ポワロさん。あなたのお仕事ぶりを拝見できるなんて、たいへん光栄です——おや、これはどういうことですか？」

それまでポワロはドアの左側に立っていた。ところが、いま彼は急に横に動いたのだ。私がうしろを向いているあいだに、彼は、すばやく例の安楽椅子をパーカーが示した場所まで移動させたらしかった。

「ぼくをこの椅子に腰かけさせて、血液検査でもなさるおつもりですか？」レイモンドは上機嫌で言った。「いったいどうするつもりなんです？」

「レイモンドさん、この椅子は、ゆうべアクロイド氏の死体が発見されたとき、こんなふうに引き出してあったのです。そして、誰かがまたもとの場所へもどしたのです。あなたがやったのではありませんか？」

秘書は一秒とためらわずに答えた。

「いや、ぼくじゃありません。椅子がそんな位置にあったことすら、ぼくは記憶していませんが、あなたがそうおっしゃるからには、たぶんそうだったのでしょう。とにかく、誰かほかの人がもとの場所にもどしたのでしょう。そんなことをして手がかりをこわしてしまったんですか？　困ったもんですね！」

「いや、べつにたいしたことじゃありませんよ」と探偵は答えた。「全然重要な意味はないのです。それよりも、本当におたずねしたいのは、実はこういうことなんです――この一週間以内にアクロイド氏を訪ねてきた、はじめての客がありますか？」

秘書は眉を寄せて、一、二分、考えこんでいた。そのあいだに、呼鈴にこたえてパーカーがあらわれた。

「いいえ」やっとレイモンドは言った。「誰も思い出せません。パーカー、きみはおぼえていないかね？」

「なんのことでございますか？」

「今週、誰か知らない客がアクロイドさんを訪ねてきたかい？」

執事も、しばらく考えていた。

「水曜日に、若い男が訪ねてまいりました」と、やがて彼は言った。「カーティス・アンド・トルート商会の人だったと承知しておりますが」

レイモンドは性急に手を振ってそれをおさえた。

「そうそう、思い出したよ。しかし、この方がおたずねになっているのは、そういう種類の客じゃないんだ」彼はポワロのほうを向いて説明した。「アクロイドさんは録音器を購入しようと思っておられたのです。録音器があれば、かぎられた時間内に、たくさん仕事の能率をあげることができるからです。――そこで、その商会が社員をよこしたんですが、けっきょく商談は成立しませんでした。アクロイドさんは買う決心がつかなかったのです」

ポワロは執事に向かってたずねた。

「パーカー、その若い男の人相をおぼえているかね？」

「金髪で、背の低い人でございました。紺サージの背広を、きちんと着ておりました。あいう身分の若い男にしては、なかなか立派な青年でした」

ポワロは私のほうを向いた。

「先生が門の外でお会いになった男は、背が高かったとおっしゃいましたね？」

「そうです、六フィートぐらいはあったでしょう」

「それじゃ、問題になりませんね」と、このベルギー人の探偵は言った。「ありがとう、パーカー」

執事がレイモンドに話しかけた。

「いま、ハモンドさまがお見えになりました」と彼は言った。「何かお手伝いすることはないかとおっしゃっています。それに、レイモンドさまに、ちょっとお話ししたいことがあるそうです」

「すぐ行くよ」と青年秘書は言って、いそいで出て行った。ポワロは説明を求めるように署長のほうを見た。

「アクロイド家の顧問弁護士ですよ、ポワロさん」と署長は言った。

「レイモンド君は、なかなか忙しいようですね」ポワロ氏はつぶやいた。「かなり敏腕そうな感じの青年だ」

「アクロイド氏は、きわめて有能な秘書と思っていたようです」

「ここには――どのくらい勤めていますか？」

「たしか二年ぐらいかと思います」

「なかなかきちょうめんに仕事を片づけているらしい。その点は、はっきりしています。

ところで、何か道楽がありますか？　スポーツはやりますか？」

「秘書稼業では、そういうひまは、あまりないようですね」メルローズ署長は微笑しながら言った。「レイモンドは、たしかゴルフをやっているはずです。それから夏にはテニスを」

「馬場へは行きませんか——英語ではどうもうまく言えないが、つまり馬の競走ですよ」

「競馬ですか。いや、その方面には興味がないようですね」

ポワロはうなずいた。そのまま、それに対する興味はうしなったようだった。彼は、ゆっくりと書斎を見まわした。

「さて、ここで見るべきものは、みんな見てしまったようですね」

私も、あたりを見まわした。

「もしこの壁に口があったら」と私はつぶやいた。

ポワロは首をふった。

「口だけでは足りません」とポワロは言った。「目も耳ももっていませんとね。しかし、こういう生命のないものでも、いつも黙っていると思うのはまちがいです」——そう言いながら彼は書棚の上に手をふれた——「ときには、話しかけてくれることもあります——椅子も、テーブルも——彼らは、それぞれ言いたいことをもっているのですよ」

彼はドアのほうへ歩きだした。

「言いたいことって、どんなことですか？」私はたずねた。「きょうは、どんなことをあなたに話してくれましたか？」

ポワロは肩ごしにふりかえって、からかうように片方の眉をあげた。

「開かれた窓、鍵のかかったドア、見たところひとりでに動いたらしい椅子、この三つに向かって、私は『なぜ？』とたずねてみましたが、なにも答えてくれませんでしたよ」

彼は首を振り、大きく吐息をついて、私たちに向かって、まばたきしてみせた。彼は、滑稽なほど自分をえらい人物だと思っているようだった。この男は、探偵として、ほんとうにえらいのだろうかという不審が、ふと私の胸をかすめた。彼の大きな名声は、幸運の連続の上にうち立てられたものではないだろうか？

メルローズ署長も、同じようなことを考えたらしく、顔をしかめた。

「ほかに、ごらんになりたいものがありますか、ポワロさん？」署長はそっけなくたずねた。

「凶器が盗まれたという銀卓を見せていただけると、たいへんありがたいですがね。それがすめば、これ以上、ご厚意に甘えることはないと思います」

私たちは応接間へ向かった。しかし、途中で巡査が待っていて、署長となにかひそひそ話しあっていたかと思うと、やがて署長は、私たちを残して、どこかへ行ってしまった。私はポワロに銀卓を見せた。ポワロは、蓋を二、三度開けたりしめたりしてから、窓を開けてテラスへ出た。私もあとからついて行った。

ラグラン警部が建物の角を曲がって、こちらへやってきた。顔には満足そうな、気味のわるい表情がうかんでいた。

「ここにおいででしたか、ポワロさん。どうやらこの事件は、たいしたこともないようですな。残念ですよ、私も。要するに、一人のいい若いものが、身を持ちくずした結果ですよ」

ポワロは顔をうつむけて、おだやかに言った。

「では、今回は私もたいしてお役に立たなかったわけですね」

「またつぎの機会にお願いしますよ」と、警部はなぐさめ顔に言った。「もっとも、こんな平和な片田舎に殺人事件が起こるなんてことは、めったにありませんがね」

ポワロの目に感嘆の色がうかんだ。

「それにしても、あなたは、ずいぶんてきぱきと事を運んだようですね。失礼ですが、どんなふうにして調査を進められたのか、教えていただきたいものです」

「承知しました」警部は言った。「まず第一に――方法ですよ。いつも私が言っていることですが――まず方法ですよ!」

「なるほど!」ポワロは叫んだ。「私もそれを標語にしているのですよ。方法、順序、それから小さな灰色の細胞」

「細胞ですって？」警部は目をまるくした。

「小さな灰色の脳細胞ですよ」ベルギー人の探偵は説明した。

「ああ、もちろんわれわれは誰でもそいつを使っています」

「その使う程度が多い人もいれば、すくない人もいる」とポワロは、つぶやくように言った。「それに質の差ということもあります。それから犯罪心理というものもある。これはぜひ研究しておかなければなりません」

「やあ、それじゃ、あなたも心理分析というやつにかぶれていらっしゃるんですな。私は、こういう野暮な人間で――」

「お宅の奥さまは、その点では、きっと同意なさらないでしょう」と言ってポワロは、ちょっと頭をさげた。

ラグラン警部は、ちょっと気を抜かれて、自分も頭をさげた。

「あなたには、よくおわかりにならなかったようですな」にこやかに笑顔を見せて警部は言った。「国語のちがいというのは、おそろしいものですね。私がお話ししていたのは、私の仕事のやりかたのことなんです。まず第一に方法です。アクロイド氏が生きているのを最後に見たのは、十時十五分まえ、姪のフロラ・アクロイド嬢です。これが第一号の事実です。そうでしょう？」

「あなたがそうおっしゃるなら」

「いや、実際、そうなんですよ。そして、十時三十分には、ここにおられる先生が、アクロイド氏はすくなくとも三十分まえに死んだと言っているのです。先生、いまでもその意見に変わりはありませんね？」

「もちろんです」私は答えた。「三十分、あるいはそれ以上だと思います」

「けっこうです。すると、犯行は十五分のあいだに行なわれたということになります。そこで私は、この家のもの全部のリストをつくり、名前の下に、その人たちが九時四十五分から十時までのあいだ、どこで何をしていたかを書きこんで研究したのです」

彼は、一枚の紙をポワロに手渡した。私はポワロの肩ごしにそれを読んだ。きちんとした筆蹟で、つぎのように書いてあった。

ブラント少佐――レイモンド氏とともに撞球室にいた。（レイモンド氏の証言あり）

レイモンド氏――撞球室。（前項参照）

セシル・アクロイド氏の未亡人――九時四十五分まで撞球を見物。九時五十五分に寝室へ。（レイモンド氏とブラント少佐が、夫人が階段をのぼるのを見ている）

フロラ・アクロイド嬢――アクロイド氏の書斎から、まっすぐ二階へ。（パーカーおよび女中エルジー・デイルの証言あり）

使用人――

パーカー——まっすぐ食器室へ。(家政婦のミス・ラッセルの証言。ミス・ラッセルは九時四十七分にパーカーに用事があって、すくなくとも十分間はいっしょにいた)

ミス・ラッセル——前項参照。九時四十五分には二階で女中エルジー・デイルと話をした。

アーシュラ・ボーン(小間使)——九時五十五分まで自分の部屋。それから召使溜りへ行く。

ミセス・クーパー(料理人)——召使溜りにいた。

グラディス・ジョーンズ(見習い女中)——召使溜りにいた。

エルジー・デイル(女中)——二階の寝室にいた。ミス・ラッセルおよびフロラ・アクロイド嬢が寝室にいたのを見ている。

メアリ・スリップ(台所女中)——召使溜りにいた。

「料理人は、もう七年もつとめていますし、小間使は十八か月、パーカーは一年以上になります。ほかは新参者ばかりです。パーカーにすこし気になるところがあるだけで、あとはみんな怪しいところはありません」

「たいへん立派なリストです」ポワロは紙片を返しながら言った。そして、「パーカーは犯人ではないと私は確信しております」と、まじめにつけ加えた。

「私の姉もそう言っています」と私は口をはさんだ。「そして、姉の言うことは、よく的中するんです」しかし誰も私の言葉には注意をはらわなかった。

「これで、この家のものについては十分に整理されています」と警部は語りつづけた。「さて、今度は、きわめて重大な点にさしかかります。門番小屋に住んでいるメアリ・ブラックという女が、昨夜、窓のカーテンを引こうとしていると、ラルフ・ペイトンが門をはいって家のほうへ歩いて行くのを見かけたというのです」

「たしかに見たんですか？」私は、するどくたずねた。

「たしかですよ。あの女はラルフをよく知っていて、姿を見ただけでわかるんです。ラルフは、ひどく足早に通りすぎて、右へ小道をまがって行ったそうです。それは、このテラスへの近道なのです」

「それで、その時刻は？」ポワロは、表情をすこしも動かさずにたずねた。

「きっかり九時二十五分だったそうです」と警部は重々しく答えた。

ちょっと沈黙があった。やがて、警部は、ふたたび口を開いた。

「すべてが明白です。寸分の狂いもなく、ぴたりとあてはまります。九時二十五分すぎに、ラルフ・ペイトンは門番小屋の前を通るところを目撃されている。九時三十分、もしくはその前後に、ジェフリー・レイモンドは、この部屋で、誰かがアクロイド氏に金を要求し、ことわられるのを聞いている。つぎには、どんなことが起こったか。ラルフ・ペイトンは、きたときと同じところから——窓から出た。そして腹を立て、困惑しながら、テラス沿いに歩いて行った。すると、開けはなされた応接間の窓が見えた。それが十時十五分まえごろだったと思います。ミス・フロラは伯父さんに寝るまえの挨拶をしていた。ブラント少佐、レイモンド氏、セシル・アクロイド夫人は撞球室にいた。応接間には誰もいなかった。ペイトンは、そっと忍びこんで、銀卓から短剣をとり出し、書斎の窓の下へ引きかえした。そして、靴をぬぎ、窓から忍びこみ——いや、これ以上詳しく説明する必要はないでしょう。それからまた窓から脱け出して、立ち去ったんですよ。さすがに宿屋へもどるだけの勇気がなく、駅へ行って、そこから電話をかけた——」

「なぜ電話をかけたんですか?」ポワロが静かな口調でたずねた。

私は、この質問に、ぎくりとしてとびあがった。小男の探偵は身を乗り出していた。目が、異様な緑色の光を放っていた。

一瞬、ラグラン警部も、この質問にたじろいだ。

「なぜ電話をかけたか、はっきり理由を説明するのは困難ですな」彼は、ようやく言った。「しかし、殺人犯人というものは、妙なことをするものです。われわれのように警察に勤めていると、そういうことがわかるんですよ。どんな頭のいい殺人者でも、ときどき、ばかげたまちがいをやるものです。それより、いっしょにこちらへきてください。足跡をお見せしましょう」

私たちは彼のあとからテラスの角をまがって書斎の窓の下へ行った。ラグラン警部の命令で、すぐに巡査が村の宿屋から押収してきた靴をとり出した。

警部は、その靴を地面の足跡に重ねた。

「このとおりぴったりです」警部は自信ありげに言った。「しかし、実際にこの足跡をつけた靴とはちがいますがね。足跡のほうの靴はペイトンがはいて逃げたんです。これは、その靴と、そっくり同じ型ですが、だいぶ古くなっています――ごらんなさい、鋲がこんなにすりへっています」

「しかし、ゴムの鋲のついた靴をはく人は、たくさんいるんじゃありませんか」とポワロは言った。

「もちろんそうです」と警部は答えた。「私だって、ほかの点が符合しなかったら、足跡をそんなに重く見やしませんよ」

「ラルフ・ペイトン大尉というのは、よほどまぬけな若者らしいですね」ポワロは考えこみながら言った。「自分がここへきた証拠を、こんなにいっぱい残すなんてね」

「そこですよ。しかし昨夜は、天気がよくて、乾燥していました。だから、テラスや砂利道には一つも足跡が残っていないんです。ところが、不運なことに、車道からわかれた小道の端は、最近水がわいて、ぬかっているんです。ここを、ごらんなさい」

数フィート離れたところで、せまい砂利の小道が、テラスにつながっていた。それが終わるあたりから数ヤード離れたところの地面が、濡れて、ぬかるんでいた。この濡れた地面を横ぎって、また足跡がついていて、そのなかにゴム鋲の靴跡もまじっていた。

ポワロは、警部とつれ立って、その小道を、すこしさきのほうまで行った。

「婦人の足跡にもお気づきでしょうね？」とポワロは、だしぬけにたずねた。

警部は笑った。

「もちろんですよ。何人かの婦人が、この道を歩いていますね——それから男性も。これは家へ行く近道ですから当然ですよ。この足跡を全部しらべあげるなんてことは、とても不可能ですよ。けっきょく、ほんとうに重要なのは、窓敷居の足跡です」

ポワロはうなずいた。

「これからさきは、行ってみても、なんの役にも立ちますまい」警部は、車道が見えるところまでくると言った。「ここからはずっと砂利道だし、地面が固いから、なにも残っていませんよ」

ふたたびポワロはうなずいたが、その目は一軒の小さな離れ家——一種の上等なあずまやのような建物——にそそがれていた。それは行く手の小道の左手にあって、砂利を敷いた小道がそこまで通じていた。

ポワロは、警部が家のほうへ引きかえすまで、わざとぐずぐずしていた。それから私を見て言った。

「シェパード先生、あなたは私の友人のヘイスティングズの代わりとして、神さまがよこしてくれたお方にちがいない」彼は、きらりと目を光らせた。「見ていると、ずっと私のそばにおいでのようだ。いかがです、シェパード先生、あの離れ家を調べてみようじゃありませんか。私にはとても興味があるんです」

彼は戸口のところへ行って、ドアを開いた。家のなかは、ほとんどまっ暗だった。丸木づくりの椅子が二、三脚と、クリケットの道具と、たたんだデッキ・チェアがいくつかあった。

私はポワロを見て、びっくりした。四つん這いになって床の上を這いまわっているのだ。ときどき、不満らしく首を振っていた。最後にやっと起きあがった。

「何もない」と彼はつぶやいた。「もっとも、そんなものがあると期待したのがまちがいだったかもしれない。しかし、非常に重要なものだったはずだから――」

ポワロは急に緊張して言葉を切った。それから丸木づくりの椅子の一つに手をのばし、一方の側面からなにかをつまみあげた。

「なんですか？　なにを見つけたんですか？」私は叫んだ。

彼は微笑して、私にも手に握ったものが見えるように、掌を開いてみせた。見ると、ごわごわした白い麻布のきれはしだった。

私は彼の手からそれを受けとり、じっと眺めてから、彼にかえした。

「これを、なんだと思いますか？」彼はじっと私をみつめてたずねた。

「ハンカチーフのきれはしでしょう」私は肩をすくめて言った。

彼は、また手をのばして、小さな羽根――見たところ鵞鳥《がちょう》の羽根と思われるものを拾いあげた。

「そして、これは？」彼は勝ちほこったように叫んだ。「これは、なんだと思いますか？」

私は目をみはるばかりだった。

彼は、その羽根をポケットにおさめ、また前の白い布きれを眺めた。

「ハンカチーフのきれはしか」彼は考えこんだ。「たぶんあなたのおっしゃるとおりでしょう。しかしこれだけは忘れないでください――上等の洗濯屋はハンカチーフには糊をつけないことを」

彼は勝ちほこったように私にうなずいてみせ、それから、その麻布のきれはしを、ていねいに紙入れにしまった。

9　金魚池

私たちは家へ引きかえした。警部のすがたは見えなかった。ポワロは建物に背を向けてテラスの上に立ち、ゆっくりと左右を眺めまわした。

「りっぱな屋敷《ユヌ・ベル・プロプリエテ》ですね」しばらくして、彼は感心したように言った。「どなたが相続するのですか？」

その言葉は、ほとんどショックに近いものを私にあたえた。奇妙なことだが、その瞬間まで、相続の問題は、まったく私の念頭になかったのだ。ポワロは、するどく私を見まもった。

「この問題は、これまで全然お考えにならなかったようですね」やがて彼は言った。「いままでお考えにならなかったんでしょう？」

「そうです」と私はありのままに答えた。「考えるべきだったと思います」

彼は、ふたたび興味ありげに私を見た。

「それはどういう意味ですか？」彼は考えながら言って、私が口を開こうとすると、「ああ、いや！」とさえぎった。「むだなこと《イニュティル》です。どうせあなたはほんとうのお気持を話してはくださらないんだから」

「誰でも、かくすべきことをもっているものです」私は微笑しながら彼の言葉を引合いに出した。

「そのとおりです」

「いまでもそう信じておられますか？」

「ますますそう信じています。けれどもエルキュール・ポワロに対して、かくしごとをするのは容易ではありませんよ。彼は、それをさぐり出すコツを心得ていますからね」

彼は、そう言いながら、オランダ風の庭園の石段をおりた。

「すこし歩きましょう」彼は、肩ごしにふりかえって言った。「きょうは気持のいい日です」

私は彼について行った。彼は私のさきに立って、いちいの生垣にかこまれた左手の小道を歩いて行った。両側が、きちんと区切られた花壇になっていて、中央に細い道があった。道のはずれに石を敷いた円形の休憩所があって、そこに腰掛と金魚池があった。ポワロは、その小道をはずれまで行かずに、木立のある斜面を曲がりくねってのぼる別の小道へはいった。一か所、雑木をきりはらって空地にし、腰掛をおいた場所があった。そこに腰をおろすと、遠くまで広々とした田園が見渡され、真下に石を敷いた休憩所と金魚池を見おろすことができた。

「イギリスは美しい国ですね」ポワロは、あたりの風景を眺めながら言った。それから微笑して、「そしてイギリスの娘さんも美しい」と低い声で言った。「しっ、ほら、下の美しい情景をごらんなさい」

そのときになって私はフロラに気がついた。彼女は、いま私たちが通ってきた小道を歩きながら、なにか唄を口ずさんでいた。その足どりは、歩くというよりも踊っているようで、喪服を着ているにもかかわらず、その態度にはよろこびしか感じられなかった。突然くるりと爪先で旋回したので、黒い薄絹のスカートが、ふわりとふくらんだ。それと同時に彼女は頭をのけぞらして思いきり笑った。

するとき立のあいだから一人の男が出てきた。ヘクター・ブラントであった。

フロラは、ぎくりとした。顔色がすこし変わった。

「まあ、びっくりした――ちっとも気がつきませんでしたわ」

ブラント少佐は、なにも言わずに、しばらく黙って彼女をみつめていた。

「あなたで一番好きなところは、おもしろいお話を聞かせてくださることですわ」フロラは軽く嫌味をこめて言った。

それを聞いて、ブラントの陽やけした顔が、すこしあかくなったように思われた。口を開いたときの彼の声は、いつもとちがっていた――妙に卑下したようなところがあった。

「私は、あまり話し上手じゃありませんよ。若いころからそうでした」

「それは、ずいぶん昔のことでしょう」フロラは冷静に言った。

私は、その声の底に、笑いがひそんでいるのを感じたが、ブラント少佐は気づかなかったようだ。

「そうです。ずいぶん昔のことです」と彼は言った。

「メトセラみたいに長生きしたら、どんな気持でしょうね」フロラは言った。

今度は笑いがずっと表面に出ていたが、ブラントは自分の考えばかり追っていた。

「悪魔に魂を売った男のことを知っていますか？　そのかわり、もう一度若さをとりもどすという約束で。そんなオペラがありましたね」

「『ファウスト』のことでしょう？」

「その男です。妙な話ですね。しかし、ほんとにそんなことができるなら、われわれのなかにも、やってみたいと思うものもいると思いますよ」

「あなたのお話を聞いたら、誰だって、どこか調子が狂っているんじゃないかと思いますわ」フロラは、半ば当惑し、半ばおもしろがって叫んだ。

ブラントは、しばらく黙っていた。それからフロラから目をそらして、すこし遠いところを眺め、近くにある一本の木の幹に向かって、そろそろまたアフリカへ出かける時分だ、と言った。

「また探検に——狩猟にお出かけなんですか？」

「そういうことになるでしょうね。いつもやってることですからね——狩猟のことですよ」

「ホールにある大きな獣の頭は、あなたがお撃ちになったんでしょう？」

ブラントはうなずいた。それから、すこし顔をあからめながら、いきなり言った。

「いつのことかわからないが、上等な毛皮をほしいと思いませんか？　ほしかったら、とってきてあげますよ」

「まあ！　お願いしますわ」とフロラは叫んだ。「ほんとですか？　お忘れになるんじゃない？」

「忘れるもんですか」とヘクター・ブラントは言った。

それから急におしゃべりになって、つけ加えた。

「もう出かけるときなんです。こういう生活は私には向きません。ろくに行儀作法も知らない私みたいな野人は、社交界にはなじめないですよ。言わなくちゃいけないお世辞さえ知らないんです。そうです。もう出かけるべきときなんです」

「でも、いますぐお出かけになってはいけませんわ」とフロラが叫んだ。「いけませんわ――わたしたちが、こんな騒ぎにまきこまれているあいだは。お願いですわ。もしあなたがお出かけになると――」

彼女は、ちょっと顔をそむけた。

「私にいてほしいというんですか？」とブラントはたずねた。

彼の言葉は、慎重だが、率直だった。

「わたしたちは、みんな――」

「いや、私はあなたおひとりの気持がききたいんです」ブラントは端的に言った。

フロラは、ゆっくりと彼のほうに向き直り、目を見あわせた。

「わたしは、あなたにもっといていただきたいですわ。もし——もし、わたしの気持を率直に申すなら」

「それを言っていただきたかったんです」

しばらく沈黙がつづいた。二人は金魚池のそばの右の腰掛に腰をおろした。二人とも、つぎになにを言っていいのかわからないように見えた。

「とても気持のいい朝ですわね」ようやくフロラが言った。「わたし、幸福な気持にならずにいられませんの。あんなことがあったのに、いけないことかしら?」

「きわめて自然です」とブラントは言った。「あなたは、二年前までは、一度も伯父さんに会ったことがないんでしょう。そんなに悲しめと言ったってむりですよ。体裁をつくろったりするよりも、ずっとましです」

「あなたとお話ししていると、とても気持がかるくなりますわ。あなたのお話を聞くと、ものごとが、とても簡単に見えてくるんですもの」

「ものごとは、ふつう、みんな簡単なものですよ」と、この狩猟家は答えた。

「そうとばかりはかぎりませんわ」

彼女の声は沈んでいた。ブラントが、はるかにアフリカの海岸を望んでいたらしい目を彼女のほうに向けるのを、私は見た。フロラの声の調子が変わったのを、あきらかに自分流に解釈したらしく、やがて、やや唐突に言いだした。

「あの青年のことなら、心配する必要はありません。あの警部は、まぬけですよ。あの青年がそんなことをすると思うなんて、誰が考えても愚の骨頂です。外部の人間の仕業《しわざ》ですよ。強盗です。それよりほかに解釈がつきません」

フロラは彼のほうへ向き直った。

「ほんとにそうお思いですか？」

「あなたはそう思わないのですか？」ブラントは即座に言った。

「わたし――もちろん、そう思いますわ」

また言葉がとぎれた。やがてフロラが言いだした。

「あの――なぜ、わたしがけさ、こんなに幸福な気持でいるのか、お話ししますわ。どんなに不人情な女と思われてもかまいませんわ。それは弁護士さんが――あのハモンドさんがきたからですわ。あの人から遺書の内容を聞きましたの。ロジャー伯父さまは、わたしに二万ポンド遺《のこ》してくれましたのよ。考えてもごらんなさいな――二万ポンドですわ」

ブラントは驚いたようだった。

「それが、あなたにとっては、そんなに重大な意味があるんですか？」

「重大な意味があるかって？　まあ、だって、すべての意味がありますわ！　自由――生活――もうこれからは、いろいろと計画したり、けちけちしたり、嘘をついたりしなくても――」

「嘘をつく?」ブラントは鋭く相手の言葉をさえぎった。

フロラは、ちょっとひるんだように見えた。

「わたしのいう意味、わかっていただけますわね?」彼女は自信なさそうに言った。「お金持の親類から、くだらないお古《ふる》をもらっても、ありがたそうな顔をすることですわ。流行おくれの上着、スカート、帽子……」

「ご婦人の衣裳のことは、よく知りませんが、あなたはいつもきれいにしておられるようですがね」

「でも、そのためには、ずいぶん苦労しなければなりませんでしたわ」とフロラは低い声で言った。「もうこんないやなお話はよしましょう。わたしは、とても幸福なんですもの。自由なんですもの。好きなことが、なんでもできるんですわ。いやなことは、なんでも――」

彼女は急に言葉を切った。

「いやなことって――なんですか?」

「もう忘れましたわ。たいしたことじゃありませんの」

ブラントはステッキをもっていたが、それを池のなかに突っこんで、かきまわしていた。

「なにをしていらっしゃるの、ブラント少佐?」

「なにか光るものがあるんです。なんだろうと思って――金のブローチのようです。泥をかきまわしたので、もう見えなくなりました」

「王冠かもしれませんわ」フロラが言った。「メリザンドが水のなかで見たような――」

「メリザンド――」ブラントは記憶をたどるように言った。「たしか、オペラに出てくる女でしたね」

「そうですわ。オペラは、よくごぞんじのようですわね」

「ときどき人にさそわれて行きますのでね」ブラントは悲しそうに言った。「娯楽にしては、つまらぬものを考えだしたものです――アフリカ人たちのトム・トム騒ぎよりも、もっとひどい騒ぎです」

フロラは笑った。

「メリザンドのことを思い出しましたよ」ブラントは言葉をつづけた。「父親ほども年のちがう老人と結婚するんでしたね」

彼は小石を金魚池へ投げこんだ。それから、急に態度をあらためて、フロラのほうに向き直った。

「フロラさん、ラルフ君のことで、なにか私にできることはありませんか？　あなたがどんなに心配しておられるか、よくわかっています」

「ありがとう」フロラは冷ややかな声で言った。「でも、なにもありませんわ。ラルフは、だいじょうぶですわ。わたしは、世界で一番すばらしい探偵におねがいしましたから、その方が、すっかり真相をさぐり出してくださいますわ」

だいぶまえから私は、自分たちの立場に不安を感じていた。下の庭にいる二人は、ちょっと顔をあげさえすれば、私たちが見えるのだから、かならずしも立ち聞きということにはならなかった。それでも私は、ポワロが黙っているようにと腕をおさえなかったら、もっとまえに私たちがいることを相手に知らせたにちがいない。あきらかにポワロは私が黙っていることを望んでいた。だが、いま彼は敏速に行動を開始した。

彼は、すばやく立ちあがると、咳ばらいをした。

「失礼をお詫びします」と彼は大きな声で言った。「お嬢さんから、法外なおほめにあずかった以上、私がここにいることをお知らせしないわけにはまいりません。立ち聞きすると、耳の痛いことばかり聞かされると、世間ではよく申しますが、いまの場合は、まるっきりちがいます。顔をあからめずにすむように、そちらへ行って、お詫びをさせていただきます」

彼は、いそいで小道をくだって、池のほとりの二人のそばへ行った。私も彼のあとにつづいた。

「こちらはエルキュール・ポワロさんです」とフロラは紹介した。「お名前は、あなたもお聞きでございましょう?」

ポワロは頭をさげた。

「ブラント少佐のご高名は、よく存じております」彼は、いんぎんに言った。「お目にかかれて、まことに好都合です。すこしばかりおたずねしたいことがありますので」

ブラントは不思議そうにポワロの顔を見た。

「あなたがアクロイド氏に最後にお会いになったのは、いつでしたか？」

「晩餐のときです」

「その後は姿も見ず、声もお聞きにならなかったのですか？」

「姿は見ませんが、声は聞きました」

「それはどういうことですか？」

「私がテラスへ出てみると――」

「失礼ですが、それは何時ごろですか？」

「九時半ごろです。私は、煙草をすいながら、応接間の窓の前を行ったりきたりしていました。そのとき、アクロイドが書斎でなにか話をしているのが聞こえたのです」

ポワロは腰をかがめて、靴のさきから小さな雑草をとりのぞいた。

「テラスのあそこからでは、書斎の声は聞こえないはずですがね」と彼はつぶやくように言った。

彼はブラントのほうを見ていなかったが、私は見ていた。そして、おどろいたことに、ブラントが顔をあからめるのを、私は見た。

「テラスのはずれまで行ったのです」しぶしぶブラントは説明した。

「なるほど」とポワロは言った。

ごくひかえめにではあったが、彼は、もっとくわしい説明が聞きたいという印象をあたえた。

「そのとき、女のすがたが植えこみのなかに消えたのを見たような気がするんです。ほんのちらりと、白い姿が。見まちがいだったかもしれません。それをたしかめようとテラスのはずれまで行ったとき、アクロイドが秘書と話をしている声が聞こえたんです」

「ジェフリー・レイモンド君と話をしていたんですか？」

「そうです――そのときはそう思ったんですが、しかしそれは思いちがいだったようです」

「アクロイド氏はレイモンド君の名を呼びましたか？」

「いや」

「では、失礼ですが、どうしてあなたは、レイモンド君と話をしていると思ったんですか？」

ブラントは苦労して説明した。

「レイモンド君だと、はなから思いこんでいたんです。というのは、私が外へ出る直前、レイモンド君がアクロイド氏のところへ書類を持っていくというようなことを言っていたからです。ほかの人間だとは考えもしなかったんです」

「お聞きになった言葉をおぼえておいでですか？」

「いや、おぼえておりません。ごくありふれた、なんでもない話だったようです。それも、きれぎれに聞いただけです。私はそのとき、ほかのことを考えていましたからね」

「それは、たいして重要なことではありません」ポワロはつぶやくように言った。「あなたは死体が発見されたあと、書斎へおいでになったとき、椅子を壁のほうへ動かしましたか？」

「椅子？　いや――私がそんなことをするはずはありません」

ポワロは肩をすくめてみせたが、なんとも答えなかった。彼はフロラのほうへ向き直った。

「お嬢さん、あなたに一つだけおたずねしたいことがあるんですがね。あなたがシェパード先生といっしょに銀卓のなかのものをごらんになったとき、短剣はそこにありましたか？　ありませんでしたか？」

フロラは、つんと顔をあげた。

「ラグラン警部も、同じことをおききになりましたわ」彼女は腹立たしそうに言った。「警部にも話しましたけど、あなたにもお話しします。そのとき短剣がなかったことは、わたし、はっきりと申しあげられます。ラグラン警部は、そのときはあったが、そのあと夜になってラルフが盗んだのだと考えています。あの人は、わたしのいうことを信じないんですわ。ラルフをかばうために、わざとそんなことを言っていると思っているんです」

「そうじゃないんですか?」私は重々しくたずねた。

フロラは足を踏みならした。

「まあ、シェパード先生、あなたまで! あんまりですわ」

ポワロが巧みに話題をかえた。

「ブラント少佐、さっきのあなたのお話は本当ですね。たしかに池のなかになにか光るものがあります。とれるかどうか、やってみましょう」

彼は池のふちに膝をつき、肘まで腕をまくって、底の泥をかきたてないように、ゆっくり水のなかに手をおろした。しかし、それほど注意しても、泥がみるみる渦巻きあがったので、彼は、むなしく手を引きあげるしかなかった。

彼は、泥のついた腕を、うらめしそうに見ていた。私がハンカチーフを出してすすめると、彼は、ひどく恐縮しながら、それを受けとった。ブラント少佐は時計を見た。

「そろそろ昼食の時間です。家へ引き返したほうがよさそうだ」と彼は言った。

「ポワロさん、ごいっしょにお昼をめしあがりませんか?」とフロラが言った。「母に会っていただきたいんです。母は——とてもラルフをかわいがっているんです」

小男の探偵は頭をさげた。

「よろこんで頂戴しますよ、マドモワゼル」

「あなたもきてくださるでしょう、シェパード先生？」

私はためらった。

「ねえ、どうぞ」

私も内心それを望んでいたので、それ以上遠慮せずにフロラの招きに応じた。

フロラとブラントとがさきに立ち、みんなで家のほうへ帰りかけた。

「美しい髪ですね」ポワロはフロラのほうを顎で示しながら私に言った。「ほんとうの金髪です！　フロラ嬢と、ブルネットで美男のラルフ・ペイトン大尉は、まさに好一対ですね。そう思いませんか？」

私は、さぐるように彼を見た。しかし彼は、上着の袖が、ほんのちょっと水で濡れたというので、大げさに騒ぎはじめた。この男は、緑色の目といい、いやに潔癖な習慣といい、どこか猫を連想させた。

「むだ骨折りでしたね」と私は気の毒そうに言った。「池のなかにあったのは、いったいなんでしょう？」

「ごらんになりたいですか？」とポワロがたずねた。

私は、おどろいて彼をみつめた。彼はうなずいた。

「ねえ、先生」彼は、おだやかに、しかも不満そうに言った。「エルキュール・ポワロは、目的物を手に入れる見込みもないのに、着ているものを汚すような危険はおかしませんよ。そんなことをするのは、ばかげています。私は、ばかげたことはしません」

「でも、手を引きあげたとき、なにも握ってなかったじゃありませんか」と私は抗議した。

「分別を必要とする場合があるものです。先生は患者に、なにもかも洗いざらいお話しになりますか？　そんなことはないでしょう？　また、お姉さまにも、なにもかもはお話しにならないでしょう？　さっき私は、空《から》のほうの手を見せるまえに、握っていたものを、もう一つの手のほうへ移しておいたんです。お見せしましょう」

彼はてのひらを開いて左の手をさし出した。小さい金の指環がのっていた。婦人の結婚指環だ。

私はそれを手にとった。

「内側をごらんなさい」ポワロは命令するように言った。

私は内側を見た。内側には細い字で、つぎのような文字が刻まれていた。

Rより　三月十三日

私はポワロを見た。しかし彼は、小さなポケット鏡で身なりをととのえることに熱中していた。とくに彼は口髭に注意をはらっていて、私のほうなど見向きもしなった。彼がこれ以上話したくないらしいことが、私にもわかった。

10 小間使

ホールにはセシル・アクロイド氏の未亡人がいた。夫人といっしょに、精力的な顎と、鋭い灰色の目をして、全身に弁護士と書いてあるような、ひからびた感じの小男がいた。

「ハモンドさんも、ごいっしょに食事をしてくださるために残ってくれたんですよ」とセシル・アクロイド夫人は言った。「ハモンドさん、ブラント少佐はごぞんじでしたわね？こちらはシェパード先生――やはりロジャーが親しくおつきあいしていた方ですわ。それから、こちらは――」

夫人は、言葉を切って、ちょっととまどったように、エルキュール・ポワロを見た。

「ポワロさまよ、お母さま」フロラが助け舟を出した。「今朝お話しした方ですわ」

「ああ、そうでしたね」夫人は、あいまいな口調で答えた。「そうそう、わかっていますよ。もちろんわかっています。ラルフを探してくださる方でしょう？」

「伯父さまを殺した犯人をつきとめてくださるのよ」

「まあ」と夫人が叫んだ。「わたしったら、けさはもう神経がすっかりまいっていますのよ。あんな怖ろしいことが起こるなんて。なにかのまちがいじゃないかと、そんな気がしてなりませんわ。義兄は妙な骨董類をいじくるのが好きでしたから、あやまって手がすべったかどうかしたんですわ、きっと」

夫人の説は礼儀正しく黙殺された。見るとポワロは弁護士のそばへ行って、内証話でもするように、低い声で、なにか話をしていた。二人は、みんなから離れて出窓のほうへ行った。私もついて行こうとして、ちょっとためらった。

「おじゃまじゃありませんか?」と私は言った。

「いいえ、ちっとも」ポワロは気持よく言った。「先生と私は、手をつないでこの事件を調査するわけですからね。先生がいらっしゃらないと、私は途方に暮れるばかりです。いま、このハモンドさんに、ちょっと事情をおたずねしているところです」

「私の諒解するところでは、あなたはラルフ・ペイトンのために努力しておられるんですね?」弁護士は用心深く言った。

ポワロは首を振った。

「そうではありません。私は正義のために行動しているんです。フロラさんの依頼は、伯父上の死を調査するようにとのことでした」

ハモンド氏は、いささかたじろいだようだった。

「ラルフ・ペイトン大尉がこの犯罪に関係があるとは、私にはとても考えられませんな」弁護士は言った。「いかに状況証拠が彼に不利であろうとも、彼がひどく金に困っていたという事実だけで――」

「それほど彼は金に困っていたのですか？」ポワロは、すかさずたずねた。

弁護士は肩をすくめた。

「金に困るのは、ラルフ・ペイトンの場合、慢性病のようなものですよ」弁護士は冷淡に言った。「指のあいだから水がこぼれるように金がなくなるんです。それで、いつも義父に泣きついて出してもらっていたんです」

「最近もやはりそんなふうでしたか？　たとえば昨年あたりも？」

「よく知りませんな。アクロイド氏は、そのことについては私になにも言いませんでしたからね」

「わかりました。ところで、ハモンドさん、あなたはアクロイド氏の遺言の内容は、よくごぞんじでしょうね？」

「知っています。私がきょうここへきたのも、主な用件は、そのことなのです」

「それでは、私はフロラ嬢の依頼によって行動しているのですから、その遺言の内容をお聞かせくださってもー向にさしつかえないと思うのですが、いかがでしょう？」

「内容は、しごく簡単です。法律的な用語なんかありませんし、ただ遺贈や形見分けをすませた後は——」

「といいますと？」ポワロは口をはさんだ。

ハモンド氏は、すこしびっくりしたようだ。

「家政婦のミス・ラッセルに一千ポンド、料理人のエンマ・クーパーに五十ポンド、秘書のジェフリー・レイモンド氏に五百ポンド、それから、いろいろな病院などに——」

ポワロは手をあげて制した。

「慈善事業への寄付には興味がありません」

「いや、ごもっともです。セシル・アクロイド氏の未亡人には、生涯を通じて一万ポンド相当の株券からはいる配当金が支払われます。フロラ・アクロイド嬢には現金で二万ポンド遺贈されます。残りは——この邸宅ならびにアクロイド父子商会の株券をふくめて——全部、養子のラルフ・ペイトンに贈られます」

「アクロイド氏は、ずいぶん財産をおもちだったんですね」

「たいへんな財産家です。だから、ラルフ・ペイトン大尉はたいへんなお金持になるわけです」

沈黙があった。ポワロと弁護士は、たがいに顔を見合わせた。

「ハモンドさん」セシル・アクロイド夫人が訴えるような声で炉端から呼びかけた。

弁護士は夫人のほうへ行った。ポワロは私の腕をとって窓際へつれて行った。

「ごらんなさい、あやめが咲いています」わざとらしく大きな声で彼は言った。「みごとなものです。のびのびとして、見た目に気持がいいですね」

そう言いながら私の腕をつかんだ手に力を入れ、低い声でつけ加えた。

「あなたは本当に私に力を貸してくださるおつもりですか？　この事件の調査に協力してくださるんですか？」

「もちろんです」私は熱意をこめて答えた。「私としては願ってもないことです。私のこの生活が、どんなに古くさくて、たいくつなものか、あなたにはおわかりになりますまい。平凡さから脱出できるようなものは、何一つないんですからね」

「けっこうです。では、これからわれわれは協力者というわけですね。まもなくブラント少佐がここへくると思います。夫人のお相手で閉口しているようですからね。ところで、私は知りたいことがいくつかあります――しかも、私がそれを知りたいと思っていることを先方に気《け》どられたくないのです。わかっていただけますね？　そこで、質問する役目を、あなたに引き受けていただきたいのです」

「どういう質問をしろとおっしゃるのですか？」私は、いくらか気がかりになってたずねた。

「フェラーズ夫人の名を出していただきたいのです」

「と申しますと？」

「さりげなく、夫人のことを切りだしてみてくれませんか。そして、夫人のご主人が死んだとき、ブラント少佐がこの土地にいたかどうか、たずねてみてください。私の申しあげる意味は、おわかりでしょう？　そして、彼が答えているあいだ、それとなく顔色をさぐっていただきたいのです。いいですね《セ・コンプリ》」

それ以上、話をするひまはなかった。というのは、その瞬間、ポワロが予言したとおり、ブラント少佐が、例の無愛想な態度で、ほかの人たちのところを離れて、私たちのほうへやってきたからだ。

私はテラスをぶらついてみないかとさそった。ブラントは、すぐに同意した。ポワロは、あとに残った。

私は遅咲きの薔薇をながめるために足をとめた。

「ここ一両日のあいだに、まったくいろんなことが起こりましたね」と私は言った。「よくおぼえていますが、私は、この水曜日にもここへきて、このテラスをぶらついたものです。アクロイドもいっしょでした。とても元気でしたよ。それなのに、いまは——それから三日しかたたないのに——アクロイドは死に、フェラーズ夫人も死んだ。あなたは、フェラーズ夫人をごぞんじでしたね？　むろん、ごぞんじのはずだ」

ブラントはうなずいた。

「今度こちらへおいでになってから、夫人にお会いになりましたか？」

「先週の火曜日だったと思いますが、アクロイドといっしょに訪問しました。魅力のある婦人だが、どこか妙なところがありましたね。底が知れないとでもいうのか――なにを考えているのかわからないようなところがありました」

私は、彼の微動だにしない灰色の目を覗きこんだ。そこからは、なにも見いだすことができなかった。私は言葉をつづけた。

「前にも夫人にお会いになったことがあるんでしょう？」

「このまえここへきたときに会いました。フェラーズ夫妻が、この村へ移ってきたばかりのときです」ちょっと間《ま》をおいて彼はつけ加えた。「不思議ですな、あのときと今度では、夫人は非常に変わっていましたよ」

「どんなふうに変わっていたんですか？」

「十歳も老けたように見えました」

「フェラーズ氏が亡くなったとき、あなたはここにおいでだったんですか？」私は、できるだけさりげない調子でたずねた。

「いや、いませんでした。しかし、私の聞いたかぎりでは、夫人にとっては、いい厄介払いだったようですな。不人情かもしれないが、事実そうらしいですよ」

私もそれに同意した。

「アシュレ・フェラーズは、けっして模範的な夫じゃなかったですからね」私は用心深く言った。

「悪党ですよ」ブラントは言った。

「いや、ただ、不相応な金にふりまわされた人間というべきでしょうな」

「なるほど、金ですか！　世の中の禍《わざわい》は、すべて金が原因のようですな——あればあるで禍のもと、なければないで、これも禍のもとです」

「あなたの場合は、どちらですか？」

「私は必要なだけはもっています。まあ、運がいいんでしょうね」

「けっこうですね」

「ところが、実を言うと、いまのところ、あまり金がないのです。一年前に遺産がはいったんですが、まるでばかみたいに、ひとにすすめられて、無鉄砲な事業に投資してしまったんです」

私は少佐に同情し、私自身の同じような経験を物語った。

やがて、食事を知らせる鐘が鳴ったので、私たちは食堂へ向かった。ポワロが私をひきとめた。

「うまくいきました《エ・ビヤン》か？」

「疑わしいところはありません」と私は言った。「私が保証します」

「なんにも——心の動揺はなかったですか？」

「一年前に遺産をうけたそうですが」私は答えた。「しかし、それは別にさしつかえないでしょう。いくら遺産をもらったってかまわないと思います。誓って申しますが、彼はすこしの疑点もなく公明正大ですよ」

「ごもっとも、ごもっとも」ポワロは、なだめるよう言った。「そんなに興奮しないでください」

彼の言い方は、まるで、むずかる子供をあやすような調子だった。

私たちは食堂へはいった。私がこのままアクロイドといっしょにこのテーブルについてから、まだ二十四時間とたっていないとは、信じられないような気がした。

食事のあと、セシル・アクロイド夫人は私をわきのほうへつれて行って、ならんでソファに腰をおろした。

「わたしは、くやしくてなりませんわ」夫人は、つぶやくように言ってハンカチーフをとり出したが、それはあきらかに涙を拭くためではなかった。「義兄のロジャーが、わたしを信用してくれなかったのがくやしいんです。あの二万ポンドは、当然、フロラではなくて、このわたしに贈られていいものですわ。娘の利益を守るくらいのことは、母親にまかせていただきたいと思います。信用しないというのは、そのことなんです」

「しかし、奥さん」と私は言った。「フロラさんはアクロイドのほんとうの姪ですよ。血のつながった肉親なんですよ。あなたがアクロイドの義妹ではなく、血をわけた妹さんだったら、こうはならなかったでしょう」

「でも、わたしは、実の弟のセシルの妻ですわ。わたしの気持も、すこしは汲《く》んでほしかったと思いますわ」夫人は、注意深くハンカチーフで睫毛《まつげ》を拭いた。「義兄のロジャーという人は、お金のこととなると、昔から、とても変わっていましたわ――いいえ、べつにけちだというわけではありませんけれど。フロラもわたしも、ずいぶん苦労しましたわ。あの子にお小遣いさえくれないんです。買ったものの勘定は払ってくれましたが、それさえいちいち文句をつけて、そんなくだらないものをどうするんだときいたりして、まるで――あら、わたし、なにを申しあげようとしていたのか――忘れてしまいましたわ――そう、そんなわけで、わたしたちは、自分のものといえるお金は一ペニーももっていませんでした。フロラは、とても恨んでいましたわ――ええ、はっきり恨んでいたと申しますわ。もちろん、伯父に楯つくようなことはしませんでしたが、でも、若い娘なら誰だって恨みますすよ。そうですわ、まったく、ロジャーは、お金のこととなると、妙な考えをもっていたと言わなければなりませんわ。タオルが破けたといっても、新しいのを買おうともしないんですよ。それに」と夫人は彼女の会話の特徴である唐突な飛躍を見せて言葉をつづけた。「あんな大金を――一千ポンドも――考えてもごらんなさいな、一千ポンドですよ――あんな女にくれてやるなんて」

「どの女ですか？」

「家政婦のラッセルという女ですよ。あの女には、とても変なところがあるんですよ。わたしは、たびたび注意したんですが、ロジャーは、あの女に対する非難には、まるで耳をかそうともしないんです。それどころか、とてもしっかりした女だ、感服しているし尊敬もしているなどと申しましてね。そして、あの女は正直だとか、独立心が強いとか、道徳的にすぐれているとか言って、いつもほめていましたわ。あの女には、なにかしらうさんくさいところがあると思っていますの。ロジャーと結婚しようとしていたことはたしかですわ。でも、そのことは、わたしがすぐあきらめさせました。ですから、あの女は、当然わたしのことを前から憎んでいましたわ。わたし、あの女の考えることなど、すっかり見通していましたわ」

夫人のおしゃべりにストップをかけて逃げだすきっかけはないものかと、私は考えはじめた。

そこへハモンド氏が別れの挨拶にきて、必要なきっかけをつくってくれた。私は、好機とばかり彼といっしょに席を立った。

「検屍審問の件ですが」と私はハモンド氏に言った。「場所は、どこがいいでしょう？ここにしますか？　それともスリー・ボアーズ館にしますか？」

夫人は、ぽかんと口をあけて私をみつめた。

「審問ですって？」夫人は、おどろきの色をあらわに見せてたずねた。「まさかほんとうに審問が開かれるわけじゃないでしょう?」

ハモンド氏は、わざと咳ばらいをして、「避けるわけにはまいりません。現在の状況では」と、短い二つの言葉を、つぶやくように言った。

「でも、シェパード先生にお願いして、なんとか――」

「なんとかするといっても、私の力には限度があります」私は、そっけなく言った。

「もしロジャーの死が過失だとしたら――」

「殺されたんですよ、奥さん」

私は遠慮なく言った。

夫人は小さな叫び声をあげた。

「過失説なんて問題になりません」

夫人は困ったように私を見た。不愉快なことをおそれる夫人の愚かさに、私はがまんできなかった。

「審問がありましても、わたし――わたしは訊問に答えなくてもよろしいんでしょうね?」

「さあ、どういうことになるか、私にはわかりませんね。おそらくレイモンド君が、奥さんにあまり面倒がかからないようにはからってくれるでしょう。レイモンド君は、いちばんよく事情に通じていますから、形式的な検証の証言なら、引き受けてくれるでしょう」

弁護士も軽く頭をさげて同意を示した。

「なにも心配なさるようなことはないと思いますよ、奥さん」と彼は言った。「不愉快な思いをなさるようなことはないと思います。ところで、お金のことですが、いまのところ必要なだけは間に合っていますか？　と申すのは」夫人が、不審そうに彼を見たので、弁護士は急いでつけ加えた。「お手もとの現金のことですよ。もしお持合わせがなければ、いかほどでもお渡しするようにいたしますが」

「その必要はないと思います」と、そばに立っていたレイモンドが口をはさんだ。「アクロイドさんは、きのう百ポンドの小切手を現金にかえていますから」

「百ポンド？」

「そうです。雇人の給料とか、その他きょう支払わなければならない費用のためです。いまのところ、まだ手つかずに残っています」

「その金は、どこにありますか？　アクロイド氏の机のなかですか？」

「いいえ、アクロイドさんは、いつも現金は寝室においておきます。正確に申しますと、古いカラーの箱のなかです。妙な思いつきだと思いますがね」

「私の考えとしては」弁護士は言った。「帰るまえに、その金がそこにあるかどうか、たしかめるべきだと思います」

「ごもっともです」――レイモンド秘書も賛成した。「すぐご案内いたしましょう――ああ、忘れていました。あそこのドアには鍵がかかっているんです」

パーカーを呼んでたずねると、ラグラン警部は家政婦の部屋で、二、三、補助的な質問をしていることがわかった。間もなく警部は鍵を持って、ホールにいる私たちのところへやってきた。警部にドアを開けてもらって、私たちはロビーを通り抜けて狭い階段をのぼった。階段をのぼりつめると、アクロイドの寝室のドアが、開けはなしになっていた。カーテンがおりていて、部屋のなかは暗く、ベッドは前夜と同じように、掛布団がたたんだままになっていた。警部はカーテンを引いて日の光を入れた。ジェフリー・レイモンドは、紫檀《したん》の箪笥の一番上のひきだしを開けた。

「アクロイド氏は、こんなふうに鍵もかけないひきだしに現金を入れておいたんですか。ちょっとおどろきましたね」と警部はつぶやいた。

秘書は、かすかに顔をあからめた。

「アクロイドさんは、召使たちの正直さを信用しておられたんです」と秘書は、むきになって言った。

「そうですか、いや、ごもっとも」警部は、あわてて答えた。

レイモンドは、ひきだしを開け、奥のほうから丸い革のカラー箱をとり出し、それを開けて、ふくらんだ財布をとり出した。

「金は、このとおりはいっています」と彼は、ぶ厚い札束をとり出しながら言った。「百ポンド手つかずにあるはずです。アクロイドさんは、昨夜、食事のために着替えをされたとき、私の目の前で、このカラー箱にお金を入れたんです。もちろん、そのあと誰も手をふれておりません」

ハモンド弁護士は札束をうけとってかぞえた。かぞえてしまうと、するどく顔をあげた。

「きみは百ポンドと言いましたね？　しかし、ここには六十ポンドしかありませんよ」

レイモンドは目をまるくして弁護士をみつめた。

「そんなはずはありません」彼は前にとび出しながら叫んだ。そして、弁護士の手から札束をとって、一枚ずつ声を出してかぞえた。

ハモンド弁護士が言ったとおりだった。全部で六十ポンドしかなかった。

「だが――ぼくにはわけがわかりませんね」秘書は、きょとんとして叫んだ。

ポワロが質問した。

「あなたは、昨夜アクロイド氏が夕食のために着替えをしたとき、この金をそこへ入れるのを見ていたんですね？　そのまえに、何か支払いをされたようなことは、たしかにありませんか？」

「たしかです。そのときアクロイドさんが、『百ポンドもの現金を食堂へ持って行くのはいやだからね。かさばりすぎるよ』と言われたのまで、ぼくはおぼえています」

「すると、この問題は、しごく簡単ですね」ポワロが言った。「昨日の宵のうちにアクロイド氏が四十ポンドを支払ったか、あるいは盗まれたかですよ」

「まったく簡単ですよ」と警部も同意した。そしてセシル・アクロイド夫人のほうに向き直ってたずねた。「昨日、宵のうちにこの部屋へはいった召使は誰ですか？」

「女中がベッドを直しにきただろうと思います」

「その女中さんは、どういうひとですか。身許などわかりますか？」

「そんなに長くいる女中ではありません」と夫人は言った。「でも、おとなしい、平凡な田舎娘ですわ」

「この問題は、はっきりさせたほうがよさそうですな」と警部は言った。「もしアクロイド氏がその金を自分で支払ったとすると、殺害事件の謎と関係があるかもしれません。奥さんが知っておられるかぎりでは、ほかの召使たちは信用できますか？」

「信用できると思いますわ」

「いままで、なにかなくなったということはありませんか？」

「ございません」

「暇をとったとか、あるいは暇をとりたいと申し出たとか、そういうものはいませんか？」

「小間使が暇をとりたいと言っています」

「いつですか？」

「昨日申し出たようでございます」

「あなたに？」

「いいえ、わたしは召使たちのことなど関係がございません。家事はいっさいミス・ラッセルがとりしきっています」

警部は、しばらく考えにふけっていた。それから、なにやらひとりうなずいて、つぶやくように言った。

「ミス・ラッセルと話してみたほうがよさそうだ。それからエルジー・ディルという娘にも会ってみよう」

ポワロと私は警部といっしょに家政婦の部屋へ行った。ミス・ラッセルは、いつものように落ちついた態度で、私たちを迎えた。

エルジー・ディルはファーンリー荘へきて五か月になる。仕事はてきぱきやるし、しっかりした、いい娘だ。たしかな身許証明書もある。ひとさまのものに手をつけるような娘では絶対にない。――

小間使のほうはどうだろう？

これもまたきちんとした娘だ。ものしずかで、しとやかで、よく働く。

「なぜ暇をとるんですか？」警部はたずねた。

ミス・ラッセルは唇をすぼめた。

「わたしのせいではございません。なんでもきのうの午後アクロイドさまに叱られたそうでございます。書斎のお掃除があの娘の受持ちなので、机の上の書類を散らかしてしまったのではないかと思います。アクロイドさまは、そのことで、たいへん怒っていらっしゃいました。それで、あの娘は暇をとりたいと言いだしたのです。すくなくとも、わたしはそんなふうに思っていますが、直接あの娘にお会いになったらいかがですか？」

警部は、そうしようと答えた。すでに私は、食事のとき給仕に出たその娘に気づいていた。背の高い娘で、ゆたかな鳶色《とびいろ》の髪を首のうしろできっちりたばね、おちついた灰色の目をしていた。家政婦によばれて部屋にはいってきた彼女は、まっすぐに立って、その灰色の目で、じっと私たちをみつめた。

「きみがアーシュラ・ボーンだね？」警部はたずねた。

「さようでございます」

「暇をとるということだが？」

「さようでございます」

「なぜかね？」

「ご主人さまのお机の上の書類を散らかしてしまったのでございます。ご主人さまは、たいへんご立腹でございましたので、お暇をいただきたいと申し出たのでございます。ご主人さまは、一刻も早く出て行けとおっしゃいました」

「きみは昨夜、アクロイド氏の寝室にはいらなかったかね？　部屋を整理する用かなにかで」

「いいえ、寝室はエルジーさんの受持ちでございますから、わたくしはあの部屋には近づいたこともありません」

「実は、かなりの大金がアクロイド氏の寝室からなくなっているのだ」

はじめて彼女が、感情を露骨に顔に出したのを私は見た。顔じゅうに、さっと血の気がのぼった。

「わたくしは、お金のことなど、すこしもぞんじません。わたくしがお金を盗んだので、ご主人さまからお暇が出たとお考えなら、それはたいへんなまちがいでございます」

「なにもきみがお金をとったと言ってるんじゃない」警部は言った。「だから、そんなにむきになることはないよ」

娘は冷ややかに警部を見た。

「お望みなら、わたくしの持物をお調べになってもけっこうですわ」彼女は、さげすむような口ぶりで言った。「でも、なにも出てきやしないと思います」

このとき、とつぜんポワロが口をはさんだ。

「アクロイド氏がきみに暇を出した――あるいは、きみのほうから暇をとったのは、きのうの午後なのだね？」

娘はうなずいた。

「その会見の時間は、どのくらいだったかね？」

「会見と申しますと？」

「書斎で、きみがアクロイド氏と会ったことだよ」

「さあ——はっきりわかりませんわ」

「二十分くらいかね？　それとも三十分くらい？」

「それくらいだったと思います」

「それより長くはなかったかね？」

「三十分より長くはなかったと思います」

「どうもありがとう、マドモワゼル」

私は好奇の目でポワロを見た。彼はテーブルの上のものを、きちんとならべたり、おきかえたりしていた。目がきらきら光っていた。

「もうよろしい」と警部は言った。

アーシュラ・ボーンは部屋を出て行った。警部はミス・ラッセルのほうをふり向いた。

「あの娘は、どのくらいこの家につとめているんですか？　あの娘の身許証明書をおもちですか？」

ミス・ラッセルは、最初の質問には答えずに、そばの書類箪笥のところへ行き、ひきだしをあけて書類のとじこみをとり出した。そして、そのなかから一枚ぬきとって警部にわたした。

「ふむ」警部はうなずいた。「なかなかりっぱなものだ。マービイ村マービイ農場のリチャード・フォリオット夫人……この夫人は、どんなひとですか?」

「この州でもりっぱな家柄の婦人でございます」ミス・ラッセルは言った。

「それでは」警部は書類を返しながら言った。「もう一人のエルジー・ディルという娘に会ってみましょう」

エルジー・ディルは大柄な金髪の娘で、快活そうだが、いくらか頭がにぶいような顔つきをしていた。しかし、私たちの質問には、はきはきと答え、金が紛失したことについては、非常な心痛と関心を示した。

「あの娘には、怪しいところはなさそうですな」エルジー・ディルをひきとらせてから警部は言った。「パーカーは、どうでしょう?」

ミス・ラッセルは唇をつぼめただけで返事をしなかった。

「あの男には、なにかうさんくさいところがあるような気がする」と警部は考えながらつぶやいた。「ただ、あの男には、そんな機会があったとは思えない。夕食のあとは仕事がいそがしかっただろうし、宵のうちはずっと、はっきりしたアリバイがある。この点については特別の注意をはらったのだから、まちがいはないはずだ。それでは、ラッセルさん、どうもおじゃましました。いまのところ、この問題は、この程度にしておきましょう。十中八、九はアクロイド氏があの金を自分で支払ったと考えていいようです」

家政婦のそっけない挨拶に送られて、私たちは、その部屋を出た。

私はポワロ氏といっしょに家を出た。

「どうも不思議に思うんですが」と私は沈黙を破って言った。「アーシュラが散らかして、アクロイド氏を怒らせた書類というのは、アクロイドにとって、どういう書類だったんでしょう？　事件の謎の手がかりが、そのへんにあるようにも思えるんですがね」

「レイモンド秘書の言うところによると、机の上には、かくべつ重要な書類はなかったそうです」ポワロは冷静に答えた。

「そうらしいですが、しかし――」私は口ごもった。

「アクロイド氏が、そんなささいなことで腹を立てたのはおかしい、とおっしゃりたいんでしょう？」

「そうです。そんな気がするのです」

「しかし、はたしてそんなにささいなことだったのでしょうか？」

「もちろん、それがどんな書類であったか、私たちにはわかりません――しかし、レイモンド君は、はっきりと――」

「レイモンド君のことは、しばらく脇へおいておきましょう。ところで、先生は、あの娘をどう思いますか？」

「どの娘ですか？　小間使ですか？」

「そう、小間使です。アーシュラ・ボーンです」

「なかなかいい娘らしいですね」私は、ためらいがちに答えた。

ポワロは私の言葉をくりかえしたが、私が「いい」にアクセントをおいたのに、ポワロは「らしい」にアクセントをおいた。

「なかなかいい娘らしいですね――なるほど」

それから、ちょっと間をおいて、彼はポケットからなにかとり出して私に渡した。

「先生にお見せしたいものがあるんです。これをごらんください」

それは、警部がけさつくってポワロに渡した紙片だった。指されたところを見ると、アーシュラ・ボーンという名前の上に鉛筆で小さな×印がついていた。

「あのときにはお気づきにならなかったかもしれませんが、このリストのなかには一人だけ確証のない人物がいるのです。アーシュラ・ボーンです」

「でも、あなたは、まさか――」

「シェパード先生、私はどんなことでも一応は考えてみるんです。アクロイド氏を殺したのはアーシュラ・ボーンかもしれない。しかし、実のところ、あの娘がそんなことをする動機が私にはわからないんです。先生は、なにか心当たりがありますか？」

彼は、きびしく私をみつめた――あまりにきびしいので、私は不安になったほどだ。

「先生は心当たりがありますか？」と彼はくりかえした。

「まるで心当たりがありません」はっきりと私は答えた。

彼の凝視がゆるんだ。彼は顔をしかめて、ひとりごとのようにつぶやいた。

「恐喝者が男だとすると、あの娘が恐喝者であるはずはない。すると――」

私は咳ばらいした。

「その問題にかぎって言うなら――」私はためらいがちに言いかけた。

するとポワロはくるりと私のほうに向き直った。

「なんですか？　なにを言おうとしたんですか？」

「いや、なんでもないんです。たいしたことじゃありません。ただ、正確に言いますと、フェラーズ夫人は手紙のなかで、『あの人物』と書いているだけで、別に男とはっきり言っているわけではない。アクロイドと私が、はじめから男だときめてかかっていただけなんです」

ポワロは私のいうことには耳をかたむけていないらしかった。ふたたびなにかひとりごとをつぶやいた。

「だが、そうすると、ともかくありうることだ――そうだ、たしかにありうる――だが、待てよ――これは、もう一度考え方を組み立て直さなければならない。方法と順序、――

これが一番必要なんだ――あらゆることが、ぴたりとおさまらなければならない――おさまるべき場所に、きちんと――さもないと、とんでもない方向へそれてしまう」

彼は、ひとりごとをやめると、ふたたび私のほうを向いた。

「マービイ村というのは、どのへんですか？」

「クランチェスターの向う側です」

「ここからどのくらい離れていますか？」

「そうですね、十四マイルくらいでしょう」

「先生にマービイ村まで行っていただくわけにはまいりますまいか？　あすあたり、いかがでしょうか？」

「あすですか。待ってくださいよ、あしたは日曜ですね。いいです、なんとか都合をつけましょう。マービイ村へ行ってどうしろとおっしゃるんですか？」

「フォリオット夫人に会っていただきたいんです。そしてアーシュラのことを、できるだけ調べてきていただきたいんです」

「承知しました。しかし――私はそういう仕事には不向きなんですがね」

「不向きとかなんとか言っている場合じゃありません。このことに一人の人間の生命がかかっているかもしれないんです」

「ラルフも気の毒な男だ」私は、ため息をついた。「しかし、あなたはラルフの無罪を信じていらっしゃるんでしょう？」

ポワロは、ひどくまじめな表情で私をみつめた。

「あなたは事実を知りたいと思いますか？」

「もちろんです」

「では教えてあげましょう。すべては彼が有罪であるという想定を指し示しているのです」

「なんですって？」私は叫んだ。

ポワロはうなずいた。

「そうなのです。あの頭の回転のにぶい警部は——たしかに彼は回転がにぶいですよ——あらゆることを自分の考えにこじつけています——私が求めるのは事実です——しかも事実はつねに私をラルフ・ペイトンのほうへ導くのです。動機、機会、手段、すべてそうなのです。しかし私は、あらゆる方法を講じて調べあげるつもりです。私はフロラ嬢に約束したんです。あのお嬢さんは、私をかたく信じています。かたく信じているんです」

11　ポワロの訪問

つぎの日の午後、マービイ農場の呼鈴を鳴らしたとき、私はいくらか神経質になっていた。ポワロが私になにをさぐり出させようとしているのか、それがひどく気になった。彼は、この仕事を私に依頼した。なぜだろう？　ブラント少佐に質問した場合と同じで、自分は背後に引っこんでいたいからだろうか？　そう思ったのも、ブラント少佐の場合は、その意図がよく理解できたが、今度の場合は、意味がないことのように思われたからだ。

私の物思いは、きれいな小間使が出てきたことで中断された。

フォリオット夫人は在宅だった。私は、ひろい応接間に通され、この家の女主人を待つあいだ、もの珍しそうに室内を見まわした。大きな、がらんとした部屋で、すこしばかりの古陶器類、美しい銅版画、古びた椅子のカバーやカーテンなど、どう見ても婦人用の部屋だった。

フォリオット夫人がはいってきたので、私は、眺めていた壁のバルトロッチの絵から離れて、うしろをふり向いた。背の高い婦人で、栗色の髪をもじゃもじゃにさせ、愛嬌たっぷりの微笑をうかべていた。

「シェパード先生でいらっしゃいますか？」夫人は、ためらいがちに言った。

「そうです」私は答えた。「とつぜんおじゃましまして、まことに恐縮ですが、じつは以前お宅で雇っておられた小間使のことについて、すこしおたずねしたいことがあってまいりました。アーシュラ・ボーンという娘のことです」

アーシュラの名を聞くなり、夫人の顔から微笑が消え、それまでの愛想のよさが凍りついたように消えた。夫人は、不安のために落ちつきがなくなったように思われた。

「アーシュラ・ボーンでございますか?」ためらいがちに夫人はききかえした。

「そうです。もしかすると、名前をお忘れになったかもしれませんが」

「いいえ、とんでもない。わたし——よくおぼえております」

「一年あまりまえに、お宅からお暇をとったんだそうですね?」

「そうです。そうですわ。そのとおりですわ」

「それで、あの娘がこちらに勤めておりましたあいだ、ご不満な点はありませんでしたか? それはともかく、お宅には、どのくらい勤めていましたか?」

「そう、一年か二年だったと思います——正確なところは思い出せませんけれど。たいへん役に立つ娘でした。あなたも、きっとご満足なさるとぞんじますわ。あの娘がファーンリー荘から暇をとるなんて、わたしはすこしもぞんじませんでした。夢にも思いませんでしたわ」

「あの娘について、なにかお気づきの点はありませんか?」

「とおっしゃいますと?」

「つまり、どこの生まれだとか、家族はどんな人たちだとか、そういったふうなことです」

フォリオット夫人の表情は、いよいよ硬くなった。

「わたし、なにもぞんじません」

「お宅へくるまえは、どこに勤めていたのですか?」

「おぼえていませんわ」

彼女の臆病そうな態度の底に、怒りの火花がきらめいた。夫人は、ぐいと頭をもたげたが、その身ぶりには、漠然とながら、どこか見おぼえがあった。

「そんなことまでおたずねになる必要があるんでございますか?」

「いや、決してそんなわけではありません」おどろきとともに、いくらか謝罪の気持を態度にこめて私は答えた。「奥さまが、こういう質問にお答えになるのを、それほど気になさるとは思わなかったものですから。まことに失礼いたしました」

怒りは消えたが、またしても当惑の色があらわれた。

「いいえ、わたしは、お答えすることを気にしてはおりません。決してそんなことはございません。気にする理由がないじゃありませんか。ただ、ちょっと妙な気がしただけですわ。それだけのことですわ」

医者をしているおかげで便利なのは、相手が嘘をついても、たいていすぐに見抜けることだ。ほかのことはともあれ、フォリオット夫人の態度を見れば、夫人が私の質問に答えるのをいやがっていること——それも、ひどくいやがっていることが、すぐに私にわかったとしても不思議はないのだ。夫人は、いかにも不安らしく、すっかりとり乱していた。あきらかに背後になにか秘密がひそんでいるのを感じさせた。この夫人は、どんな種類のごまかしにせよ、人をごまかすことに、まったく慣れていない女で、だから、やむなくごまかさなければならない事態になると、はげしく不安を示すのだ、と私は解釈した。子供だって、この婦人の心なら見とおせるだろう。

だが、夫人がこれ以上なにも話す意志がないことも明白だった。アーシュラ・ボーンをめぐって、どんな秘密があろうとも、フォリオット夫人の口から、それを聞き出すことはできないように思われた。

私は、がっかりして、もう一度、おじゃまをしたことを詫び、帽子をとって、その家を出た。

二、三軒ほど患者の家をまわって、家へ帰ったのは六時ごろだった。姉のカロラインは客に出したお茶道具のそばに坐っていた。顔に、私がいやになるほど知っている例のおさえつけたような得意の表情が出ていた。それは、情報を手に入れたか、あるいは流したか、どちらかの確実なしるしだった。いったいどちらだろう、と私は思った。

私が、自分専用の安楽椅子に腰をおろして、心地よく燃える暖炉の火のほうに足をのばすと、カロラインは、さっそくはじめた。

「きょうの午後は、とてもおもしろかったわ」

「そう」と私は言った。「ガネットさんでもお茶にきたんですか？」

ミス・ガネットは情報屋の大幹部の一人なのだ。

「ちがうわ。もう一度当ててごらんなさい」カロラインは、はなはだ満悦のていだった。

私は、カロライン情報組織のメンバーを、一人ずつ思いうかべては、何度も当てようとした。姉は、そのたびに得意そうに首を振った。しまいに、とうとう自分のほうからすすんで情報を提供した。

「ポワロさんよ」と彼女は叫んだ。「ところで、このことを、あなたはどう思う？」

私は、複雑な気持だったが、用心してカロラインには言わなかった。

「ポワロさんは、なんで訪ねてきたんだろう？」

「もちろん、わたしに会いにきたのよ。弟さんと親しくおつきあいを願っているから、失礼ながら、美しいお姉さまともお近づきになりたいとおっしゃってね。美しいお姉さまですって――わたし、まごついてしまったわ。要するに、わたしと近づきになりたいってことよ」

「どんなことを話したんですか？」

「ご自分のことだの、これまであつかった事件のことだの、いろんな話をしてくれたわ。モレタニアのポール殿下のことは、あなたも知っているわね？　ほら、最近ダンサーと結婚した方よ」

「それで？」

「わたし、このあいだ、『社交界雑報』で、そのダンサーについて、とてもおもしろい記事を読んだの。その女は、本当はロシアの皇女――つまり皇帝の娘の一人で、ボルシェヴィキの手から逃れてきたんですって。ポワロさんは、ポール殿下とそのダンサーが、あやうく不思議な殺人事件に巻きこまれそうになったとき、それを解決してあげたんだそうよ。ポール殿下は、とても感謝なさったそうだわ」

「それで殿下は感謝のしるしに千鳥の卵ほどもあるエメラルドのネクタイピンをポワロ氏に贈ったというわけか」私はひやかした。

「ポワロさんは、そんなことはおっしゃらなかったわ。どうして？」

「いや、なんでもない」私は答えた。「話の落ちは、大抵そんなもんだろうと思っただけです。もっとも、それは推理小説のことですがね。名探偵の部屋には、高貴な依頼者から感謝のしるしに贈られたルビーや真珠やエメラルドが輝いているのがふつうなんです」

「ああいう事件を、内側から聞くのは、ほんとにおもしろいものだわ」と姉は満足そうに言った。

それはそうであろう――カロラインにとっては。私はポワロ氏が、たくさんの事件のなかから、こんな寒村に住んでいるオールドミスの心にもっとも訴えるような事件を巧みに選んだ賢明さに感服しないわけにはいかなかった。

「ポワロ氏は、そのダンサーが本当にロシアの皇女だと言いましたか？」

「そのことは話す自由がないって言っていたわ」カロラインは、もったいぶって答えた。

ポワロは、カロラインに話すのに、どの程度まで事実に手かげんを加えたのだろうかと思った――もしかすると、まるで小細工しなかったかもしれない。眉をあげたり肩をすくめたりして、意味ありげに事件の内容を伝えたのだろう。

「そこで」と私は言った。「姉さんは、よだれをたらして、あの男から餌をもらう気になったんですね？」

「そんな下品な言い方はよしなさいよ、ジェイムズ。そんな下品な言葉を、どこからおぼえてくるの？」

「おそらくぼくと外部世界をつなぐ唯一のくさり――患者からでしょうね。残念ながらぼくの患者のなかには、高貴な王子さまや興味深いロシアの亡命貴族なんかいませんからね」

カロラインは眼鏡を押しあげて私を見た。

「ひどくきげんがわるいのね、ジェイムズ。きっと肝臓のせいだわ。今夜、青い丸薬をのんだほうがいいわ」

家庭での私を見たら、誰も私を医者だとは思わないだろう。家庭内では、自分のも私のも、いっさいカロラインが薬の処方を指示するのだ。

「肝臓なんかどうだっていい」私は、いらいらして言った。「それで、殺人事件のことは、話したんですか？」

「もちろん話したわ。この土地で、ほかにどんな話題があるというの？　わたしは、ポワロさんのまちがいを、いくつか指摘してあげたわ。ポワロさんは、とても感謝していたわ。わたしには、生まれながら探偵の素質がある――それに人間性に対して、すばらしい心理的洞察力をもっているって言ってたわ」

カロラインは、まるでおいしいクリームを好きなだけなめた猫みたいだった。あきらかに咽喉をごろごろ鳴らしていた。

「ポワロさんは、小さな灰色の脳細胞のことや、その機能のことを話してくれたわ。そして、自分の脳細胞は一級品だって言っていたわ」

「あの人は、よくそんなことを言うんだ」私は舌うちしたくなった。「謙遜という名のつく人間でないことはたしかだ」

「どうしてそんなアメリカ人みたいないやな言い方をするの？　ポワロさんは、一刻も早くラルフを見つけ出して、自分からすすんで弁明させるようにするのが一番いいって言っていたわ。いつまでも行方をくらましていると、審問のときに、とても不利な印象をあたえるだろうって」

「姉さんは、それに対して、なんて言ったんですか？」

「私も賛成だって言ったわ」姉は、もったいぶって言った。「世間の人も、もうそのことを話しあっているということも言ってあげたわ」

「姉さん」私はするどく言った。「あなたは、あの日、森のなかで聞いたことを、ポワロさんに話したんですか？」

「話しましたよ」姉は満足そうに言った。

私は立ちあがって、部屋のなかを歩きはじめた。

「姉さんは、自分のしていることがわかっているんですか？」私は叩きつけるように言った。「姉さんは、いまその椅子に坐っているのと同じくらい確実に、ラルフ・ペイトンの首に綱を巻きつけてることになるんですよ」

「そんなことないわ」姉はびくともしなかった。「わたしは、あなたがポワロさんに話さなかったことを、むしろおどろいているくらいよ」

「できるだけ注意して話さなかったんです」と私は言った。「ぼくはあの青年が好きだからね」

「わたしだって好きだわ。だからこそ、あなたはどうかしていると思うんですよ。わたしはラルフが人殺しをしたなんて信じないわ。だから、事実を言ったって彼の不利益になるわけはないと思うわ。むしろポワロさんになんでも話して、できるだけ協力すべきだと思うわ。考えてごらんなさいよ。ラルフは、殺人のあった晩、例の娘といっしょに出かけたことは、十中八、九まちがいのないことなのよ。それだったら、完全なアリバイがあるわけじゃないの」

「もし完全なアリバイがあるんなら」と私は言った。「なぜ彼は自分から出てきて申し開きをしないんだろう？」

「その娘にめいわくがかかるんじゃないかと心配しているんだわ」カロラインは、わかったふうな顔をして言った。「でも、もしポワロさんがその娘をさがし出して、そうするのが義務だと説ききかせたら、その娘だって、きっと自分からすすんで出てきて、ラルフの身のあかしを立てると思うわ」

「姉さんはどうやら自分でロマンチックなおとぎばなしをつくりあげてしまったようだ。くだらない小説の読みすぎですよ。ぼくがいつも言ってるでしょう」

私は、ふたたび安楽椅子に腰をおろした。

「ポワロはまだほかになにかききませんでしたか？」

「あなたがあの朝診察した患者のことをきいたわ」

「患者？」私は信じかねてききかえした。

「そうよ、外来の患者のことよ。何人きたかとか、どういう人たちだったかとか」

「それで、姉さんは正確に答えられたんですか？」

まったくおどろきいった姉さまだ。

「もちろんだわ」と姉は得意そうに言った。「ここの窓から、診察室のドアへ行く道が見通しなんですもの。それに、わたしの記憶は正確なのよ、ジェイムズ。あなたなんかより、ずっと正確だわ」

「それはぼくだって知っているよ」私は機械的に答えた。

姉は患者の名前を一人一人かぞえあげた。

「ベネットのお婆さん、それから指を怪我した農場の男の子、指にささった針を抜いてもらいにきたドリー・グライス、それから、船からあがったアメリカ人の料理長——ええと、これで四人ね。そうそう、それから、ジョージ・エヴァンス老人が腫物ができたといってやってきたし、最後に——」

彼女は曰《いわ》くありげに間をおいた。

「最後に？」

カロラインは、ここぞとばかり勝ちどきをあげ、場面を最高潮に盛りあげた。いたって正確な発音で——Sの発音を得意そうにひびかせて——とっておきの答えを聞かせてくれた。

「ミス・ラッセル！」

姉は椅子の背にゆったりともたれて、意味ありげに私の顔を見た。カロラインに意味ありげに見られたら、誰しも逃げる道はなかった。

「姉さんのいう意味が、ぼくにはよくわからない」私は心にもないことを言った。「ミス・ラッセルが、膝を診察してもらいにきたからって、別に不思議はないじゃないか」

「膝が痛むなんて」と姉は言った。「ばかばかしい。あのひとの膝は、わたしやあなたの膝よりも痛みやしませんよ。ほかに目的があってきたんだわ」

「なんですか？」

しかしカロラインも、その目的がなんであるかはわからない、と白状した。

「でも、これだけはたしかだわ。つまり、あの方が知りたいのは、そのことだっていうこと――あの方とは、ポワロさんのことよ。あの女にはどこかうさんくさいところがあるわ。ポワロさんも、そう思っているのよ」

「セシル・アクロイド夫人も、きのうぼくにそれと同じことを言いましたよ」と私は言った。「ミス・ラッセルには、どこかうさんくさいところがあるって」

「そうだわ」カロラインは、ひとりでうなずいた。「セシル・アクロイド夫人！　もう一人いたわ」

「もう一人って？」

カロラインは自分の言葉を説明しようとしなかった。ただ、何度もうなずいて、膝の上の編物をかたづけ、晩餐のための正装と称する明るい藤色の絹のブラウスと金のロケットを身につけるため二階へあがって行った。

私は、そのままそこに残って、暖炉の火をみつめながら、カロラインの言葉を考えてみた。ポワロが訪ねてきたのは、本当にミス・ラッセルについての情報を手に入れるためだったのだろうか？　それとも、なにもかも自分の考えに合わせて解釈するカロラインの勝手な想像だろうか？

あの朝のミス・ラッセルのようすには、疑いを起こさせるようなものは、なにもなかった。すくなくとも——私は、彼女がしきりに麻薬のことを話題にし——麻薬のことから、毒薬と毒殺のことに話が移っていったことを思い出した。しかし、それだけなら、別にどうということもない。アクロイドは毒殺されたのではないのだ。だが、それにしても妙な話だ……。

カロラインの声が聞こえた。すこし不機嫌な調子で階段の上から呼んでいた。

「ジェイムズ、食事に遅れるわよ」

私は暖炉に石炭を投げこみ、おとなしく二階へあがって行った。

ともかく、家庭が平和であるのは、望ましいことだ。

12　テーブルをかこんで

月曜日に検屍審問が行なわれた。

そのときの経過を細かく述べることはやめよう。そんなことをしても、同じところをどうどうめぐりするだけだからだ。警察との話しあいで、ほんのわずかしか公表できなかった。私はアクロイドの死因と死亡推定時刻について証言した。検屍官がラルフ・ペイトンの行方不明について説明したが、それも不当に強調するようなことはなかった。

審問が終わってから、ポワロと私は、ラグラン警部と、しばらく話しあった。警部は、ひどく深刻な顔をしていた。

「ポワロさん、どうもおもしろくないですな」と彼は言った。「私はこの事件を公正に判断したいと思っています。私はこの土地の人間で、ラルフ・ペイトン大尉にはクランチェスターで何度も会っています。私も彼を犯人とは思いたくない――しかし、どこから見ても、形勢は不利です。潔白なら、なぜみずからすすんで出てこないのでしょう？　彼に不利な証拠があがっているが、しかしその証拠だって反証をあげることができるものです。それなら、なぜ彼は釈明しようとしないんでしょう？」

警部の言葉の裏には、そのとき私の知らなかった意味が、たくさんかくされていた。ラルフの人相書は、イギリスじゅうの、あらゆる港、あらゆる駅に電送されていた。そして警察は、いたるところで目を光らせていた。ロンドンの彼の下宿も、日ごろ彼が出入りする家々も見張られていた。これだけ厳重な警戒線がしかれていては、ラルフが網の目を突破できるとは思えなかった。われわれの知るかぎりでは、彼は荷物も持たなければ、金も持っていないはずだ。

「あの晩、駅でラルフを見かけたものはいないかと探してみたんですが、見つかりません」警部はつづけた。「しかし、彼は、このへんではよく知られていますから、誰か見かけたはずだと考えるのは当然ですよ。リヴァプールからも情報がありません」

「あなたはラルフがリヴァプールへ行ったとお考えなのですか？」とポワロはたずねた。

「まあ、想像ですがね。駅から電話がかかってきたのは、リヴァプール行きの急行列車が発車する三分まえです――そこになにか意味があるはずですよ」

「もしそれが、ことさら追跡の方向をあやまらせるための計画でなければね。電話をかけてきた狙いは、あるいは、そんなところにあったのかもしれませんよ」

「それも一つの考え方ですね」警部は熱心に言った。「電話の件を、あなたは本当にそう解釈しておられるんですか？」

「私にはわかりませんん」ポワロは重々しく言った。「しかし、これだけは言っておきます。

電話の件が解決すれば、殺人事件は解決するということです」

「あなたはまえにもそんなようなことを言っておられましたね」私は、興味をそそられ、ポワロの顔を見ながら言った。

ポワロはうなずいた。

「私の考えは、いつも、そこへもどってくるのですよ」彼は、しかつめらしく答えた。

「まるで関係がないように私には思われるのですがね」と私は言った。

「私は、そこまでは思わないが」と警部が言った。「正直なところ、私も、ポワロさんは、すこしそのことにこだわりすぎるように思います。それよりも、もっといい手があります。たとえば短剣の指紋です」

ポワロは、興奮したときのくせで、とつぜんひどい外国なまりで言いはじめた。

「警部さん《ムッシュー・ランスペクトゥール》、気をつけてくださいよ、ふ——ふなんとか小路——何と言いましたかね《コマン・ディール》——行きどまりになった小さな道のことは?」

ラグラン警部は、びっくりして相手の顔をみつめているので、私がひきとって答えた。

「袋小路のことでしょう」

「そうです——どこへも抜け道のない行きどまりの小路のことです。あの指紋は、あるいはそんなものかもしれません——どこへも抜け道のないところへつれこまれるかもしれませんよ」

「そんなことはないと思います」警部は言った。「つまり、あなたは、あの指紋がつくりものだとおっしゃるんでしょう？　そういうことを、本で読んだことがありますが、私の経験では、まだ一度もお目にかかったことがありません。しかし、つくりものにせよ、あの指紋は私たちをどこかへ導いてくれるはずです」

ポワロは、両手をひろげ、肩をすくめてみせただけで、なにも言わなかった。

それから警部は問題の指紋のいろんな拡大写真を見せて、渦状紋とか蹄状紋とか、専門的な講釈をはじめた。

「これで、あなたも」ポワロが、すこしも関心を示さないので、とうとう彼は腹を立てて言った。「この指紋が、事件の晩あの家にいた誰かがつけたものだということは認めないわけにはいきますまい」

「もちろんです《ビャン・ナンタンデュ》」ポワロは大きくうなずいた。

「それで私は、家じゅうのもの一人残らず、上は老夫人から下は台所女中にいたるまで、全部のものの指紋をとったのです」

私は、セシル・アクロイド夫人が、ここで老夫人などと呼ばれていると知ったら、きっといい気持はしないだろうと思った。夫人は、化粧には相当金をかけているにちがいないからだ。

「一人残らず全部のものの指紋ですよ」警部は、くどくどしくくりかえした。

「私のもふくめてね」と、私は、そっけなく言った。

「そのとおりです。ところが、凶器の指紋と符合するものが一つもありません。とすると、残された可能性は二つしかありません。ラルフ・ペイトンか、それともシェパード先生が言われた謎の訪問者かです。この二人をつかまえたなら――」

「貴重な時間が、かなり空費されるかもしれませんね」とポワロが口をはさんだ。

「あなたのおっしゃる意味がよくわかりませんが、ポワロさん」

「家じゅうの全部のものの指紋をとったとおっしゃいましたが」ポワロは、つぶやくように言った。「それは確実ですか、警部さん?」

「確実です」

「一人も見落としていませんか?」

「一人も見落としません」

「生きている人も死んだ人も?」

警部は、これを宗教的な意味で言ったのだと思って、ちょっとめんくらったようだったが、やがてゆっくりと言葉を返した。

「では、あなたは――」

「死んだ人間のもですよ、警部さん」

それでも警部は、理解するまでに、さらに一、二分かかった。

「私が申すのは」ポワロは静かに言った。「短剣の柄の指紋はアクロイド氏自身の指紋ではあるまいかということです。たしかめるのは容易です。死体はまだ保存してありますからね」

「だが、なぜですか？　目的は何でしょう？　まさか自殺だとおっしゃるんじゃないでしょうね、ポワロさん？」

「いや、私の考えでは、犯人は手袋をはめていたか、あるいはなにかで手を包んでいたと思うのです。そして凶行のあと、被害者の手をとって短剣の柄に押しつけたのです」

「なぜそんなことをしたんですか？」

ポワロは、ふたたび肩をすくめた。

「錯綜した事件を、さらに錯綜させるためですよ」

「なるほど。それじゃ、あとで調べてみましょう」警部は言った。「しかし、どういうところから、そんなことを思いつかれたんですか？」

「あなたがあの短剣を見せて、指紋に私の注意を向けてくれたときです。知らないことは知らないと正直に申しあげますが——私は渦状紋とか蹄状紋とか、そういう知識は、ほとんど持合わせておりません。しかし私は、あのとき、指紋の位置が、すこしおかしいことに、ふと気がついたのです。何か刺そうというとき、私なら、あんなふうに短剣を持ちません。右手に短剣を握って肩ごしに自分を刺したのでは、正確に狙った位置に刺せるものではありません」

ラグラン警部は、この小男を、びっくりしてみつめた。ポワロは、まったく無頓着なようすで、上着の袖の塵を払っていた。

「なるほど、それも一つの見方ですな」警部は言った。「すぐ調べてみましょう。しかし、そこからなにか結果が出ないとしても、失望しないでくださいよ」

警部は、親切に、相手をいたわる調子で話そうとつとめていた。ポワロは警部が立ち去るのを見送っていた。それから、私のほうをふり向いて、まばたきした。

「今度からは、警部さんの自尊心《アムール・プロープル》を尊重するように注意しなければいけませんね。ところで、私たちは勝手に行動していいことになりましたが、ちょっとした家庭的なパーティを催してはいかがでしょう？」

ポワロのいわゆる「ちょっとした家庭的なパーティ」は、それからおよそ半時間後に開かれた。私たちはアクロイド家の食堂のテーブルをかこんで腰をおろした。ポワロは、たいくつな評議員会の議長のように、上座に席をしめた。召使は一人も加わらないので全部で六人だった。セシル夫人、フロラ、ブラント少佐、レイモンド青年、ポワロ、それに私。

一同が席につくと、ポワロは立ちあがって挨拶した。

「皆さん、私は、ある目的のために、こうしてお集まりをねがったわけです」彼は、ここでちょっと間をおいた。「最初に、お嬢さんに折り入っておねがいしたいことがあります」

「わたしに？」フロラが、ききかえした。

「お嬢さん、あなたはラルフ・ペイトン大尉と婚約していらっしゃる。彼が信頼している人間がいるとすれば、それはあなたです。そこで心からおねがいするんですが、もし彼の居所を知っていらっしゃるなら、出てくるようにすすめくださいませんか。いや、ちょっとお待ちください」――このときフロラは、もの言いたげに顔をあげたのだ――「いや、よくお考えになるまで、なにもおっしゃってはいけません。お嬢さん、ラルフ君の立場は、日ましに危険になっています。彼があのあとすぐに出てきていたら、たとえどんな不利な事実があっても、釈明する機会があったと思います。しかし、こうして音信もなく――逃避している――それはどういうことを意味するでしょう？　その説明は一つしかありません。自分で有罪を認めていることです。お嬢さん、もしあなたが本当に彼の潔白を信じておられるなら、手おくれにならないうちに出てくるようすすめてください」

フロラの顔が蒼ざめた。

「手おくれになる！」フロラは、ゆっくりとくりかえした。

ポワロは身を乗り出して彼女をみつめた。

「いいですか、お嬢さん」ポワロは、たいへんやさしく話しかけた。「あなたにこれをおねがいしているのは、ポワロおじさんですよ。ポワロおじさんは、知識も経験も豊富にもっています。お嬢さんを罠にかけるようなことは、けっしていたしません。私を信じてください――そして、ラルフ・ペイトンは、どこにかくれているのか、教えてください」

フロラは立ちあがって、まともにポワロと向かい合った。

「ポワロさん」フロラは、はっきりした声で言った。「わたし、誓って申します――厳粛に誓って申しあげます。わたしは、ラルフがどこにいるか、全然知りません。あの日――あの殺人のあった日も、そのあとも、一度もラルフに会っておりませんし、便りもうけとっていません」

フロラは腰をおろした。ポワロは、しばらく黙って彼女をみつめていた。それから、とつぜんテーブルをはげしく叩いた。

「そうですか《ビヤン》。いや、よくわかりました」彼は言った。顔がきびしくなった。「それでは、ここでテーブルをかこんでいらっしゃる皆さまにおねがいいたします。セシル・アクロイド夫人、ブラント少佐、シェパード先生、レイモンド君、あなたがたは、この失踪中の男の友人であり、親しい間柄の方々であります。ラルフ・ペイトンの居所をごぞんじでしたら、おっしゃっていただきたい」

ながい沈黙があった。ポワロは順々にみんなの顔を見た。

「おねがいします」彼は低い声で言った。「どうぞおっしゃってください」

だが、なおも沈黙がつづいた。やがて、その沈黙は夫人によって破られた。

「わたしは、どうしても申しあげなければなりません」夫人は訴えるように言った。「ラルフが出てこないというのは、ほんとに変だと思います——どう考えても変ですわ。こんな場合に出てこないなんて、裏になにか事情があるんじゃないでしょうか。ねえ、フロラ、わたしは、あなたの婚約が正式に発表されなかったのを、とてもよかったと思っていますよ」

「まあ、お母さま!」フロラは腹立たしげに叫んだ。

「神さまの思召《おぼしめ》しですわ」夫人は言った。「わたしは神のみこころを信じています。シェイクスピアが美しい詩にうたったように、わたしたちの行末は神のみこころしだいですわ」

「しかし、奥さん、まさか足首の太いのまで神さまの責任になさるんじゃないでしょうね」ジェフリー・レイモンドが言って、無責任な笑い声を立てた。

レイモンドは、この場の緊張した空気をやわらげるつもりだったらしいが、夫人は、とがめるようなまなざしを彼に投げて、ハンカチーフをとり出した。

「フロラはこれで、いやな噂を立てられたり、不愉快な思いをさせられたりせずにすんだのです。わたしは、ラルフがロジャーの死になにかかわりがあるなどとは、すこしも思っていません。けっしてそんなことは考えていません。でも、わたしは人を信じやすいたちなのです。昔から——子供のときから、そうでした。他人の悪いところを認めるのがいやなのです。でも、もちろん、ラルフが少年時代に何度も空襲にあったことは考えてやらなければなりません。そういう経験が、ずっとあとになってからあらわれることがよくあるそうですね。そういう人たちが、発作的に、なにかしでかしたとしても、責任はありませんわ。自制力をうしなって、自分ではどうにもならないんですものね」

「お母さま」フロラは叫んだ。「まさかお母さまはラルフが罪を犯したと考えていらっしゃるんじゃないでしょうね？」

「まあまあ、奥さん」とブラント少佐がなだめた。

「わたしは、どう考えていいのか、わからないんです」夫人は涙声で言った。「なにもかも気が転倒することばかりで。もしラルフが有罪ときまったら、この家の財産は、どうなるんでございましょう？」

レイモンドは荒々しく椅子をうしろへ押しやった。ブラント少佐は、あいかわらずおちついて、じっと夫人を見まもっていた。

「戦争神経症みたいなものかもしれませんわ」夫人は、なおも執拗につづけた。「それに、おそらくロジャーは、いつもお金に不自由させていたと思います——もちろん、ラルフのためを思ってのことでしょうけれど。みなさんが、わたしの意見に反対なのはわかっていますす。でも、ラルフが姿をあらわさないのは、どう考えても変ですわ。ですから、わたしは、フロラの婚約を正式に発表しなくてよかったと思っていることを、はっきり申しあげたんです」

「あす公式に発表しますわ」フロラは、はっきりと言った。

「まあ、フロラ！」夫人は、びっくりして叫んだ。

フロラは秘書に向かって言った。

「レイモンドさん、『モーニング・ポスト』と『タイムズ』に、わたしの婚約の公告を出してください」

「そのほうが賢明だとお考えであれば、そういたしましょう」レイモンドは、重々しく答えた。

フロラは衝動的にブラントのほうを向いた。

「あなたはわかってくださいますわね？　わたしとしては、ほかにどうしようもありませんもの。現在の事情では、わたしはラルフに味方するよりしかたがありません。そうお思いになりません？」

フロラは訴えるようにブラントを見た。しばらくたってから、ブラントは唐突にうなずいた。

セシル・アクロイド夫人は声をふりしぼって反対した。しかしフロラは動じなかった。するとレイモンドが言った。

「フロラさん、ぼくはあなたのお気持を立派だと思います。しかし、いささか軽率だとは思いませんか？　一日か二日、延期されてはいかがですか？」

「あすおねがいします」フロラは、はっきりした声で言った。「お母さま、いつまでもこんなふうにしていたって、しかたがありません。わたしは、ほかのことはともかく、友だちに対しては不誠実でないつもりです」

「ポワロさん」夫人は涙をうかべて訴えた。「なんとかおっしゃってください」

「なにもいうことはありませんよ」横からブラントが口をはさんだ。「お嬢さんは正しいことをしておられるのです。私は、どんなことがあってもお嬢さんを支持します」

フロラはブラント少佐に手をさしのべた。

「ありがとうございます、ブラント少佐」

「お嬢さん」ポワロが言った。「この老人も、あなたの勇気と誠実に敬意を表します。誤解しないでいただきたいんですが、私は、あなたにおねがいがあるんです——ぜひ聞いていただきたいおねがいが——いまおっしゃった婚約の発表を、すくなくともあと二日のばしていただけないでしょうか?」

フロラはためらった。

「私は、あなたのためばかりでなく、ラルフ・ペイトンのためにおねがいしているのですよ、お嬢さん。あなたはいやな顔をなさいましたね。そんなことがあるものかと疑っていらっしゃるんでしょう? しかし私は、たしかにペイトンのためであることを保証します。嘘《バッド・ブラーグ》は申しません。あなたはこの事件を私にまかせてくだすった——それなら私のじゃまをしてはいけません」

フロラは、しばらく黙っていてから、ようやく口を開いた。

「気が進みませんけれど、おっしゃるとおりにいたしますわ」

彼女は、ふたたびテーブルの前に腰をおろした。

「ところで、みなさん」ポワロは早口に言葉をつづけた。「さっき言いかけたことをつづけましょう。私が、なんとしても真実をつきとめる決心でいることを、理解していただきたいと思います。真実というものは、それ自身はいかに醜くても、それを追いもとめる人間にとっては、つねに興味のある、美しいものなのです。私はもう年をとって、昔ほどの力はないかもしれません」あきらかに彼はここで反対の声があがるのを期待していたようだ。「おそらくこれは私の手がける最後の事件となるでしょう。だが、みなさん、エルキュール・ポワロは、失敗をもって最後の幕をとじるようなことはいたしません。これだけは、はっきり申しあげておきます、私は、なんとしても真実をつきとめるつもりです。そして、かならずつきとめるでしょう——みなさんが、どんなにかくそうとなさっても」

彼は、最後の言葉を、挑戦的に、まるで私たちの顔に叩きつけるように言った。一同は、いささかたじろいだが、ジェフリー・レイモンドだけは例外で、彼は、あいかわらず上機嫌で、すこしも動じなかった。

「われわれがどんなにかくそうとしても——というのは、どういう意味ですか？」と彼は眉をちょっとあげてたずねた。

「文字どおりの意味ですよ。この部屋におられるみなさんは、どなたも、なにかを私からかくしていらっしゃる」かすかに抗議のつぶやきがあがったので、彼は手を上げてそれを制した。「そうです。私だって自分の言っていることはわかっています。私が申しあげたのは、こういうことなんです。あまり重要とも思えぬ――ごくささいな――この事件にまるで関係がないと思えるようなことかもしれません。しかし、実は大いに関係があるのです。みなさんは、一人残らず、なにかをかくしていらっしゃる。いかがです、ちがいますか?」

彼は、戦いを挑むような、とがめるような鋭い視線でテーブルをかこんだ人たちを眺めわたした。誰もが目を伏せた。そうだ、私も目を伏せたのだ。

「お答えをいただいたわけですな」ポワロは奇妙な笑い声をあげて椅子から立ちあがった。「みなさんにおねがいします。私に真実を語ってください――すべての真実を」ちょっと沈黙があった。「どなたも言ってくださらないんですか?」もう一度、同じように短く笑った。

「まことに残念です《セ・ドマージュ》」そう言って彼は部屋を出ていった。

13　鷲鳥の羽根

その夜、ポワロに招かれて、私は夕食をすませてから彼の家へ出かけた。カロラインは、あきらかに不満そうに私が家を出るのを見送った。私といっしょに行きたかったにちがいない。

ポワロは、こころよく私を迎えた。小さなテーブルの上にはアイリッシュ・ウィスキー（私の大嫌いな代物）の壜と、ソーダ水のサイホンとグラスがおいてあった。彼は自分で飲むためにホット・チョコレートを沸かしていた。これが彼の愛用の飲みものであることを、私はあとで知った。

ポワロは、いんぎんに姉のことをたずね、非常におもしろいご婦人だ、と言った。

「あなたは姉をすっかりおだててしまったようですね」私は、そっけなく言った。「日曜日の午後は、どうなさったんです？」

ポワロは笑って、まばたきした。

「つねに私は専門家を使うのが好きなんですよ」彼は、あいまいに言って、その意味を説明しようとはしなかった。

「ともかく、この土地のゴシップは、すっかりお聞きになったようですね」私は言った。

「ほんとうも嘘もとりまぜて」

「それから、きわめて貴重な情報も――」彼は静かにつけ加えた。

「たとえば？」

彼は首を振った。

「なぜあなたは私に真実を話してくださらないんですか？」と彼は逆に問いかえした。「このような土地では、ラルフ・ペイトンの行動が知られずにすむはずはありませんよ。あの日、あなたのお姉さまが森を通らなかったとしても、誰か別の人が通ったにちがいありません」

「そうかもしれません」私は、いくらかむっとして答えた。「私の患者に興味をおもちになったのは、どうしてですか？」

ふたたび彼は、まばたきした。

「患者といっても、一人だけですよ、先生。一人だけなんです」

「あの日の最後の患者ですか？」私は思いきってたずねてみた。

「そうです。ミス・ラッセルが、もっとも興味のある研究対象であることを知ったのです」と彼は、さりげなく言った。

「あなたも、私の姉やセシル・アクロイド夫人と同じように、ミス・ラッセルにはどこかうさんくさいところがあると思っていらっしゃるんですか？」

「え？　なんとおっしゃったんですか——うさんくさい？」

私はその言葉の意味を、できるだけていねいに説明した。

「すると、あの人たちも、そう言っているんですね？」

「きのうの午後、姉はそのことを話しませんでしたか？」

「あるいは話したかもしれません《セ・ポシーブル》」

「しかし、なんら根拠のないことですよ」と私は言った。

「女性というものは《レ・ファム》」ポワロは話をそらしてしまった。「まことに不思議ですな。気まぐれになにかを思いつく——しかも、それが奇蹟的に的中する。しかし、ほんとは、奇蹟でもなんでもないんですね。自分では意識せずに、潜在意識的に、いろんな細かいことを観察しているんです。その潜在意識が、そうした小さな断片をつなぎ合わせる——その結果が、いわゆる直観なんです。私はかなり心理学に通じているんですよ。ですから、そういうことがわかるんです」

彼は、もったいぶって胸を張ったが、そのようすがあまりにも滑稽なので、私は、あやうく吹き出しそうになった。それから彼は、チョコレートを一口すすって、ていねいに口髭を拭いた。

「あなたはこの事件を、どうお考えなのか、ほんとうのところを」と私は思わず言ってしまった。「聞かせてくださいませんか」

彼は茶碗を下においた。

「お聞きになりたいですか？」

「聞きたいです」

「あなたは、私が見たものは、すべてごらんになっています。とすれば、私たちの考えは同じになるはずじゃありませんか」

「あなたは私をからかっているんでしょうが」私は、ぎごちなく言った。「なにぶん私は、こういった事件には、まるで経験がありませんからね」

ポワロは、いやな顔もせず、微笑を見せた。

「あなたはまるでエンジンがどうして動くかを知りたがる小さな子供みたいだ。あなたは、この事件を、家庭の主治医としてではなく、家族の誰とも知合いでなく、誰ともかかわりのない探偵の目で見ようと望んでおられる。探偵にとっては、関係者はみんな赤の他人であり、みんな同じように嫌疑の対象になるのです」

「たしかにそのとおりだと思います」私は言った。

「では、すこしばかり講義をいたしましょう。まず第一に、あの晩起こった事件の、はっきりしたいきさつをつかむことです——しかも、それを話す人は嘘をついているかもしれないということを、つねに忘れてはなりません」

私は眉をあげた。

「ずいぶん疑りぶかい態度ですね」

「しかし、必要なことなんです――はっきり申しますが、必要なことなんです。ところで、第一に――シェパード先生は九時十分まえにあの家を出られた。私は、どうしてこのことを知ったのだろう?」

「私がそう言ったからですよ」

「しかし、あなたは、ほんとうのことをおっしゃらなかったかもしれない――あるいは、あなたの時計が狂っていたかもしれない。ところが、パーカーも同じように、あなたが九時十分まえに家を出られたと言っている。それで、われわれはその供述を受けいれて、つぎへ進むわけです。九時に、あなたは門の外で一人の男に出会った――ここでわれわれは、謎の人物のロマンスにつき当たるわけですが、しかし、私に、どうしてそのとおりだとわかるでしょう?」

「私がそう言ったからです」と私が言いかけると、ポワロは、じれったそうに、それをさえぎった。

「ちょっとお待ちください。そんなことをおっしゃるなんて、先生は今晩は頭がすこしどうかしていらっしゃるようだ。あなたは、たしかに知っていらっしゃる――しかし、私が知っているはずはないじゃありませんか。ともかく《エ・ビャン》、その謎の人物が先生の幻覚ではなかったということは私にも言えます。というのは、その男は、先生と会う数分まえに、ガネットとかいう婆さんと会って、やはりファーンリー荘へ行く道をたずねているからです。ですから、その男が実在していることはたしかです。そして、その男については、かなり確実なことが二つあります。一つは、その男がこの土地のものではないということ。もう一つは、ファーンリー荘へ行く目的がなんであれ、途中で二度も道をたずねたことを考え合わせると、その目的には、たいした秘密はなかったということです」

「なるほど。それは私にもよくわかります」

「そこで私は、その男のことを、もっとくわしく調べることに着手しました。男がスリー・ボアーズ館で酒を飲んだことがわかりました。あそこの女給の話では、その男の言葉にはアメリカなまりがあって、自分でもアメリカからきたばかりだと言っていたそうです。先生は、その男のアメリカなまりに気がつきませんでしたか？」

「そうですね、そういえばアメリカなまりがあったようですね」と私は、しばらくあの晩のことを思いかえしてから言った。「しかし、ほとんど気がつかないくらいのなまりでしたよ」

「そのとおり《プレシゼマン》です。つぎにまた、こんなものがあります。あの離れ家で拾ったものですが、おぼえておいでですか？」

彼は小さな羽根を私のほうへさし出した。私は好奇心をもってそれを見た。すると、かって本で読んだことのあるなにかの記憶がうかびあがってきた。

ポワロは、私の顔色を読んでうなずいた。

「そうです、粉末コカインです。麻薬常用者は、こんなふうにして持ちあるき、鼻に押しあてて嗅ぐのです」

「塩酸《えんさん》ジアセチル‐モルヒネですね」私は機械的につぶやいた。

「こんなふうにして麻薬を持ちあるくのは、アメリカでは、ふつうのことなんです。これで、必要とあれば、その男がカナダかアメリカからきたという証拠になります」

「どうしてあなたは最初あの離れ家に目をつけたんですか？」私は、不思議に思ってたずねた。

「ラグラン警部は、人があの小道を通るのは、家へ行く近道だからだときめこんでいました。しかし、私は、あの離れ家を見るなり、あいびきのためにあの離れ家を使うものも、やはりあの小道を通るにちがいないと気がつきました。とすると、例の謎の男は、玄関にも裏口にもきたのではないことが、十分考えられます。では、誰か家のものが抜け出して、あの男に会ったのだろうか？　もしそうとすれば、あの小さな離れ家ほど、究竟《くっきょう》の場所はあるまい。私は、なにか手がかりになるものはないかと思って、離れ家のなかをさがしてみました。そして二つ手に入れました。白麻の切れはしと、この羽根です」

「その白麻の切れはしは」と、私は好奇心に駆られてたずねた。「いったい、どういうことになるんですか？」

ポワロは眉をあげた。

「あなたは、ご自分の小さな灰色の脳細胞を使っていらっしゃらないようですね」彼は、そっけなく言った。「糊のついた白麻の切れはしといえば、すぐにわかると思いますがね」

「私にはわかりません」私は話題を変えた。「ともかく、その男は離れ家へ行って誰かに会った。その誰かというのは何者でしょう？」

「それが問題ですよ。おぼえておられると思うが、セシル・アクロイド氏の未亡人とお嬢さんはカナダからこの土地へ移ってきたんです」

「あなたは、きょう、みんなが事実をかくしていると責められたが、あのときおっしゃったのは、このことですか？」

「たぶんね。ところで、話は移りますが、あなたはあの小間使の話を、どうお考えになりますか？」

「どういう話ですか？」

「暇をとるという話ですよ。召使に暇を出すのに二、三十分もかかるでしょうか？　重要な書類がどうかしたという話だって、ほんとうに思えますか？　それから、小間使は九時三十分から十時まで自分の寝室にいたと言っていますが、その供述を証明するものは一人もいないことも忘れないでいただきたい」

「どうも、話がややこしくて、よくわかりませんね」

「私には、しだいにはっきりしてきています。だが、今度は、あなたのお考えと意見を聞かせていただきましょうか」

私はポケットから紙片をとり出した。

「二、三、思いついたことを書きとめておいたんです」私は弁解するように言った。

「けっこうです――あなたは一定の方式をもっていらっしゃる。聞かせていただきましょう」

私は、いささかまごついた口調で読みあげた。

「まず第一に、物事は論理的に見なければなりません――」

「友人のヘイスティングズも、よくそれと同じことを言っていましたよ」ポワロは口をはさんだ。「ところが、残念なことに本人はすこしも論理的に物事を見ませんでした」

「要点の一。九時半に、アクロイド氏が誰かと話をしている声が聞こえた。

要点の二。宵のうちの何時ごろかにラルフ・ペイトンが窓からはいったらしいことが、靴跡によって立証できる。

要点の三。同夜アクロイド氏は、なにかにおびえていたから、顔見知りでなければ、誰も部屋のなかへ入れるはずはない。

要点の四。九時三十分にアクロイド氏といっしょにいた人物は金を無心していた。ラルフ・ペイトンが金に困っていたことは周知の事実である。

——以上の四点は、九時三十分にアクロイド氏といっしょにいた人物がラルフ・ペイトンであることを示している。しかし、アクロイド氏が十時十五分まえには生きていたことがわかっているから、殺したのはラルフではない。ラルフは窓を開けはなしたまま出て行った。そのあと殺人犯人が同じところから侵入した」

「それで、その殺人犯人というのは何者ですか？」ポワロはたずねた。

「よそからきたアメリカ人です。その男は、パーカーと共謀していたかもしれないし、ことによると、フェラーズ夫人を脅迫していたのはパーカーだったかもしれません。もしそうだとすると、あのときパーカーは、すっかり立ち聞きして、万事休したことをさとり、相棒にそのことを話したので、相棒がパーカーから渡された短剣で殺したのかもしれません」

「それも一つの意見ですね」とポワロは認めた。「あなたも、ある種の脳細胞をもっておられることはたしかですな。しかし、まだ説明されない事実が、たくさん残っていますよ」

「たとえば——？」

「電話とか、押しやられた椅子とか——」

「椅子の件を、あなたはほんとに重要だと思っているんですか？」

「あるいは、それほど重要ではないかもしれません」ポワロも認めた。「偶然のことから椅子が押し出されたのかもしれません。そして、レイモンドかブラントが、興奮していたので無意識のうちに椅子をもとの位置へ戻したのかもしれません。しかし、ほかに紛失した四十ポンドの金のことがあります」

「アクロイドがラルフに渡したんですよ」私は言った。「はじめはことわったが、あとで思い直したのでしょう」

「まだ一つ、説明のつかないことが残っていますよ」

「なんですか？」

「ブラント少佐は、九時三十分にアクロイド氏と話していたのはレイモンドだと、なぜあんなに強く思いこんでいるんでしょう？」

「そのことは少佐が自分で説明していますよ」

「あれで十分説明がついたと思いますか？　しかしまあ、その点は、しいて追及しようとは思いません。それよりも、ラルフ・ペイトンの失踪の理由を説明してくださいませんか」

「それは、なかなか説明がむずかしい問題です」私は、ゆっくりと言った。「医師としての立場から申しあげるより方法がないと思います。ラルフの神経は、すっかりだめになっていたにちがいありません。自分が立ち去って数分のちに——しかも、おそらくかなり荒れた会見のあとで——伯父が殺されたのを、とつぜん発見したら、びっくりしてそのまま逃げだすのも当然かもしれません。人間は、よくそういうことをするものです——自分は完全に潔白なのに、後ろ暗いことをした人間のような行動をとるものなんです」

「そうです。たしかにそのとおりです」ポワロは言った。「しかしわれわれは、ある一つのことを忘れてはいけません」

「あなたがおっしゃろうとしていることはわかっています」私は答えた。「動機でしょう？——ラルフ・ペイトンは伯父の死によって莫大な財産を相続することになります」

「それも一つの動機です」

「一つのといいますと？」

「そうです《メ・ウィ》。あなたは三つの別個の動機が、われわれの目の前にあることに、お気づきになりませんか？ たしかに誰かが青色の封筒とその中身を盗んだ。これが一つの動機です。それから脅迫です。フェラーズ夫人を脅迫していたのは、ラルフ・ペイトンだったかもしれません。ハモンド弁護士が知っているかぎりでは、ラルフ・ペイトンは、近ごろずっと伯父に金の無心を申しこんでいなかったそうです。ということは、金がどこか別のところからはいっていたことを意味します。さらに、ラルフが、なにか——どう言うんでしたか、窮地ですか——さよう、窮地におちいっていて、そのことが伯父の耳にはいりはしないかと怖れていたという事実があります。そして最後に、あなたがいまおっしゃった遺産相続にまつわる動機です」

「なるほど」私は、すこしばかりおどろいて言った。「それではペイトンはクロと出そうですね」

「そうでしょうか」ポワロは言った。「そこがあなたと私の意見のわかれるところです。三つも動機があるなんて――これじゃ多すぎますよ。こうなると、私はかえってラルフ・ペイトンの無罪を信じたくなりますね」

14 セシル・アクロイド夫人

その夜、以上しるしたような話をした後、事件は別の段階にはいっていったように私には思われた。事件全体は二つの部分にわけることができ、二つの部分は、たがいにはっきり区別することができた。第一部は、金曜日の夜のアクロイドの死から月曜日の夜までの部分だ。これは、エルキュール・ポワロに報告したように、事件をありのまま述べた部分である。そのあいだ私はずっとポワロについていた。彼が見たものは、私も見た。私は彼の心を読みとろうと全力をつくしてみた。しかし、いまにして思えば、この点は失敗だった。ポワロは私に、発見したものをすべて見せてくれた――たとえば金の結婚指環のようなものまで——しかし、彼が組み立てた肝腎の、しかも論理的な意見は、話してくれなかった。あとでわかったことだが、この秘密主義は彼の特質なのだ。彼は暗示や示唆は惜しげもなく投げ出すが、それ以上は見せようとしなかった。

そんなわけで、月曜日の夜までの私の記録は、ポワロ自身の覚え書と言ってもいいくらいだ。私は、シャーロックに対するワトスンの役を演じたのだ。だが、月曜日以後、私たちの道はわかれた。ポワロは自分の仕事でいそがしかった。しかし、彼がなにをしているかは、私の耳にもはいってきた。というのは、キングズ・アボット村では、どんなことでも、すぐ耳にはいってくるからである。しかしポワロは自分の行動を前もって私にうちあけてくれなかった。私もまた、急いで片づけなければならない自分の仕事があった。

ふりかえってみて、もっとも印象が強いのは、この期間、誰もが、それぞれ別々に動いていたことだ。各自が、この事件の謎の解明に手をつけていた。あたかもジグソー・パズルのように、誰もがそれぞれ自分の知識や発見の断片をもっていた。だが、彼らの仕事は、そこで終わっていた。それらの断片を、それぞれ正しい場所にはめこむ名誉は、ポワロだけのものだった。

出来事のなかには、その当時は、まったく無意味で無関係に思われたものもあった。たとえば黒い編上げ靴の問題などは、その一例だ。しかし、そのことはあとで述べることにしよう……。正確に順を追って述べるとすると、まず私がセシル・アクロイド夫人に呼ばれたことからはじめなければならない。

夫人が使いをよこしたのは火曜日の朝早くだった。急を要するような口ぶりだったので、夫人が重態なのではないかと思い、私は急いで出かけて行った。

夫人はベッドに寝ていた。夫人は患者としてのエチケットを見せて、骨張った手をさしのべて私と握手し、ベッドのそばに引きよせた椅子をさし示した。

「奥さん、どうなさいました？」

私は、町医者なら誰でも言いそうな表面だけの親切さを見せて話しかけた。

「すっかりまいってしまいましたわ」夫人は、かぼそい声で答えた。「まるっきり元気がありません。ロジャーに死なれたショックですわ。そのときはなんでもなくても、あとでこたえることが、よくあるそうですけど、それですわ」

医者とは、かなしいもので、時には心に思っていることでも、口に出して言えないことがあるのだ。

こんなとき、「でたらめもいいかげんにしろ」と、どやしつけることができたら、どんなにせいせいすることだろう。

しかし、そうは言えないので、私は強壮剤をすすめた。夫人は、飲んでみる、と言った。これで、チェスのゲームは一手進んだようだ。私は最初から、アクロイドの死によるショックのために自分が呼ばれたとは、すこしも思っていなかった。しかし、この夫人は、どんな話題についても、率直に言いだすことができないたちなのだ。いつも、まわりくどい道を通って、やっと本筋に近づくのである。夫人が、なんのために私を呼びよせたのか、私には見当がつかなかった。

「それにまた、あの騒ぎでございましょう――きのうの」夫人はつづけた。

私が相槌をうつのを予期するように、夫人は、そこで言葉を切った。

「騒ぎと申しますと？」

「まあ、先生、お忘れになりましたの？　あのいやらしい小男のフランス人ですわ――それともベルギー人でしたかしら――どちらでもかまいませんけれど。みんなを、あんなにおどしつけたじゃありませんか。わたしは、すっかり気が転倒してしまいましたわ。ロジャーが死んだことだけでも、かなりまいっていましたのに」

「ほんとにお気の毒です」

「いったいどういうつもりなのか、わたしにはわかりませんわ――あんなにどなりちらしたりして。わたしだって、自分の義務は、よく心得ています。なにかをかくそうなんて思ってもいませんわ。警察にも、できるだけ協力してきましたわ」

夫人が口をつぐんだので、「ごもっともです」と私は言った。夫人がなにを気にやんでいるかが、すこしずつわかりかけてきた。

「わたしが、義務を果たさないなんて、誰にも言えないはずですわ」夫人はつづけた。

「ラグラン警部だって、きっと満足していますわ。それなのに、なぜ、あの高慢ちきな小男の外国人は、あんなに騒ぎ立てるんでしょう。ほんとに滑稽な男ですわ——レビューに出てくるフランス人の道化役者みたいですわ。なぜフロラは、あんな男に事件を依頼したのか、わたしにはわかりません。フロラは、そのことについては、わたしに一言も相談しませんでしたの。勝手に自分で頼んできたんですわ。フロラは、勝手すぎますよ。わたしだって、れっきとした一人前の女だし、それに、母親です。まっさきに、わたしのところへきて相談すべきですわ」

私は、このおしゃべりを黙って聞いていた。

「あの小男は、なにを考えているんでしょう？　わたしは、それが知りたいんです。わたしが、なにかをかくしていると、ほんとにそう思っているんでしょうか？　あの男ったら——あの男ったら——昨日は、はっきりと、わたしを責めていましたわ」

私は肩をすくめた。

「そんなこと、どうだっていいじゃありませんか、奥さん。あなたがなにもかくしていらっしゃらないんなら、彼がなにを言おうと、奥さんには関係のないことですよ」

夫人は、いつもの調子で、いきなり話を別の方向へ飛躍させた。

「召使なんて、ほんとうにうるさいものですわね。噂ばなしばかりして、仲間うちで、いろいろ取沙汰してるんですよ。そういう噂が近所にひろまってしまうんですわ——しかも、そういう噂は、いつだって根も葉もないことばかりなんです」

「召使たちが噂をしているんですか？」と私は言った。「どんなことを言ってるんですか？」

夫人は刺すような視線を私に向けた。私は、たじろいだ。

「どんなことを話しているか、先生は、ごぞんじのはずだと思っていましたわ。だって先生は、いつもポワロさんとごいっしょだったんですもの、そうでございましょう？」

「そうです」

「それなら、ごぞんじのはずですわ。おしゃべりの張本人は、あのアーシュラ・ボーンという娘でございましょう？　あの娘は暇をとることになっていますからね、できるだけ面倒を起こして出て行くつもりなんですわ。恨みがましくね。ああいう連中は、みんなそうですわ。そこで、先生、あなたはその場においでになったんですから、あの娘が、どんなことを言ったか、すっかりごぞんじのはずですわね？　あの娘のおしゃべりが、あなた方にまちがった印象をあたえはしなかったかと、わたしは、それがとても心配なんです。まさか、あの娘の言ったことなど、いちいち細かいことまで警察に報告するようなことはなさいませんでしょうね？　家庭の内輪だけの問題――殺人事件とはなんのかかわりもない問題を明るみに出されてはやりきれませんわ。でも、もしあの女が悪意をもっていたとすると、洗いざらい話したかもしれませんわね」

ほんとうの不安は、このおしゃべりの裏にかくされているのだと見抜くだけの眼力を、私はもっていた。ポワロの推理は正しかったわけだ。昨日テーブルをかこんだ六人のうち、すくなくともこの夫人だけは、なにかをかくしていたのである。それをさぐり出すのが私の役目だった。

「もし私があなただったら」私はだしぬけに言った。「自分からすすんで、なにもかもすっかり話してしまいますがね」

夫人は軽い叫び声をあげた。

「まあ、先生、どうしてそんなことをおっしゃいますの？　まるで――まるで、なにかわたしが――でも、かんたんに説明できることですわ」

「それなら、なぜそうなさらないのですか？」

夫人はレースの縁のついたハンカチーフをとり出して、涙声になった。

「わたしは、先生からポワロさんに説明していただきたかったんですの――だって、わたしたちの考えは、外国人には、なかなか理解できませんもの。わたしが、どんなにつらい思いをしてきたか、先生にはおわかりにならないと思いますわ――いいえ、誰にもわかるはずがありません。殉教者――長い殉教者の生活、それが、これまでのわたしの生活なんです。死んだ人の悪口は言いたくありませんけれど――でも、そのとおりだったんですわ。どんなわずかな勘定書でも、いちいちわたしたちに説明させて――まるでわずか数百ポンドの年収しかないみたいに——昨日ハモンドさんがおっしゃっていましたけれど、ロジャーは、この地方では一番のお金持だったんですわ」

夫人は言葉を切って、縁飾りのついたハンカチーフで目を拭った。

「なるほど」私は、さきを促すように言った。「ところで、いま勘定書の話をしていらっしゃいましたが」

「ほんとにいまいましい勘定書ですわ。なかには、ロジャーに見せたくないものだってありました。たとえば男の人にはわかってもらえないような品物ですわ。ロジャーに見せれば、そんなものは不必要だと言うにきまっていました。そういうものが、つもりつもって、つぎからつぎと請求がくるんでございます」

夫人は、アクロイドのこのおどろくべき奇癖について、慰めてもらいたいとでもいうように、訴えるようなまなざしで私をみつめた。

「世の中には、よくそういう人がいるもんですよ」私は相槌をうった。

すると、夫人の声の調子が、がらりと変わった——ひどく不平がましくなったのだ。

——「わたしは、それで、神経がすっかりめちゃめちゃになってしまいました。夜は眠れなくなるし、心臓は、おそろしいほどどきどきするし。そこへ、あるスコットランド人から手紙がまいりました——実際をいえば二通なんです——二人ともスコットランド人ですわ。一人はブルース・マクファースン、一人はコリン・マクドナルド。同じスコットランド人から、同時に手紙がくるなんて、ほんとに偶然ですわ」

「そうとばかりも言えませんよ」私は、そっけなく言った。「そういうことをやるのは、スコットランド人が多いですからね。その連中の先祖にはユダヤ人の血がまじっているんでしょうよ」

「振り出した約束手形だけで、あと十ポンドで一万ポンドになりますの」夫人は記憶をたどりながら言った。「わたしは、そのなかの一人に手紙を出しましたけれど、なにかめんどうなことが起こりそうですわ」

そこで夫人は口をつぐんだ。

いよいよ話が微妙な局面に近づいたことを私は感じた。要点に近づくまでに、こんなに手のかかる相手を、私はほかに知らない。

「こうなると」と、つぶやくような調子で夫人はつづけた。「遺産を当てにするより仕方がないわけですわ。遺言書にしるされた遺産です。もちろん、ロジャーがわたしにも遺《のこ》してくれるだろうとは思っていましたけれど、どのくらい遺してくれるのか、額のほうはわかりませんでした。それで、遺言書の写しを、ちょっとでも見ることができたらと思いまして――いいえ、盗み見するなんて、そんなさもしい気持ではございません――でも、そうすれば、なんとか方策が立つと考えたもんですから――」

夫人は横目でちらと私を見た。いまや、きわめて微妙な局面に立ちいたったわけだ。さいわい、言葉というものは、上手に用いれば、露骨な事実の醜さをかくすのに役立つものだ。

「わたし、このことだけは申しあげられますわ、シェパード先生」夫人は、急いで言葉をつづけた。「あなたなら誤解なさらないし、事情を正しくポワロさんに説明していただけると信じましたの。それは金曜日の午後のことでした――」

夫人は、そこまで言いかけて、気持が動揺したらしく、言葉を切った。

「なるほど」私はさきを促すように夫人の言葉をくりかえした。「金曜日の午後ですね？ それから？」

「みんな外出していました。すくなくともわたしはそう思っていました。それでわたしはロジャーの書斎へはいって行きました――ほんとに書斎へ行かなければならない用事がありましたの――ですから、べつに後ろぐらい気持はありませんでした。そして、机の上に書類がたくさん積みかさねてあるのを見て、稲妻のように、ふとこんなことが心にひらめいたのでございます。『ロジャーは、もしかすると机のひきだしに遺言書を入れているかもしれない』わたしは、子供のときから、とても衝動的なんです。思い立つと、前後の見さかいもなく、ぱっと行動してしまうんです。それにロジャーは鍵を――なんて不注意なんでしょうね――一番上のひきだしの鍵穴にさしこんだままだったんです」

「なるほど」と言って、私は夫人を元気づけた。「それであなたは机のなかをさがしたというわけですね。遺言書は見つかりましたか？」

夫人が小さな叫び声をあげたので、私は自分があまり外交的でなかったことに気がついた。

「ひどいことをおっしゃいますわね。さがすなんて、そんなつもりは全然ございませんわ――」

「もちろん、そんなおつもりはなかったと思います」私は、あわててつけ加えた。「言い方がまずくて、失礼しました」

「男の方って、みんな妙なところがありますのね。わたしがロジャーの立場だったら、異議なく遺言書の内容を発表いたしますわ。でも、男の方は、とても秘密好きなんです。だから、自己防衛上、ちょっとしたたくらみを用いなければならなくなるんですわ」

「それで、そのちょっとしたたくらみの結果は？」

「それをお話ししようと思っているんです。わたしが一番下のひきだしを開けようとしたところへ、アーシュラ・ボーンがはいってきました。わたしは、ひどく困ってしまいました。もちろん、わたしはすぐひきだしをしめて立ちあがりました。そして机の上にほこりがたまっていると注意してやりました。でも、そのときのあの娘の目つきが気に入りませんでしたわ。見たところ、いかにも礼儀正しいんですが、目に、とてもいやな光がうかんでいるのです。わたしの申しあげる意味、おわかりかどうかわかりませんが、まるで軽蔑するような目つきでしたわ。わたしは、まえからあの娘は虫が好きませんでしたの。召使としては申しぶんありませんわ。きちんと、『はい、奥さま』と受け答えするし、このごろの女中たちのように、お仕着せの帽子やエプロンをつけるのをいやがりませんし、パーカーのかわりに玄関へ出て応対しなければならないときも、すらすらと『お留守でございます』と言えますし、たいていの小間使は、お食事のお給仕をするとき、おなかを妙にごろごろいわせたりするものですけど、あの娘には、そんなところもございませんし――あら、わたし、なんのお話をしていたのかしら?」

「いくつかよい性質はあったが、アーシュラ・ボーンは好きでなかったというお話です」

「そうですわ。あの娘は――とにかく変わっていましたわ。ほかの召使たちとは、どこかちがっていましたわ。教育がありすぎるというのが、わたしの意見なんです。近ごろでは、お嬢さんなのか女中なのか、ほとんど見分けがつかなくなりましたわ」

「それから、どんなことが起こったんですか?」

「べつになにも起こりませんでしたわ。ただ、ロジャーが帰ってきました。ロジャーは散歩に出たものとばかり思っていましたのに。『いったいどうしたんだ?』とロジャーが言いますので、わたしは『なんでもありません。〝パンチ〟をとりにきただけですわ』と答えました。そして、わたしは〝パンチ〟を持って部屋を出ました。アーシュラ・ボーンは、あとに残りました。アーシュラがロジャーに向かって、ちょっとお話ししたいことがあると言っているのが聞こえました。わたしは、ひどく気が転倒していましたので、そのまま自分の部屋へ行って横になりました」

ちょっと沈黙があった。

「先生からポワロさんに説明していただけないでしょうか。先生だって、こんなことは、つまらないことだとお思いでしょう？　でも、ポワロさんから、なにかかくしていると、きびしく言われたとき、わたしは、すぐこのことを思い出しましたの。ボーンは、もしかすると、なにかとんでもない話をつくりあげているかもしれませんわ。ですから、先生からよく説明していただきたいんです」

「それだけですか？　それで全部ですか？」

「ええ――全部ですわ」夫人は、きっぱりと答えた。

しかし私は夫人が見せた一瞬の躊躇に気づき、なにかまだかくしていることを知った。間髪を容れず私につぎの質問をさせたのは、まったく霊感の閃きといってよかった。

「奥さん、銀卓の蓋を開けておいたのは、あなただったんですね？」

夫人の顔に、頬紅も白粉もかくしきれぬ後ろめたい赤らみがあらわれたので、口に出して答えなくても、答えたのと同じだった。

「どうしてごぞんじなんですか？」夫人は、ささやくような声で言った。

「では、やっぱりあなただったんですね？」

「そうです――わたしですわ――実は、あのなかに古い銀貨で一つ二つ、とても興味をひくものがあったんです。わたし、銀貨のことを本で読んだんですが、その本のなかに、小さな銀貨の写真が出ていて、クリスティーズが、たいへんな高額で引きとったと書いてありました。それが、あの銀卓のなかの銀貨と、とてもよく似ているように思いましたので、そのうちロンドンへ持って行って――値踏みしてもらおうと思ったんです。もし本当に値うちのあるものだとわかったら、ロジャーだって、思いもかけないことですから、きっとよろこぶにちがいないと考えたんですわ」

私は夫人の話を言葉どおりにうけとることにして、とやかく言うのを遠慮した。手に入れたいものを、どうして人にかくれてとり出す必要があったのか、それをたずねようとさえしなかった。

「なぜ蓋を開けたままにしておいたんですか？　しめ忘れたんですか？」

「わたし、あわててしまったんです」と夫人は言った。「外のテラスを通ってくる足音がきこえたもんですから。それで、急いで部屋を出て、先生がおいでになってパーカーが玄関のドアを開けるちょっとまえに二階へあがったのです」

「それはきっとミス・ラッセルだったんでしょう」私は考えながら答えた。夫人は、きわめて興味のある一つの事実を示してくれた。アクロイドの銀貨に食指を動かした夫人の野心が、厳密にいって恥ずかしくないものであったかどうかは、私は、知りもしないし、関心もない。興味があるのは、そのときミス・ラッセルが窓から応接間にはいったにちがいないことと、彼女が息を切らしていたのは走ってきたためだと見た私の判断が誤りでなかったことだ。ミス・ラッセルは、それまでどこにいたのだろう？　私はあの離れ家と、白麻の切れはしのことを思いだした。

「ミス・ラッセルは、ハンカチーフに糊をつけますか？」私は衝動的に言った。

夫人のびっくりしたようすで、私はわれに返って立ちあがった。

「ほんとにポワロさんが理解してくださるように説明していただけますわね？」夫人は不安そうにたずねた。

「大丈夫です。お引き受けしますよ」

それから、なおも自分の行動の弁明を聞かされたあげく、私は、ようやく逃げ出した。玄関に例の小間使がいて、私にオーバーを着せかけてくれた。私は、これまでになく注意して彼女を観察した。彼女が泣いていたことは、あきらかだった。

「どういうことなんだね？」私は小間使にたずねた。「きみは金曜日にアクロイド氏から書斎へ呼びつけられたと言ったが、いま聞いた話だと、きみのほうからアクロイド氏に話がしたいと言ったんだそうじゃないか」

彼女は、私の視線にひるんだのか、しばらく目を伏せていた。

そして、やがて口を開いた。

「わたしは、ともかくお暇をいただくつもりでございました」と、焦点をぼかした返事をした。

私はそれ以上なにもきかなかった。アーシュラは私のために玄関のドアを開けた。私が出ようとすると、とつぜん彼女は低い声でささやいた。

「あの、失礼なことをうかがいますけど、ペイトン大尉の消息はわかりましたのでしょうか？」

私は首を振って、いぶかしそうに彼女を見た。

「ペイトンさまは出ていらっしゃらなければいけませんわ」彼女は言った。「どうでも――出ていらっしゃらなければいけませんわ」

彼女は訴えるような目で私を見た。

「どなたもペイトンさまの行方はごぞんじないのでございますか？」

「きみは知っているのか？」私は、するどくききかえした。

彼女は首を振った。

「いいえ、知りません。なんにも知りません。でも、あの方のお友だちなら、誰だって、出ていらっしゃらなければいけないと言うにきまっていますわ」

まだなにか言いたいことがあるようなので、私はわざとぐずぐずしていた。彼女のつぎの言葉は、私には思いもよらないものだった。

「みなさまは、殺人があったのは何時だとお考えなのでしょうか？　十時ちょっとまえだと思っていらっしゃるんですか？」

「そのとおりだ」と私は言った。「十時十五分まえから十時までのあいだだと思っている」

「もっとまえではなかったでしょうか？　十時十五分まえよりも、もっとまえでは？」

私は注意深く彼女をみつめた。あきらかに彼女は、この質問が肯定されるのを待っているようだった。

「それは問題にならないね」私は答えた。「フロラさんが、十時十五分まえにアクロイド氏の無事な姿を見ているんだからね」

彼女は顔をそむけた。身体じゅうから力が抜けたように見えた。

「美しい娘だ」私は、車を走らせながら、ひとりごとを言った。「まったく美しい娘だ」

カロラインは家にいた。またポワロの訪問をうけたので、たいへんよろこび、得意になっていた。

「わたしね、この事件で、ポワロさんのお手伝いをすることになったのよ」と姉は説明した。

私は、ちょっと不安な気がした。いまだって、姉には、相当うんざりさせられていた。それなのに、この上、姉の探偵本能を煽り立てられたりしたら、いったいどういうことになるだろう。

「姉さんは、ラルフ・ペイトンといっしょにいた謎の女をさがすために、この界隈を歩きまわるつもりなんですか？」

「自分の興味を満足させるためなら、それくらいのことはするかもしれないわ」カロラインは答えた。「でも、ほんとはちがうわ。ポワロさんから特別にさぐってほしいと頼まれたのは、もっと別なことなの」

「なんですか、それは？」

「ラルフ・ペイトンの靴は黒だったか茶色だったか、それが知りたいんですって」カロラインは、おそろしくもったいぶって言った。

私は姉をみつめた。いま私は、靴のことについては、自分が信じられぬほど愚かだったことに気がついた。私は、全然事件の要点をつかんでいなかったのだ。

「茶色の短靴でしたよ」と私は言った。「ぼくはこの目で見たんです」

「わたしが言っているのは、短靴のことじゃないわ、ジェイムズ、編上げ靴のことよ。ポワロさんは、ラルフがホテルではいていた編上げ靴が茶だったか黒だったか、それを知りたがっているのよ。とても重要なことなんですって」

そう呼びたいなら、うつけものと呼ばれてもしかたがない。私はまるで気がつかなかったのだ。

「それで、姉さんは、どうやってそれをたしかめるつもりですか？」

カロラインは、それはたいしてむずかしいことではない、と言った。うちの女中のアニイは、ガネット婆さんのところの女中のクララと大の仲よしであり、そして、クララはスリー・ボアーズ館の靴みがきの男の愛人なのだ。だから、万事きわめて簡単に進み、ガネット婆さんは、姉の忠実な協力者だから、すぐにクララに外出をゆるし、かくて仕事は超特急で進められたのだそうだ。

その日、昼食のテーブルについたとき、カロラインは、さりげないようすで言いだした。

「ラルフ・ペイトンの編上げ靴のことだけれどね」

「ああ、あれ、どうしました?」

「ポワロさんは、たぶん茶色だろうと考えていたんだそうよ。ところが、まちがっていたわ。黒だったのよ」

そう言いながら、カロラインは何度もうなずいた。あきらかにポワロから一本とったとうぬぼれているようだった。

私は返事をしなかった。ラルフの編上げ靴の色が、この事件とどういう関係があるのか、あれこれ考えあぐねていたのだ。

15　ジェフリー・レイモンド

その日私は、ポワロの策略がまた一つ成功したという新たな証拠を見せつけられた。あのときの彼の挑戦は、人間性に関するゆたかな知識から生まれた巧妙な方法だった。恐怖心と罪悪感の混合が未亡人に泥を吐かせたのだ。まっさきに反応を示したのは夫人であった。

その日の午後、私が往診から帰ると、カロラインが、たったいまジェフリー・レイモンドが帰ったところだ、と言った。

「ぼくを訪ねてきたんですか？」私は玄関の部屋にオーバーをかけながらたずねた。

カロラインは私のすぐそばをうろうろしていた。

「あの人が会いにきたのはポワロさんなのよ。おとなりへきたんだけれど、ポワロさんは外出していて留守だったので、そのままここへ寄ったの。レイモンドさんは、ことによるとポワロさんがここへきているかもしれないし、きていないとしても、あなたにきいたら行先がわかるかもしれないと思ったんですって」

「ぼくは全然知らないよ」

「うちでお待ちになるようにすすめたんですけど、レイモンドさんは、三十分もしたら、もう一度おとなりを訪ねてみると言って、村のほうへ行ってしまったわ。惜しいことしたわ、ポワロさんは、レイモンドさんと入れちがいに帰ってきたのよ」

「ここへきたんですか？」

「いいえ、ご自分の家へ」

「どうして姉さんにそれがわかったんですか？」

「横の窓からよ」カロラインは、あっさり言った。

これで会話は終わったものと私は思った。しかしカロラインは、そう思っていなかった。

「あなたは行かないの？」

「どこへ？」

「もちろん、おとなりへよ」

「いったい」私は言った。「なんのために行くんです？」

「レイモンドさんは、なにか特別の用事があってポワロさんを訪ねてきたのよ。行けば、どんな用件だったかわかるじゃないの」

私は眉をあげた。

「ぼくは、好奇心なんて、あまり持ち合わせていませんからね」私は、冷ややかに言った。

「となりの人間が、なにをしているか、なにを考えているか、そんなことを知らなくても、ぼくはけっこう気楽に暮らしていけるんです」

「嘘おっしゃい、あなただって、わたしと同じくらい知りたがっているくせに。あなたはただ、わたしほど正直でないだけよ。あなたはいつも体裁をつくらずにはいられないんだわ」

「そのとおりですよ、カロライン」と私は答えて、診察室へ引っこんだ。

十分後、カロラインがドアをノックしてはいってきた。手にジャムの壺らしいものを持っていた。

「ねえ、ジェイムズ」姉は言った。「このカリンのジャムを、ポワロさんのところへとどけてくれない？　さしあげると約束したのよ。ポワロさんは、自家製のカリンのジャムは食べたことがないんですって」

「どうしてアニイをやらないんですか？」私は、そっけなく言った。

「アニイは繕《つくろ》いものをしていて手がはなせないの」

カロラインと私は顔を見合わせた。

「わかりました」私は立ちあがりながら言った。「そのかわり、この妙な代物を持って行っても、玄関においてくるだけで帰ってきますよ。それでいいですね？」

姉は眉をあげた。

「あたりまえじゃありませんか。それ以外のことをしてくれって誰が頼みました？」

一本とったのはカロラインのほうだった。

「でも、もしポワロさんに会ったら」私が玄関のドアを開けたとき、姉は、うしろから声をかけた。「あの編上げ靴のことを話してくれてもいいわよ」

これは、いかにも巧妙な一撃だった。私は編上げ靴の謎を、なんとしても解きたかったのだ。例のブルトン帽をかぶった隣家の老女中がドアを開けたとき、私は、まったく機械的に、ポワロ氏は在宅か、とたずねた。

ポワロは、とてもうれしそうに、躍りあがらんばかりにして私を迎えた。

「さあ、どうぞおかけください。大きい椅子がいいですか？　それとも、こちらの小さいほうがいいですか？　部屋は暑すぎやしませんか？」窓はしまっていたし、暖炉のなかでは火がさかんに燃えていたので、息がつまりそうな感じだったが、しかし私は率直に言うのは遠慮した。

「イギリス人は新鮮な空気の偏執狂ですね」ポワロは言った。「大気というものは、本来戸外のものですから、戸外では、まことにけっこうなものです。しかし、それをなぜ家のなかへまで入れるのでしょう？　しかし、そんなつまらないことを議論するのはやめましょう。なにか私にご用ですか？」

「二つあるんですが」私は答えた。「まず一つは――これです――これは姉からです」

そう言って私はカリンのジャムの壺を渡した。

「それはどうもご親切に。お姉さまは私との約束をおぼえていてくだすったんですね。ところで、もう一つは？」

「情報――とでも申しましょうか」そう言って私は、セシル・アクロイド夫人との会談の模様を話した。彼は興味ありげに聞いていたが、とくべつ興奮したようすは見せなかった。

「それで、いくらか見通しがつきました」彼は考え深く言った。「この情報は、家政婦の証言を裏づけるものとしても、若干の価値をもっています。おぼえておいででしょうが、家政婦は、銀卓の蓋が開いているのを見つけて、通りすぎるときしめた、と言っていますからね」

「応接間へはいったのは、花がしぼんでいないかどうかを見るためだという供述は、どうお考えになりますか？」

「ああ、あれはたいして重要だとは考えません。そうでしょう。あきらかに、自分がその場にいた理由を、なんとか説明しなければならないと思ってつくりあげた口実ですよ。あなただって、問題にするつもりはなかったんじゃありませんか？　私は、あの女があわてていたのは銀卓をいじったからではないかと思っていたんですが、こうなると、また別の理由をさがさなければならないようですね」

「そうですね。あの女は誰に会いに行ったんでしょう？　そして、その理由は？」

「あなたは、あの女が誰かに会いに行ったとお考えですか？」

「そう思います」

ポワロはうなずいた。「私もです」考えこみながら彼は言った。

ちょっと沈黙がつづいた。

「それはそうと、姉から伝言を頼まれました。ラルフ・ペイトンの編上げ靴は黒で、茶色ではなかったそうです」伝言の言葉を口にしながら、私は注意深く彼を見まもっていた。一瞬、動揺の色があらわれたのを見たように思ったが、もしそうだとしても、それはすぐにまた消えてしまった。

「絶対に茶色でないとおっしゃっていましたか?」

「そう言っていました」

「そうですか。それは弱りましたな」ポワロは、がっかりしたように言った。ひどく元気がなくなったように見えた。

しかしポワロは、それについてはなにも説明せず、すぐにあたらしい話題にはいった。

「あの金曜日の朝、診察をうけにきた家政婦のミス・ラッセルですがね――そのとき、どんな話が出たか、こんなことをおたずねするのは、あまりにぶしつけでしょうか――医学上のことは別にして」

「いや、すこしもぶしつけじゃありませんよ」私は答えた。「医学上の話が終わってから、私たちは、しばらくのあいだ、毒薬のことや、毒薬検出の難易、麻薬の服用、麻薬常習者のことなどを話しました」

「とくにコカインについての話が出ましたね？」

「どうしてそのことをごぞんじなんですか？」私は、あっけにとられてたずねた。

答えるかわりに、小男の探偵は立ちあがって、部屋の向うの、新聞の綴りこみをおいたところへ行った。そして、九月十六日金曜日の日付の「デイリー・バジェット」を持ってくると、コカインの密輸入に関する記事を示した。それは、いささかどぎつい記事で、派手な効果をねらって書かれていた。

「彼女の頭にコカインを吹きこんだのは、この記事ですよ」ポワロは言った。

彼のいう意味が、よくのみこめなかったので、私は、さらに突っこんでたずねたいと思った。しかし、そのときドアが開いて、ジェフリー・レイモンドの来訪を告げられた。レイモンドは、いつものように若々しく陽気な態度ではいってきて、私たち二人に挨拶した。

「こんにちは、先生。ポワロさん、今朝ぼくがここへきたのは、これで二度目ですよ。ぜひあなたにお会いしたいと思いましてね」

「私はおいとましたほうがよさそうですね」私は、いくらかぎごちなく口をはさんだ。

「ぼくのためでしたら、どうぞそのままここにいてください。なあに、話はすぐすみます」ポワロに手ですすめられて彼は腰をおろした。「ぼくは告白しなければならないことがあるんです」

「ほんとうですか《アン・ヴェリテ》？」ポワロは丁重なうちにも興味を示して言った。

「ほんとうに、たいしたことじゃないんですが、しかし、きのうの午後から、どうも良心がとがめてならないんです。ポワロさんは、ぼくたちみんなが、それぞれなにかをかくしている、とおっしゃいましたね。申しわけありませんが、実は、ぼくもかくしていたことがあるんです」

「どんなことですか、レイモンドさん？」

「いま申しあげたように、べつにたいして重要なことじゃないんですが、実は、ぼくは借金があるんです。それで、ひどく困っているところへ、たまたまあの遺産がころげこんできたんです。五百ポンドあれば、借金を片づけて、その上いくらかお釣りがくるんです」

彼は、誰にでも好感を抱かせる例の率直な愛嬌のある態度で、私たちにほほえみかけた。

「これでぼくの話は全部です。うたぐり深い警察の連中に、金に困っていたなんて言おうものなら、素直になっとくしてくれないし、すぐに怪しいとにらまれますからね。しかし、ぼくは、ほんとにばかでしたよ。ブラント少佐とぼくは十時十五分まえからずっと撞球室にいたのだから、水も洩らさぬアリバイがあるし、なにも怖れることはなかったんです。それでも、ポワロさんから、みんななにかをかくしているとどなられたときには、妙に良心が痛みましてね、早く心のなかから追いはらいたいと考えたんです」彼は、ふたたび立ちあがって、立ったまま私たちに微笑を向けた。

「あなたは、お若いのに、なかなか賢明ですね」ポワロは、満足そうにうなずきながら言った。「誰かが、なにかをかくしていることを知ったら、私のほうでは、なにか非常に悪いことをかくしているんじゃないかと疑りたくなります。よく話してくださいました」

「疑いが晴れて、ぼくもうれしいですよ」レイモンドは笑った。「では、これで失礼します」

「これで一つ片づいたわけですね」私は、若い秘書が出て行ってドアがしまると言った。

「そうです」ポワロはうなずいた。「ほんのささいなことです。しかし、もし彼があのとき撞球室にいなかったらどういうことになっていたかわかりませんよ。ともかく、五百ポンド以下のはした金のために犯罪が行なわれた例が、たくさんありますからね。けっきょく、一人の人間を破滅させるのに、どれくらいの金があれば十分かということです。相対的な問題ですね。そうではないでしょうか。アクロイド氏の死によって利益をうる人間が、たくさんいることを、あなたはお考えになったことがありますか？　セシル・アクロイド夫人、フロラ嬢、レイモンド青年、家政婦のミス・ラッセル。恩恵をうけないのはブラント少佐だけですよ」

少佐の名前を口にしたときのポワロの調子が、あまり奇妙だったので、私はとまどったような顔をした。

「あなたのおっしゃることが、よくわかりませんが」

「私が詰問した人たちのうち、これで二人だけは事実をうち明けてくれました」

「あなたは、ブラント少佐も、なにかをかくしているとお考えなのですか？」

「それについては」とポワロは遠慮なく言った。「諺があるそうですね、イギリス人がかくすことが、ただ一つだけある——それは恋だ、とね。しかし、ブラント少佐は、私に言わせれば、あまりかくし方がうまくないですね」

「ときどき私は考えるんですが、われわれは、ある点で、結論へ飛躍しすぎるんじゃないでしょうか？」

「どんなことですか？」

「われわれは、フェラーズ夫人を脅迫した人間即アクロイド氏の殺害者と思いこんでいましたが、ことによると、これはまちがいではないでしょうか？」

ポワロは力をこめてうなずいた。

「そうです。まさに、そのとおりです。あなたがそこへ思いつかれるかどうかと私はあやぶんでおりました。もちろん、それは考えうることです。しかし、一つの事実を忘れてはいけません。手紙が紛失したことです。もちろん、あなたがおっしゃるとおり、そのことはかならずしも殺人者が手紙を取ったことを意味するものではありません。あなたが最初に死体を発見されたとき、パーカーが、あなたに気づかれないように、そっと手紙を盗んだのかもしれません」

「パーカーが？」

「そう、パーカーです。私の考えは、いつもパーカーにもどってくるんですよ。殺人犯人としてではありません。いや、あの男は殺人を犯してはいませんよ。しかし、フェラーズ夫人を脅迫した謎の悪党として、あの男ほどふさわしい人物はいません。あの男は、キングズ・パドック荘の使用人あたりからフェラーズ氏の死の情報を仕入れたのかもしれません。いずれにせよ、あの男は、不時の客、たとえばブラント少佐などよりも、そんなことをするのに好適な立場にいるわけです」

「手紙を取ったのは、あるいはパーカーかもしれませんね」私は同意した。「手紙のなくなったことに私が気づいたのは、ずっとあとになってからですから」

「どのくらいあとでしたか？　ブラントとレイモンドが部屋にきたあとですか、まえですか？」

「よく思い出せませんが」私は、ゆっくりと答えた。「まえだったと思います――いや、あとです。そうです、あとだったことは、ほぼまちがいないと思います」

「すると、道は三つにわかれますね」ポワロは考えながら言った。「一番怪しいのはパーカーです。私はパーカーを呼んで、ちょっとした実験をやってみようかと思っているんです。いかがですか、ごいっしょにアクロイド家へいらっしゃいませんか？」

私は承諾した。二人はすぐに出かけた。ポワロはフロラ嬢に会いたいと申し出た。やがてフロラが出てきた。

「フロラさん」ポワロが言った。「私は、ちょっとした秘密をあなたにうち明けなければなりません。私はまだパーカーが潔白だと信じきれないんです。そこで、あなたに手伝っていただいて、ちょっとした実験をやってみたいと思います。あの晩のパーカーの行動をいくつか再現させてみたいんです。だが、そのためには、何か口実を考えなければなりませんね——ああ、いいことを思いつきました。あのロビーでの話し声が、外のテラスまで聞こえるかどうかたしかめたいということにいたしましょう。それでは、お手数でもパーカーを呼んでください」

私は呼鈴を押した。やがてパーカーが、いつものとおり、うやうやしい態度であらわれた。

「お呼びでございますか」

「パーカー、実は、ちょっとした実験を思いついたんだ。ブラント少佐に、書斎の窓の外のテラスに立っていただいているんだが、あの晩、ロビーでフロラさんときみとが話していた声が、テラスでも聞こえるかどうか知りたいんだ。あのときの場面を、もう一度ここでやってもらえないかね。そうだ、お盆かなにか、あのときみが持っていたものをとってきたほうがいい」

パーカーが立ち去ると、われわれは書斎のドアの外のロビーへ行った。まもなく玄関のホールでかちゃかちゃいう音がして、パーカーが、サイフォンとウィスキーの壜とグラスを二つのせた盆を持って廊下にあらわれた。

「ちょっと待ってくれ」ポワロは手をあげて、いかにも興奮したように叫んだ。「なにもかも、きちんとあのときのとおりにしなくちゃいけない。それが私のやり方なんだ」

「あちらのやり方でございますね」パーカーは言った。「犯罪の再現とか申すんでございましょう?」

ポワロの命令を礼儀正しく待っているパーカーは、すこしの動揺も示さなかった。

「ははあ、心得たもんだね、パーカー」ポワロは叫んだ。「なにかで読んだことがあるとみえる。さて、それでは、万事できるだけ正確にやってもらおう。きみはホールからこの部屋へやってきた——そうだ。ところで、お嬢さんは——どこにいたんでしたかね?」

「ここですわ」フロラは言って、書斎のドアのすぐ外に位置を占めた。

「そのとおりでございます」とパーカーが言った。

「わたしは、ちょうどドアをしめたところでございました」フロラはつづけた。

「さようで、お嬢さま」パーカーが同意した。「そんなふうに、お嬢さまのお手が、まだドアのノブにかかっておりました」

「それじゃ、はじめてください」ポワロが言った。「寸劇を見せていただきましょう」

フロラは、片手をドアのノブにかけて立ち、パーカーは、お盆を持って、玄関のホールから仕切りのドアを通ってはいってきた。そして敷居をまたいだところで立ちどまった。フロラが声をかけた。

「ああ、パーカーだったの。伯父さまは今夜は誰にもじゃまされたくないとおっしゃっているわ——こんな調子だったかしら?」彼女は声を落としてつけ加えた。

「私の記憶するかぎりでは、そのとおりでございました、お嬢さま」とパーカーは言った。「しかし、そのときは、たしか、『今夜』ではなく『今晩』とおっしゃったように思います」それから、いくらか芝居がかった調子で声を高めた。「かしこまりました、お嬢さま。では、いつものように戸締りをいたしましょうか?」

「ええ、お願いするわ」

パーカーはドアから出て行き、フロラも、その後から出て行って、中央の階段をあがりかけた。

「これでよろしいでしょうか?」彼女は、ふりかえってポワロにたずねた。

「たいへんけっこうです」小男の探偵は両手をこすり合わせながら答えた。「ところで、パーカー、あの晩、盆の上にグラスを二つのせたのは、たしかかね? もう一つは誰に出すつもりだったのかね?」

「グラスは、いつも二つお持ちすることになっているのでございます」パーカーは答えた。「まだほかになにか?」

「いや、もうよろしい。どうもありがとう」

パーカーは、最後までもったいぶったようすで引きさがった。

ポワロはホールのまん中に立って、顔をしかめながら考えこんでいた。フロラが階段を降りて私たちのところへきた。

「実験は成功したんですか？」彼女はたずねた。「わたしには、すこしもわかりませんけれど」

ポワロは、さも感心したような微笑をうかべて彼女を見た。

「あなたは、おわかりになる必要はありませんよ。しかし、あの夜、パーカーが持ってきた盆には本当にグラスが二つのっていましたか？」

フロラは、ちょっと眉を寄せた。

「はっきり思い出せませんわ。でも、二つだったような気がします。それが――それが実験の目的だったんですか？」

ポワロは彼女の手をとって軽く叩いた。

「それは、こう言えるでしょうね。つまり、私はいつも、人が真実を話しているかどうかをたしかめることに興味をもっているのです」

「それでパーカーは真実を申しましたか？」

「まあ、そうらしいですね」ポワロは考えこみながら答えた。

それから数分後、ポワロと私は村へ引きかえしていた。

「グラスの問題の要点は、なんですか？」私は好奇心に駆られてたずねた。

ポワロは肩をすくめた。

「あの場合、なんとか言わなければ恰好がつきませんからね。ですから、グラスのことでなくてもなんでもよかったんですよ」

私はポワロの顔をみつめた。

「それはともかく」彼は真剣な顔つきで言った。「これで知りたいと思っていたことは知りましたよ、先生。まあ、いまはこれだけにしておきましょう」

16　麻雀《マージャン》の夕

その夜、私の家で小さな麻雀会を催した。こういうささやかな集まりは、キングズ・アボット村では、よく行なわれていた。客は夕食後、雨靴に雨外套というういでたちで集まってきた。はじめにコーヒーを飲み、そのあとケーキとサンドウィッチと紅茶が出た。

この夜の客は、ミス・ガネットと、教会の近くに住むカーター大佐だった。こうした晩には、噂ばなしに花が咲いて、どうかすると勝負の進行までさまたげられることがあった。

私の家では、よくブリッジをやったが、これはなんともお話にならないおしゃべりブリッジだった。麻雀のほうが、いくらかおだやかだった。組んでいる仲間に、どうしてあんな札を出したのかなどと言っていがみ合うこともなかったし、たがいに遠慮なく悪口を言いあうのはあいかわらずだが、それもブリッジのときほど辛辣ではなかった。

「今夜は、ひどく冷えますな、シェパード先生」カーター大佐は立って暖炉に背を向けながら言った。カロラインはミス・ガネットを自分の部屋へつれて行って、オーバーなどをぬぐのを手伝っていた。「アフガニスタンの峠道を思い出しますよ」

「そうですか」私は気のない返事をした。

「アクロイド事件というのは、じつに不可解ですね」大佐はコーヒーを受け取りながら言葉をつづけた。「あえて言うなら、いろいろと複雑な裏面の事情があるようだ。これは、ここだけの話だがね、シェパード先生、なにか脅迫というような言葉まで出ているらしい」大佐は、おたがいに世間の表も裏も知りつくした人間同士だというような目で私を見た。「たしかに女がからんでいる。誓って言うが、この事件には、たしかに女がからんでいますよ」

そのときカロラインとミス・ガネットがはいってきた。

ミス・ガネットがコーヒーを飲んでいるあいだに、カロラインは麻雀の箱をとり出してきて、テーブルの上に牌《パイ》をあけた。

「牌を洗うと言いましてね」大佐は、おどけた調子で言った。「さよう、洗牌《シーパイ》というんです、シャンハイ・クラブあたりではね」

これはカロラインと私のひそかな意見だが、カーター大佐は、これまでシャンハイ・クラブへ行ったことなんかないはずだった。それどころか彼はインドから東へは行ったことがなく、インドでは、大戦中、牛罐とか乾葡萄とか林檎ジャムとか、戦地へ送る食料品を適当にちょろまかしていたらしい。しかし大佐が軍人であることはまちがいないし、キングズ・アボット村では、誰でも各自の個人的性癖を気ままに発揮することがゆるされていたのだ。

「さあ、はじめましょうよ」カロラインが言った。

私たちはテーブルをかこんだ。五分間ばかりは完全な沈黙がつづいた。誰が牌を一番早くならべ終わるか、みんな心のなかではげしく競争していたからだ。

「さあ、ジェイムズ」とうとうカロラインが口を切った。「あなたが荘家《おや》よ」

私は牌をすてた。一、二回、順番がまわるあいだは、「サンソウ」とか、「リャンピン」とか、「ポン」とかいう単調な声と、ミス・ガネットのいつもの癖で、あわてすぎて、手に持っていない牌にポンをかけては急いで取り消す声がひびくだけだった。

「わたしは、けさ、フロラに会いましたよ」ミス・ガネットが言った。「ポン――あら――取り消し。まちがえたわ」

「スウピン」カロラインが言った。「どこで会ったの?」

「向うはわたしに気がつかなかったわ」ミス・ガネットは、小さな村でしか見られないような、ひどく重大めかした口調で言った。

「あら、そう」カロラインは興味ありげに言った。

「近ごろでは」ミス・ガネットは、ちょっと話をそらした。「チャウ!」「チャウとは言わないで、チイというのが正しいんだそうよ」

「そんなことないわ」カロラインが言った。「わたしは昔からチャウと言っているわ」

「シャンハイ・クラブでは」とカーター大佐が言った。「チャウと言っていますよ」

ミス・ガネットは、やっつけられて引っこんだ。

「フロラのことを言っていたけど、フロラがどうかしたの?」カロラインは、しばらくゲームをつづけてから言った。「誰かといっしょだったの?」

「そうなのよ」ミス・ガネットは答えた。

二人の婦人は目と目を見あわせ、なにか情報を交換したらしかった。

「そうだったの」カロラインは興味を示して言った。「そうだったの。でも、そうだからって、わたしは、すこしもおどろかないわ」

「カロラインさん、あなたが捨てる番ですよ」と大佐が言った。彼は、ゲームに熱中しているから、噂ばなしなんかには興味がないといったような無骨者のふりをするくせがあった。しかし誰もその手には乗らなかった。

「聞きたいんなら言うけれど」ミス・ガネットが言った。「――あなたが捨てたのは――ソウズだったの？　あら、いいえ、わかったわ。ピンズでしょう？――フロラは、とても運がよかったんだわ。ほんとに幸運だったんだわ」

「どうしてですか、ガネットさん？」大佐が言った。「その緑發《リュウファ》はポンしますよ。フロラさんが運がよかったというのは、どういう意味ですか？　たいへん美しい娘さんだということは、私も知っとるが」

「わたしは、犯罪のことは、あまり知りませんけれど」ミス・ガネットは、知らなければならないことだけは、なんでも知っているといった調子で言った。「でも、このことだけは言えますわ。どんなときでも最初に出る質問は、『被害者が生きているのを最後に見たのは誰か』ということですわ。そして、その人が嫌疑をうけるんですわ。ところで、アクロイドさんが生きているのを最後に見たのはフロラですわ。こんなことを言うと、フロラに不利になるかもしれませんけれど――いいえ、とても不利になりますわ。わたしの考えでは――思っていることを率直に言えば――ラルフ・ペイトンはフロラのために身をかくしているんですわ。フロラの嫌疑をそらすために」

「ちょっと待ってくださいよ」私は、やわらかく抗議した。「あなたはまさか、フロラのような若い娘に、伯父を刺し殺すような冷酷なことができるとおっしゃるんじゃないでしようね?」

「さあ、それはわかりませんわ」ミス・ガネットは答えた。「わたしは、図書館から借りた本で、パリの暗黒街のことを読みましたけれど、女の悪質犯罪者のなかには、天使みたいな顔をした若い娘がたくさんいたと書いてありましたわ」

「でも、それはフランスのことだわ」カロラインが即座に口をはさんだ。

「そうですよ」大佐が言った。「ところで、たいへんおもしろい話があります。インドの市場などではよくある話なんですが……」

大佐の話は、だらだらと長いばかりで、不思議なほどおもしろくなかった。何年も昔にインドで起こったことなど、昨日キングズ・アボット村で起こった事件とでは、とても比較にならなかった。

麻雀にかこつけて、大佐の話の腰を折ったのは、カロラインだった。毎度のことながら、カロラインが計算をまちがえ、私がそれを訂正したことから、ちょっと座がしらけたが、私たちは、またあたらしくゲームをはじめた。

「荘家《おや》が変わりますよ」カロラインが言った。「わたしは、ラルフ・ペイトンについては、わたしなりの考えをもっているわ。でも、いまは言わないことにするわ」

「ほんと?」ミス・ガネットが言った。「チャウ——ちがった、ポンだわ」

「ほんとよ」カロラインは、きっぱりと言った。

「靴のことは、あれでよかったの？」ミス・ガネットが言った。「黒靴で？」

「あれでよかったのよ」カロラインが言った。

「いったい、あの狙いは、なんだったんでしょうね？」ミス・ガネットが言った。

カロラインは、そのことならなんでも知っていると言わんばかりに唇をすぼめて首を振った。

「ポン」ミス・ガネットが言った。「ちがった——取り消し。先生は、いつもポワロさんとごいっしょだから、秘密はなんでも知っていらっしゃるんでしょう？」

「とんでもない」と私は言った。

「ジェイムズは遠慮ばかりしてるんですよ」カロラインが言った。「あら、暗槓《アンカン》だわ」

大佐はヒュッと口笛を鳴らした。しばらくは噂ばなしどころではなかった。「しかもあなたの風だ」と大佐は言った。「おまけに翻牌《ファンパイ》を二つもポンしている。これは気をつけなくちゃいけないな。カロラインさんが、たいへんな手をさらしましたよ」

私たちは、しばらく、よけいな口をきかずにゲームをすすめた。

「ところで、そのポワロという人ですがね」カーター大佐が言った。「ほんとうにそんなにえらい探偵なんですか？」

「世界一の名探偵ですわ」カロラインがもったいぶった調子で言った。「あの方は世間の評判から逃れるために、この村へ身をかくしているんですわ」

「チャウ」ミス・ガネットが言った。「まったくこんな小さな村にとっては、たいへん名誉なことだと思うわ。それはそうと、クララが――うちの女中ですわ――アクロイド家の女中のエルジーと仲よしなんですが、エルジーから、どんなことを聞いてきたと思う？　あの家で大金が盗まれたんですって。あの娘――あの娘ってエルジーのことですわ――の意見では、小間使がそのことに関係しているということですわ。その小間使は、今月中に暇をとることになっていて、毎晩泣いてばかりいるそうです。わたしに言わせるなら、あの小間使は、ことによると悪党の一味かもしれませんよ。ふだんから変わった娘で、このへんの若い娘とは誰とも交際しないし、休日には一人きりで出かけるし――なんにしても普通じゃありませんわ。とても怪しいと思うわ。わたしは、前に一度、女子親睦会に出席するようにとすすめたことがあるんですけど、そのときだって頭からことわったんですよ。それから、わたしは、生まれ故郷のこととか、家族のこととか、そんなことをたずねたんですけれど、正直言って、そのときのあの娘の態度ったら、とても鼻もちならなかったわ。うわべは、とてもていねいなんだけれど――ひどく厚かましくて、二の句がつげないようなことを平気で言うんですからね」

ミス・ガネットは言葉を切って一息入れた。召使のことなどにはまったく興味のない大佐は、シャンハイ・クラブでは、ゲームはいつも渋滞なく進めるのが鉄則になっている、と言った。

そこで私たちは、一まわりだけは、さっさとゲームを進めた。

「あのミス・ラッセルがね」カロラインが言った。「金曜日の朝、診察を受けるふりをして、ジェイムズのところへきたんですよ。毒薬がどこにしまってあるかを見にきたんじゃないかしら？　五萬《ウーワン》」

「チャウ」とミス・ガネットが声をかけた。「まさか、そんなことが。あなたの思いちがいじゃないかしら？」

「毒薬といえば」大佐が口をはさんだ。「え、なんですって？　私がまだ捨ててないって？　捨てましたよ。八索《パアソウ》」

「上がり！」ミス・ガネットが叫んだ。

カロラインは、ひどくがっかりした。

「紅中《ホンチュン》が一枚あればねえ」カロラインは、くやしそうに言った。「そうすれば、三翻《サンファン》で上がれたのに」

「紅中は、ぼくが最初から二枚もっていたんだ」私は言った。

「ジェイムズったら、いかにもあんたらしいわね」カロラインは非難するように言った。「あんたにはこのゲームの精神がわかっていないんだわ」

私とすれば、むしろ巧くおさえたつもりだった。もしカロラインに上がられたら、たいへんな額を支払わなければならなかったわけだ。ミス・ガネットの上がりは、カロラインが指摘したように、最低の上がりなのだ。

荘家《おや》が変わって、私たちは黙ってまたつぎのゲームをはじめた。

「さっきわたしが話しかけたことはね」カロラインが言った。

「え？　どんなこと？」ミス・ガネットが、さきを促すように言った。

「ラルフ・ペイトンについてのわたしの考えよ」

「そうだったわね」ミス・ガネットは、ますます催促するように言った。「チャウ！」

「そんなに早くからチャウをするなんて、あまりに消極的すぎるわ」カロラインが手きびしくやっつけた。「もっと大きな手を狙わなくちゃ」

「わかってますよ」ミス・ガネットは言った。「それよりも、さっき言いかけたラルフ・ペイトンのこと——なんなの？」

「ラルフがどこにいるか、わたしにはだいたいの見当がついているわ」

私たちは、みんな手を休めてカロラインをみつめた。

「それはまことに興味ある問題ですな、カロラインさん」カーター大佐が言った。「あなたが自分で見当をつけたんですか？」

「すべて、というわけではありませんわ。ともかく、お話ししましょう。ここのホールに、この地方の大きな地図がかけてあるのは、ごぞんじでしょう？」

一同は、うなずいた。

「このあいだ、ポワロさんがお見えになったとき、帰りがけにあの地図を見て、なにかおっしゃったんです――正確にはおぼえていませんけど、この界隈で大きな町といえばクランチェスターしかないといったようなことでしたわ――もちろん、そのとおりですけれどね。でも、ポワロさんがお帰りになってから、わたし、ふと気がついたことがあるんです」

「どんなことを？」

「ポワロさんがおっしゃった意味ですよ。もちろんラルフはクランチェスターにいるにきまっていますわ」

私が、ならべた牌をひっくりかえしたのは、その瞬間だった。姉は、すぐに、そそっかしいといって私を非難したが、しかしそれも半分は上の空で、自分の考えに夢中になっていた。

「クランチェスターですって、カロラインさん？」カーター大佐は言った。「そんなはずはない。近すぎますよ」

「だからこそ、そうなんですわ」カロラインは得意そうに言った。「いまとなっては、ラルフが汽車で逃げたのでないことははっきりしています。クランチェスターまで歩いて行ったんですよ。いまも、きっとあそこにいます。誰だって、そんな近くにいるなんて夢にも思いませんからね」

この説に対して、私は、いくつか反対の理由をあげたが、カロラインは、いったんこうと思いこんだら、なんと言われようと自説をまげなかった。

「それで、ポワロさんも、あなたと同じ考えなのね？」ミス・ガネットが、考えながら言った。「そういえば、偶然かもしれないけれど、わたしが、きょうの午後クランチェスターへ行く街道を散歩していたら、ポワロさんの自動車がクランチェスターのほうから走ってきて通りすぎたわ」

私たちは顔を見合わせた。

「あら」ミス・ガネットは、とつぜん叫んだ。「わたし、さっきから上がっていたわ。気がつかなかった」

カロラインの注意は、せっかくの推理活動からそらされてしまった。姉はミス・ガネットに、いろんな牌をまぜたり、やたらにチャウをしたりするのでは、上がっても自慢にならない、と言った。ミス・ガネットは、それを平然と聞きながらしながら、せっせと点棒をあつめた。

「ええ、あなたのいう意味は、わかっているわ」と彼女は言った。「でもそれは、配牌のときの手によるんじゃない？そうでしょう？」

「その気で狙わなきゃ、大きな手はつかめないわ」カロラインは言いかえした。

「でも、みんな、めいめい自分の流儀でやればいいんじゃないの？」ミス・ガネットは言って、自分の点棒を見やった。「ともかく、いまのところ、わたしは、こんなに勝っているわ」

相当負けこんでいるカロラインは、なにも言わなかった。

荘家《おや》が変わって、また私たちはゲームをはじめた。アニイがお茶を運んできた。カロラインとミス・ガネットは、こうした催しの晩にはよくあることで、どちらもすこしいら立っていた。

「もうすこしさっさとやってもらえないものかしら?」ミス・ガネットが捨てる牌に迷っていると、カロラインが言った。「中国人は牌の捨て方が早いので、まるで小鳥が羽ばたくみたいな音がするそうだわ」

しばらくのあいだ私たちは中国人なみにゲームを進めた。

「あんたは、いっこうに情報を提供してくれないね、シェパード先生」カーター大佐が快活に言った。「あの名探偵と仲よくやっているくせに、事件がどうなっているか、匂わせもしないなんて、ずるいよ」

「ジェイムズは、変人なんですわ」カロラインが言った。「情報までケチケチするんですものね」

姉は不満そうに私を見た。

「ほんとうに」と私は言った。「私はなにも知らないんですよ。ポワロさんは自分の意見をめったに言ってくれませんからね」

「りこうなんだな、本心を明かさないというのは」大佐は笑いながら言った。「しかし、ああいう外国の探偵というのは、みんなえらい連中だよ。ごまかす術《すべ》まで身につけているからね」

「ポン」ミス・ガネットが、おちついて、得意そうに言った。「上がりだわ」

状況は、いよいよ緊迫してきた。ミス・ガネットが、三連荘《レンチャン》したというので、カロラインは、また配牌をはじめたとき、さっそく私に矛先《ほこさき》を向けた。なんとも迷惑至極な話だ。

「あんたって、なんてたいくつな人間なんでしょうね、ジェイムズ。でくのぼうみたいに坐りこんだまま、一言も口をきかないなんて」

「だって、姉さん」私は抗議した。「なにも言うことがないからですよ——姉さんが考えているような種類のことはね」

「冗談でしょ」カロラインは理牌《リーパイ》しながら言った。「あんたは、なにか興味のあることを知っているにちがいないわ」

ちょっとのあいだ私は答えなかった。私は圧倒され興奮しきっていたのだ。こういう満《マン》貫《ガン》があるということは、本で読んで知っていた——配牌のままで上がっていたのだ。しかし、自分にこんな手がつくなんて夢にも思っていなかった。

私は勝ち誇る気持をおさえて、自分の牌をテーブルにひろげた。

「シャンハイ・クラブでいう天和《テンホウ》の満貫というやつですよ」

大佐の目が、いまにも飛び出しそうになった。

「これは珍しい。こんな手にお目にかかったのは、はじめてですよ」

私は、それまでカロラインにさんざん嘲笑されたことに刺激され、この勝利にのぼせあがって、つい口をすべらせてしまった。

「興味のあることといえば」私は言った。「日付と『Rより』という文字が内側に刻みつけてある金の結婚指環などは、どう思いますか」

それにつづく情景は、ここでは省略する。私は、この指環がどこで発見されたかをしゃべらされ、日付まで言わされてしまった。

「三月十三日といえば」カロラインが言った。「ちょうど六か月前ね。そうだわ！」

興奮した意見や推測の混乱のなかから、つぎの三つの説がうまれた。

一、カーター大佐の説――ラルフはフロラと、ひそかに結婚していた。これは第一に考えられる、もっとも単純な結論である。

二、ミス・ガネットの説――ロジャー・アクロイドはフェラーズ夫人とひそかに結婚していた。

三、姉の説――ロジャー・アクロイドは家政婦のミス・ラッセル嬢とひそかに結婚していた。

そして、第四の説（論理的には説ともいえないような説）が、あとで寝室へ行くとき、カロラインから提出された。

「聞いてちょうだい」とつぜん姉は言い出した。「ジェフリー・レイモンドとフロラが結婚していたとしても、わたしは、すこしも不思議と思わないことよ」

「それなら、『Rより』ではなくて『Gより』になっていなくちゃならないはずだ」

「あなたは知らないんだわ。近ごろの若い娘たちのなかには、男のひとを苗字《みょうじ》で呼ぶ連中だっているのよ。それに、さっきガネットさんが話したこと、聞いたでしょう――フロラが誰かとつれだって歩いてたって言ってたじゃないの」

厳密に言えば、私はミス・ガネットがそんなことを言ったのは聞いていなかった。しかし、いまは言外の意味をとらえるカロラインの解釈を尊重することにした。

「フロラの相手として――ヘクター・ブラントは、どう思いますか？」私は言った。

「とんでもない。ブラントがフロラを賛美していることはたしかだと思うわ。あるいは恋しているかもしれないわ。でも、身近に、美男の若い秘書がいるのに、父親ほども年のちがう老人に若い娘が恋するはずはないわ。フロラは、策略として、ブラント少佐にうまいことを言ったのかもしれないわ。若い娘って、なかなか手管がうまいからね。でも、このことだけは、あんたに言っておくわ、ジェイムズ。フロラ・アクロイドはラルフ・ペイトンのことを爪の垢ほども思っていないし、これまでだってそんな気持はなかったのよ。これだけはよく心に刻みつけておいてちょうだい」

私は言われたとおり心に刻みつけた。

17 パーカー

つぎの日の朝になって、私は、天和《テンホウ》の満貫《マンガン》に有頂天になって、つい軽率なことをしてしまったのではないか、ということに気がついた。なるほどポワロは指環を発見したことを話していけないとは言わなかった。しかし一方、彼はそのことをファーンリー荘にいるあいだ誰にも話さなかったし、私の知るかぎりにおいては、指環の発見を知っているのは私だけだった。それを思うと私はひどく後ろめたい気持になった。指環のことは、いまごろはもう野火のようにキングズ・アボットじゅうにひろまっているにちがいない。いつなんどきポワロから手きびしく非難されるかもしれないと私は思った。

フェラーズ夫人とロジャー・アクロイドの合同葬は十一時にとり行なわれることになっていた。憂鬱で印象的な葬儀であった。アクロイド家の人たちは全員参列した。

式が終わると、会葬者のなかにまじっていたポワロが、私の腕をとって、いっしょにからまつ荘へ行こうと誘った。彼が、ひどくしかつめらしい顔つきをしているので、前夜の私の軽率なおしゃべりが、もう彼の耳にとどいたのではないかと思って心配した。しかし、ポワロの心は、まったく別のもので占められていることが、すぐにわかった。

「私たちは行動を起こさなければなりません」ポワロは言った。「あなたのお力を借りて、ある証人を調べたいと思うんです。その男を訊問し、ちょっとおどかして、真実を吐かせたいと思うんです」

「証人って、誰のことですか？」私は、びっくりしてたずねた。

「パーカーですよ」ポワロは答えた。「きょう十二時に私の家へくるように言っておきました。いまごろはもうきて待っているでしょう」

「どういうおつもりなんですか」私は横目で彼を見ながら思いきってたずねた。

「つまり――私はまだ納得していないのですよ」

「フェラーズ夫人を脅迫したのはパーカーだとお考えなのですか？」

「それもあるし、また――」

「ほかに、まだ何か？」私はしばらく間をおいてからたずねた。

「あえて申しあげますがね、先生――私は、あれがパーカーであってくれればいいと思っているんですよ」

ポワロの沈痛な態度と、それになんとも言えない重苦しい気配に圧倒されて、私は黙りこんでしまった。

ポワロの家につくと、パーカーがすでにきていて、われわれの帰りを待っていた。私たちが部屋へはいると、パーカーは、うやうやしく立ちあがった。

「おはよう、パーカー」ポワロは快活に呼びかけた。「ちょっと待ってくれないか」

彼はオーバーと手袋をぬいだ。

「失礼でございますが」パーカーは、さっと立ちあがってポワロのオーバーをぬがせ、手袋といっしょに、ドアのそばの椅子の上にきちんとおいた。ポワロは満足そうに彼を見ていた。

「ありがとう、パーカー」ポワロは言った。「まあ、そこへかけなさい。話が、すこし長くなるかもしれないからね」

パーカーは恐縮したようにお辞儀をして椅子に腰をおろした。

「さて、きみにきょうここへきてもらったのは、なんのためだと思うかね？」

パーカーは咳払いした。

「亡くなられた旦那さまのことで、なにかおたずねになるためにお呼び出しになったものとぞんじます――なにか個人的なことについて」

「そのとおりだ《プレシゼマン》」ポワロは目を輝かせて言った。「きみは恐喝については相当な経験があるのかね？」

パーカーは、いきなり立ちあがった。

ね？」

「まあ、そう興奮しなくてもいい」ポワロは落ちつきはらって言った。「誇りを傷つけられた正直な男、といった滑稽なお芝居は、もう古い。恐喝はお手のものじゃないのかね？」

「旦那さま！」

「私は──いままでに、こんな──いままでに、こんな──」

「こんな侮辱を受けたことはないというのかね？」ポワロは相手の言葉を引きとって言った。「それではきくが、あの晩、脅迫という言葉を小耳にはさんでから、なぜあんなにアクロイド氏の書斎の会話を立ち聞きしようとしたんだね？」

「私は、その──けっして──」

「きみのまえの主人は誰だったかね？」ポワロはだしぬけにたずねた。

「まえの主人と申しますと？」

「きみがアクロイド家へくるまえに勤めていた家の主人だ」

「エラービー少佐でございますが──」

パーカーが言いかけるのを、ポワロは、すぐに引きとって言った。

「そう、エラービー少佐だったな。エラービー少佐は、たしか麻薬常用者だった。きみは少佐といっしょに旅行してまわった。そして、バミューダにいたとき、めんどうなことが起こった。一人の男が殺されたのだ。その事件にエラービー少佐は多少関係があった。どういうわけか事件は闇から闇に葬られたが、きみはその真相を知っていた。きみの口をふさぐために、エラービー少佐は、いくら支払ったかね？」

パーカーは口をあけたまま、ポワロの顔をみつめていた。彼はすっかり狼狽し、頰が弱々しく痙攣した。

「どうだね、私はすっかり調べあげたのだよ」ポワロは楽しそうに言った。「いま言ったとおりだろう？　きみはそのとき少佐を脅迫して相当の金をせしめた。エラービー少佐は死ぬまで、きみにゆすりとられていたのだ。ところで、いま私がききたいのは、最近のことなんだがね」

パーカーは、あいかわらず目をみはったままだった。

「かくしてもむだだよ。このエルキュール・ポワロはなにもかもお見通しなんだ。エラービー少佐のことにしても、私の言ったとおりじゃないかね、そうだろう？」

むりやり強いられたように、パーカーは、しぶしぶ一度だけうなずいた。顔は、すっかり蒼ざめていた。

「でも私はアクロイドさまの髪の毛一本傷つけてはおりません」彼は、うめくように言った。「神に誓って、そんなことはいたしません。私は、しょっちゅう、エラービー少佐の件が露見するのではないかとびくびくしておりました。しかし私は、けっして旦那さまを――ええ、けっして殺したりはいたしません」

彼の声は、ほとんど悲鳴に近かった。

「私も、だいたいそうだろうと思っているよ」ポワロは言った。「きみには、それだけの勇気——度胸はないからね。しかし私は事実を知らなければならないのだ」

「なんでも申しあげます。なにもかもすっかり申しあげます。あの晩、私が立ち聞きしようとしたのは、ほんとうでございます。ちょっと小耳にはさんだ言葉に気をひかれまして。それに、旦那さまは、誰にもじゃまをされたくないとおっしゃって、シェパード先生と、あんなふうに部屋のなかへ閉じこもっておしまいになったものですから。私が警察に申しあげたことに嘘いつわりはございません。脅迫という言葉を聞いたものですから、それで私は——」

彼は口をつぐんだ。

「それできみは、なにかゆすりのネタがあるかもしれないと思ったんだね？」ポワロは、ためらわずに言ってのけた。

「それは——はい、さようでございます。万一、旦那さまが脅迫されておいでなら、私だって、いくらかお裾わけにあずかってもわるくはないだろうと思ったのでございます」

奇妙な表情がポワロの顔をかすめた。彼は体を乗り出した。

「きみはあの晩以前に、アクロイド氏が脅迫されていると考えたことはないかね？」

「いいえ、ございません。実は私もびっくりしたのでございます。どこから見ても、あんなにりっぱな紳士が脅迫をうけるなんて」

「どの程度まで立ち聞きしたのかね？」

「たいして聞いてはおりません。ついてなかったとでも申しましょうか。それに、食器室での仕事もございましたし。それで、一度か二度、こっそり書斎のまえまで忍んでまいりましたが、むだでございました。最初のときは不意にシェパード先生が出ておいでになりまして、あやうく現場をおさえられるところでございましたし、二度目はレイモンドさんが私のそばを通って書斎へ行かれましたので、これではだめだと思ったのでございます。そして最後にお盆を持ってまいりましたときには、フロラさまにじゃまされたのでございます」

ポワロは、パーカーがほんとうのことを言っているのかどうかをためすかのように、長いあいだ彼の顔をみつめていた。パーカーも真剣に相手の凝視を受けとめていた。

「どうぞ信じてくださいまし。警察がエラービー少佐との昔のことをさぐり出し、そのため私に嫌疑をかけるのではないかと、私は、そのことばかりずっと心配しておりました」

「よろしい《エ・ビヤン》」ポワロは言った。「きみを信じよう。だが、一つ、きみに頼みたいことがある。きみの銀行の預金通帳を見せてもらいたいんだ。通帳は持っているだろうね？」

「かしこまりました。実は、いまここに持っております」

すこしも動揺の色を見せずに彼はポケットから預金通帳をとり出した。ポワロは、その薄い緑色の通帳を手にとって、記入欄をあらためた。

「うむ、今年になって国民貯蓄債券を五百ポンド買っているね？」

「さようでございます。もう一千ポンド以上預金がたまったものですから――まえの主人のエラービー少佐との――その――一件から手に入れた金でございます。それに今年は、競馬の馬券を買いまして――かなり儲けました。ご承知かどうか知りませんが、不人気な馬が記念賞レースに勝ちまして、運よく二十ポンドの払戻しがあったのでございます」

ポワロは通帳をかえした。

「では、もうよろしい。きみがほんとうのことを話したと信じる。万一そうでなかったら、きみにとって、たいへん不利になるんだよ」

パーカーが帰ると、ポワロは、ふたたびオーバーを手にとった。

「またお出かけですか？」私はたずねた。

「そうです。ちょっとハモンドさんを訪ねるつもりです」

「あなたはパーカーの話を信じますか？」

「聞いたかぎりでは、信じていいと思います。あの男が非常に演技のうまい役者ならともかく――彼は脅迫されていたのはアクロイド氏だと本気で思いこんでいたようです。そう思いこんでいたとすれば、パーカーはフェラーズ夫人のことは、なにも知らないことになります」

「では、いったい誰が――？」

「そこですよ。いったい誰が？　だが、ハモンド弁護士を訪ねれば、目的の一つは達せられるでしょう。パーカーが完全に白《プレシゼマン》となるか、それとも――」

「それとも？」

「どうやらけさは、ものを途中まで言いかけてやめてしまう悪いくせがついたようです」

ポワロは弁解するように言った。「どうぞ気をわるくなさらないでください」

「それはそうと」私はいささかびくびくもので言った。「私は白状しなければならないことがあるのです。うっかりして、あの指環のことをしゃべってしまったのです」

「どの指環のことですか？」

「金魚池であなたが発見された指環ですよ」

「ああ、あれですか」ポワロは顔いっぱいに笑みをたたえて言った。

「どうぞお許しください。まったく私の不注意でした」

「いや、ちっともかまいませんよ。なにもあなたに命令したわけではないし、お話しになりたければ、いくらお話しになってもけっこうです。お姉さまは、そのことに興味をおもちになりましたか？」

「すごく興味をもちました。センセーションをまき起こしましてね、いろんな説が飛び出しましたよ」

「そうですか。だが、あれは、いたってかんたんなことなんですよ。誰にも、すぐ説明がつくものです。そう思いませんか？」

「そうでしょうか」私は気のない返事をした。

ポワロは笑った。

「賢い人間は、自分の本心をはっきり言わないものです。そうじゃありませんか？　さあ、もうハモンドさんのお宅へきましたよ」

弁護士は事務所にいて、すぐに私たちを招じ入れた。彼は立ちあがって、いつものように、愛想はないが、きちょうめんな態度で私たちを迎えた。

ポワロは、さっそく用件を切り出した。

「あなたに、あることをおたずねしたいと思って伺ったのです。もちろん、ご協力いただけるでしょうね？　あなたはたしかキングズ・パドック荘の故フェラーズ夫人の顧問弁護士でしたね？」

私は、弁護士の目に一瞬おどろきの色がひらめくのを見たが、たちまちにして、彼の職業的な抑制が、ふたたび仮面のようにその顔をおおってしまった。

「そのとおりです。夫人の事務的な問題は、すべて私の手を通じて処理されておりました」

「そうですか。ところで、私がおたずねするまえに、シェパード先生のお話をお聞きねがいたいと思います。さしつかえございませんね、先生、あなたが先週の金曜日の夜、アクロイド氏とのあいだにかわされた話を、もう一度ここでくりかえしていただいても？」

「すこしもかまいませんよ」と私は答えて、あの奇妙な夜のことを話しはじめた。

ハモンドは熱心に耳をかたむけていた。

「これで全部です」話し終えると私は言った。

「恐喝ですか」と弁護士は考えぶかくつぶやいた。

「びっくりなさいましたか？」ポワロはたずねた。

弁護士は、鼻眼鏡をはずしてハンカチーフで拭いた。

「いや、びっくりしたとは言えないようですね。そんなことではないかと、実は前々から疑念をもっていましたからね」

「それで私どもは、おたずねしたいと思っていた情報に一歩近づいたわけです」ポワロは言った。「夫人が実際に支払われた金額がどれくらいか、それを教えてくださる方があるとすれば、それはあなた以外にはいませんからね」

「そのことなら、かくしておいても仕方がないと思います」ハモンドは、ちょっと考えてから言った。「夫人は、この一年間に、かなりの証券類を売りましたが、その金は銀行預金に入れて、再投資はなさいませんでした。夫人の年収は相当なものですし、ご主人が亡くなられたのちは、いたって質素に生活しておいでしたから、証券を売った金は、なにか特別の目的のために使用されたことは確実なようです。私も一度そのことをおたずねしたことがありますが、夫人は、亡夫のほうに貧しい親戚が何人かあって、その人たちを援助しなければならないのだとおっしゃいました。もちろん私は、それ以上つっこんだことはおたずねしませんでした。ずっときょうまで、私は、その金は、アシュレ・フェラーズと生前なにか関係のあった女にでも支払われたのだろうと想像しておりました。フェラーズ夫人自身に関係があるとは夢にも考えておりませんでしたよ」

「それで、その金額は？」ポワロがたずねた。

「全部で――というのは、いろんな支出を総計してという意味ですが――すくなくとも二万ポンドにはなると思います」

「二万ポンド！」私は叫んだ。「わずか一年間に！」

「フェラーズ夫人は、たいへんなお金持だったんです」ポワロはさりげなく言った。「しかし、殺人を犯した罪は、あまり愉快なものではありませんよ」

「そのほかになにかおたずねになりたいことがありますか？」ハモンド氏はたずねた。

「ありがとうございました。けっこうです」ポワロは立ちあがりながら言った。「お忙しいところを錯乱《さくらん》させて申しわけありません」

「いや、どういたしまして」

「錯乱という言葉はですね」ふたたび外へ出たとき、私は注意した。「精神障害の場合にだけ使う言葉ですよ」

「そうですか」ポワロは言った。「私の英語は、いつまでたっても完全にはならないようですな。むずかしい言葉です。それじゃ、混乱させて、とでも言えばよかったのかな？」

「あなたが言おうと思っていらっしゃるような意味なら、お騒がせして、というのが適当でしょうね」

「ありがとう。言葉は正確に、ということを、あなたは熱心に心がけていらっしゃいます。ところで《エ・ビヤン》、パーカーのことは、どうお考えになりますか？　二万ポンドも金をもった男が、執事稼業をつづけるものでしょうか？　そうは思いません《ジュ・ヌ・パンス・パ》ね。もちろん他人名義で銀行に預金するということも考えられますが、私としては、パーカーはほんとうのことを話したのだと信じたいですね。やつが悪党だとしても、けちな悪党ですよ。だいそれたことをたくらむような人間じゃありません。すると、残る可能性としては、レイモンドか、さもなければ——さよう——ブラント少佐です」

「レイモンドということはないでしょう」私は反対した。「五百ポンドの金で弱りぬいていたくらいですからね」

「なるほど、自分でそう言っていましたね」

「それから、ヘクター・ブラントのほうは——」

「ブラント少佐については、お聞かせしたいことがあります」ポワロは言った。「なんでも調べるのが私の商売ですからね。いろいろと調べますよ。ところで——ブラント少佐が言っていた遺産ですがね。その金額は、ほぼ二万だったことがわかりましたよ。あなたはこれを、どうお考えになりますか？」

私はびっくりして口もきけなかった。

「そんなことがあるもんですか」私は、やっと答えた。「ヘクター・ブラントのような有名な人物が——」

ポワロは肩をすくめた。

「さあ、なんともいえませんよ。すくなくとも少佐は大きなたくらみのできる人間です。正直なところ、私も少佐を、ゆすりのできる人間だとは思いません。しかし、ほかにも、あなたが思いもおよばぬような可能性があるんですよ」

「それは、どんなことですか？」

「暖炉の火ですよ、シェパード先生。アクロイド自身が、あなたがお帰りになったあと、例の手紙を青い封筒ごと燃やしてしまったのかもしれませんよ」

「そんなことは、ちょっと考えられませんが」私は、ゆっくりと言った。「——しかし、もちろん、そういうことも、ないとは言えませんね。私が帰ったあと気が変わったのかもしれませんからね」

ちょうど私の家のまえまできていたので、私は、その場のはずみで、ポワロに、あり合せのもので食事をしていかないか、とすすめた。

私は、カロラインがよろこぶだろうと思ったのだが、家庭の女を満足させるのは、なかなか容易ではない。昼食はチョップ料理を食べることになっていたらしく、台所要員のカロラインは臓物《ぞうもつ》や玉ねぎで、てんてこまいしていた。ところが、三人の前に出された二人前のチョップ料理は、いささか辟易《へきえき》するような代物だった。

しかし、カロラインは、いつまでもまごまごしているような女ではなかった。姉は、ポワロに向かって、舌さき三寸、ジェイムズは笑うけれども、自分は厳格に菜食主義を守っているのだ、と説明した。そして、木の実のコロッケのうまさ（姉が、そんなものを一度だって食べたことがないのを、私はよく知っていた）を恍惚としてまくし立て、溶かしチ《ウェル》ーズをかけたトースト《シュ・ラビット》を舌鼓《したつづみ》をうって平らげ、その合間に、肉食のもたらす危険について、しばしば手きびしく批判した。

食後、私たちが暖炉のまえに腰をおろして煙草をすっていると、カロラインは直接ポワロにぶつかっていった。

「ラルフ・ペイトンは、まだ見つかりませんの？」

「どこをさがせばよろしいんでしょうね？」

「わたしは、あなたがクランチェスターで見つけたと思っていましたわ」カロラインは声に強い意味をふくませて言った。

ポワロは、ただ当惑したような表情を見せただけだった。

「クランチェスターですって？　なぜクランチェスターなどとおっしゃるんですか？」

私は、いくらか悪意をこめて説明した。

「姉の私設情報局の豊富な人材のなかの一人が、昨日あなたが自動車でクランチェスター街道を走っておられるところを見かけたんだそうです」

ポワロの顔から当惑したような表情が消えた。彼は大笑いした。

「ああ、あれですか。あれは歯医者へ行ったんですよ。それだけのことです《セ・トゥー》。歯が痛むので、クランチェスターの歯医者へ行ったら、痛みはすぐとれました。すぐ帰ろうと思ったら、医者が引きとめて、抜いたほうがいいと言うんです。いやだと言っても、医者はどうしても抜くと言って聞かないんです。医者には医者の考えがあるんでしょうね。抜いてしまえば、もう二度と痛まないというんですよ」

カロラインは穴をあけられた風船みたいにしぼんでしまった。

それから私たちは、ラルフ・ペイトンについて語りあった。

「性格の弱い男です」私は言った。「しかし悪人ではありません」

「なるほど」ポワロは言った。「弱い性格というのは、行末が案じられますね」

「まったくですわ」とカロラインが言った。「ジェイムズがいい例ですわ。まるで弱い性格で、わたしがついていなかったら、このさきどうなるかわかりませんわ」

「姉さん」私は、いらいらして言った。「人の性格を引合いに出さなければ、あなたは話ができないんですか？」

「あなたは性格が弱いんですよ、ジェイムズ」カロラインは、いささかもひるまずに言った。「わたしは、あなたより八つ年上だから——あら！　いいえ、かまわないわ、ポワロさんに年を知られたって——」

「とてもそんなお年とは見えませんよ、マドモワゼル」ポワロは愛想よく頭をさげて言った。

「八つ年上だから、あなたに気をつけてあげるのが、わたしの義務だと、いつも思っているのよ。わたしが教育しなかったら、いまごろは、どんなことになっていたか、わかりゃしないわ」

「美しい女詐欺師とでも結婚していたかもしれませんね」そう言って私は天井を向いて煙草の煙を輪にふいた。

「女詐欺師ですって！」カロラインは、ふんと鼻を鳴らした。「女詐欺師といえば——」

姉は言いかけてやめた。

「なんですか？」私は好奇心をそそられた。

「なんでもないわ。ただ、それほど遠くないところに、そんな人がいたのを思い出したの」

それから姉は、ふいにポワロのほうに向き直った。

「ジェイムズは、あなたが犯人はあの家の内部のものだと信じていらっしゃると言っていますけど、わたしの見るところでは、それはまちがいですわ」

「私も、まちがいはしたくないんですが」ポワロは言った。「それでは、つまり英語では、なんと申しますかね――つまり、――商売《メチエ》になりませんからね」

「わたしは、ジェイムズや、ほかの人たちから聞いて、かなりはっきりした事実をつかんでいます」ポワロの言葉など気にもとめずにカロラインはつづけた。「わたしの考えでは、アクロイド家の内部の人間で、犯行の機会があったのは、二人しかおりません。ラルフ・ペイトンとフロラ・アクロイドですわ」

「姉さん、なにを言うんです」

「いいえ、ジェイムズ、口出ししないでちょうだい。わたしは、自分のしゃべっていることくらい、自分で心得ています。パーカーはドアの外でフロラに会っただけで、アクロイドさんが、フロラにおやすみというのを聞いたわけではありません。そのときフロラは伯父さんを殺そうと思えば殺せたわけですわ」

「姉さん！」

「わたしはなにもフロラが殺したと言っているんじゃないことよ、ジェイムズ。殺そうと思えば殺せたと言っているんです。事実フロラは、近ごろの若い娘と同じで、目上のものを尊敬もしなければ、世の中のことは、なんでも自分がいちばんよく知っていると思っているけれど、だからといって、フロラが、ひなどり一羽殺せるとは、わたしは、これっぽっちも思っていません。でも、考えてごらんなさいな、レイモンドさんだってブラント少佐だって、セシル・アクロイドさんの奥さんだって、みんなアリバイがあります。あのラッセルという女でさえアリバイがあるわ——もっともラッセルはアリバイがあるから助かったようなものだけれど。すると、あとには誰が残るの？ ラルフとフロラだけじゃありませんか。そして、あなたがなんと言おうと、わたしは、ラルフ・ペイトンが殺人犯人だとは信じないわ。あの青年のことは、小さいときから、よく知っているんです」

ポワロは黙ったまま、煙草の煙が渦巻きのぼるのを見まもっていた。しばらくしてから彼は口を開いたが、その声は、静かに遠くからひびいてくるような、不思議な印象をあたえた。彼のふだんのようすとは、まるでちがっていた。

「ある一人の男のことを考えてみましょう——ごく平凡な男です。人殺しなど考えたこともない男です。しかし、その男には、どこか性格の弱いところがある——胸のずっと奥に。その弱さは、いままでのところ、表面にあらわれたことはない。おそらく今後もないでしょう——だから、このまま行けば、誰からも尊敬されて、やすらかに墓場へ行けるはずだった。ところが、ここになにかが起こったとします。たとえば、金に困っていた——いや、どうにもならぬほど金につまっていた。ところが、偶然のことから、ある秘密をつかんだとします。誰かの生命にかかわるような秘密です。そのとき、男は最初は、それを公表しよう――善良な市民としての義務を果たそうとするでしょう。だが、ここで性格の弱さが、頭をもたげます。これは金をつかむ絶好の機会だ――しかも莫大な金だ。男は金に困っています。――金がほしいと思っている――しかも、いまや、やすやすと金を手に入れることができるのです。そのために、なにをする必要もないのです――ただ沈黙を守りさえすればいい。これが、はじまりです。金に対する欲望は、しだいに大きくなります。もっとほしい――もっと、もっと。男は足もとに開かれた黄金の鉱脈に酔いしれ、いよいよ貪欲になります。そして、貪欲のあまり限界を踏みこえます。ところで、相手が男なら、好きなだけ追いつめることができます――しかし、相手が女だと、追いつめるにも限度があります。というのは、女というものは、心のなかでは真実を語りたいという強い欲望をもっているからです。世の中には、どれほど多くの夫が、妻をあざむいて、秘密を胸に秘めたまま、平然と墓へおもむいたことでしょう。そしてまた、どれほど多くの不貞の妻が、みずから事実を夫の前に投げ出して、われとわが身を亡ぼしたことでしょう。彼女たちは、あまりに追いつめられたのです。追いつめられて思慮をうしなったあげく、（もちろん《ビヤン・ナンタンデュ》彼女たちは、あとになって、そのことを後悔します）彼女たちは安全を投げすて、みずから死地にとびこみ、真実を告白して、自分だけの瞬間的な満足を味わうのです。こんどの場合も、それではないかと私は思います。調子に乗って追いつめすぎたのです。そして、お国の諺どおり、——金の卵を生む鵞鳥を殺してしまったのです。しかし、それだけですべてが終わったのではありません。男が、つぎに直面しなければならなかったのは事実の暴露ということです。そして、現在の彼は、もはや過去の彼——一年まえの彼ではありません。彼の道徳意識は鈍っています。破れかぶれになっています。敗けいくさを戦うのですから、手段をえらびません。どんなことでもやる気になっています。なぜなら事実の暴露は彼にとって破滅を意味するからです。かくして——短剣が突き刺されたのです！」

　ポワロは、しばらく沈黙した。あたかも彼が部屋じゅうに呪いをかけたかのようであった。私は、彼の言葉が生みだした印象を、ここに描き出すことは、とてもできそうもない。その無慈悲な分析、容赦のない洞察力には、われわれ二人の心に恐怖を叩きこむなにかがあった。

「その短剣が抜きとられたあとは」ポワロは静かに言葉をつづけた。「男も、ふたたびおのれにかえり、またふつうの親切な人間にかえることでしょう。しかし、また必要があれば、ふたたび短剣を突き刺すでしょう」

　カロラインが、やっと勇気をふるい起こした。

「あなたはラルフ・ペイトンのことをおっしゃっているんですね？」カロラインは言った。「あなたのおっしゃるとおりかもしれません。あるいは、そうでないかもしれません。でも、一言の弁明も聞かずに一人の人間に罪をきせてはいけませんわ」

電話のベルが、けたたましく鳴った。私はホールへ行って受話器をとりあげた。

「はい。そうです、こちらはシェパード医師です」

私は、しばらく電話を聞いて、かんたんに返事した。それから受話器をおいて客間にもどった。

「ポワロさん、リヴァプールで男が一人つかまったそうです。チャールズ・ケントという名前の男で、どうやらあの晩ファーンリー荘を訪ねた怪しい人物らしいということです。警察では、私に、すぐリヴァプールへ行って首実検してくれと言っています」

18 チャールズ・ケント

三十分後、ポワロと私とラグラン警部は、リヴァプール行きの汽車に乗っていた。警部はあきらかに、ひどく興奮していた。

「ほかのことはともかく、これで脅迫の一件は、なにかわかるかもしれませんね」彼は、うれしそうに言った。「電話で聞いたところによると、なかなか手に負えない奴で、麻薬常用者らしいです。なあに、泥を吐かせるのは、わけありませんよ。多少でも動機らしいものがあれば、この男がアクロイド殺しの犯人と見ていいでしょう。しかし、そうなると、なぜラルフ・ペイトンは行方をくらましているのか？　どうも話がこんがらかってきた――まったくの話がね。それはそうと、ポワロさん、例の指紋は、あなたのおっしゃったとおりでしたよ。アクロイド氏自身の指紋でした。私も、最初はそんな気がしたんですが、ちょっと考えられないように思えたので、追究しなかったんです」

私は、ひそかに心のなかで笑った。ラグラン警部が、けんめいに体面をとりつくろっているのが、あまりに見えすいていたからだ。

「その男のことですが」ポワロは言った。「まだ逮捕状は出ていないんでしょうね？」

「容疑者として拘置されているだけです」

「で、その男は、なんと申し立てているのですか？」

「ほとんどなにも」警部は苦笑しながら答えた。「相当したたか者のようです。悪態ばかりついて、あとはほとんど口を割らないらしいです」

リヴァプールについてみておどろいたのは、ポワロに対する、たいへんな歓迎ぶりだった。出迎えたヘイズ警視は、ずっと以前、ポワロといっしょに仕事をしたことがあるとかで、ポワロの手腕を高く評価していることは明らかだった。

「ポワロさんが出馬されたからには、事件は間もなく解決しますよ」ヘイズ警視は、ほがらかな調子で言った。「あなたは隠退されたものとばかり思っておりましたが」

「そうですよ、ヘイズさん、そのとおりなんです。しかし、隠退というのは、まったく退屈なものでしてね。まったくやりきれないんですよ。くる日も、くる日も、なんの変哲もなく暮らす単調さは、あなたには想像もつきますまい」

「それはそうでしょうな。それで、われわれの掘出しものを見においでになったというわけですね？　こちらがシェパード先生ですね？　首実検のほうは大丈夫ですか？」

「あまり自信がないのですが」私は、あやふやな返事をした。

「どういうきっかけで、その男をつかまえたんですか？」ポワロがたずねた。

「ご承知のように、人相書が、新聞にも出ましたし、また内密のルートにも配布されていましたからね。調べは、まだたいしてはかどっていませんが、その男には、はっきりとアメリカなまりがあるし、あの夜キングズ・アボット村の近くにいたことも否定していません。いったい警察は自分をつかまえてどうしようというのか、警察の言い分を聞こうじゃないか――それまでは、どんなことをきかれても答えない、なんて言っています」

「その男に会わせていただけませんか？」ポワロはたずねた。

警視は心得顔に片目をつぶってみせた。

「けっこうですとも。どうぞお好きなようにしてください。せんだっても警視庁のジャップ警部が、あなたのことをきいていましたよ。あなたが内々でこの事件に関係しておられることを聞いたとか言われましてね。ところで、ラルフ・ペイトン大尉は、どこにかくれているんでしょう？　教えていただけませんか？」

「さあ、いまこの段階で、そういうことを申しあげてよいものかどうか」ポワロは、しかつめらしく言った。私は、こみあげてくる微笑を、そっとかみ殺した。

この小男は、そういうことを、巧みに演技するのだ。

二つ三つ打合わせをしてから、私たちは勾留されている男と会うために案内された。まだ若い男で、見たところ、せいぜい二十二か三だった。背が高く、やせていて、手がかすかにふるえ、かなり体力はあったようだが、いまは見る影もなくやつれていた。髪は黒く、目は青くて、ずるそうで、めったに相手をまともに見なかった。私は、あれ以来、あの晩会った男には、どこか見憶えがあるという幻想を抱きつづけてきたのだが、もしこの男があの夜会った人物だとすると、私は、まったく誤っていたことになる。その男を見ても、私は誰も知っている人間を思い起こさなかった。

「さあ、ケント」警視が言った。「立つんだ。この人たちは、きみに会いにこられたんだ。どなたかに見おぼえがあるかね？」

ケントは、ふくれっ面をして、私たちをにらみつけたが、なにも答えなかった。その視線が、われわれ三人を一巡してから、ふたたび私にもどった。

「先生」警視は私に言った。「いかがですか？」

「背の高さは同じくらいです」私は答えた。「それから、全体の感じでは問題の男らしく思われます。それ以上は、なんとも言えません」

「これはいったいどういうことなんだ！」ケントはどなった。「おれがどんな悪いことをしたというんだ。さあ、言ってくれ。おれがなにをしたというんだ」

私はうなずいた。

「そうです、この男です。声でわかりましたよ」

「声でわかったって？　どこでおれの声を聞いたんだ？」

「先週の金曜の晩、ファーンリー荘の門の外で、きみは私に道をたずねたじゃないか」

「そうかね」

「おまえは、それを認めるかね？」警部がたずねた。

「おれをどうするつもりなのか、それがわかるまでは、おれは、なにも認めないさ」

「きみは最近の新聞を読んでいないのかね？」ポワロが、はじめて口を開いた。

男は目を細めた。

「そうか。そうだったのか。ファーンリー荘で主人が殺されたという話は読んだよ。すると、おれを犯人に仕立てあげようってわけだな？」

「きみはあの晩ファーンリー荘へ行ったじゃないか」ポワロは静かにたずねた。

「どうして知ってるんだ？」

「これでわかったんだよ」ポワロはポケットからなにかとり出して男につきつけた。

それは離れ家で発見した鵞鳥の羽根だった。

とたんに男の顔色が変わった。彼は手をのばしかけた。

「粉末コカインだ」ポワロは考えながら言った。「しかし、これは空《から》だよ。あの晩きみが離れ家に落として行ったものだ」

チャールズ・ケントは半信半疑のようすでポワロをみつめた。

「どこの国の人間か知らねえが、このチビの雄鶏《おんどり》は、なんでも知っているらしいな。新聞で見ると、あの老人がやられたのは十時十五分まえから十時までのあいだだと書いてあったが、たぶんそのこともおぼえているだろうな？」

「そのとおりだ」ポワロは言った。

「だが、本当にそうなのかね？　おれはそれを知りたいんだ」

「それなら、そちらの紳士が聞かせくださるだろう」

ポワロは言って、ラグラン警部を指さした。ラグラン警部は、ちょっとためらってヘイズ警視を見やり、それからポワロを見て、やっと許しを得たかのように、口を開いた。

「そのとおりだ。十時十五分まえから十時までのあいだだ」

「それなら、おれをこんなところにおいとく手はねえぜ」ケントは言った。「あの晩おれは、九時二十五分にはファーンリー荘にはいなかったからな。『犬と口笛』って酒場で聞いてくれ。クランチェスターへ行く街道の、ファーンリー荘から一マイルばかり離れたところにある酒場だ。そこで、ちょいと一騒ぎやらかしたことをおぼえているよ。それが十時十五分まえぐらいの時刻だ。さあ、どうだね？」

ラグラン警部は手帳になにか書きつけた。

「さあ、どうだね？」ケントは、つめよった。

「調べてみよう」警部は言った。「おまえの言ったことが事実なら、なにも文句はあるまい。おまえはファーンリー荘で、なにをしていたんだ？」

「ある人に会いに行ったんだ」

「誰に？」

「おまえさんの知ったことじゃねえよ」

「すこし言葉をつつしんだらどうだ」警視がたしなめた。

「言葉をつつしむなんて、ふざけるなってんだ。おれは自分の用事であそこへ行ったんだ。それだけの話さ。人殺しのまえにファーンリー荘を出て行ったとすれば、警察なんかにつべこべ言われる筋はねえはずだ」

「きみの名前はチャールズ・ケントだったね？」ポワロがたずねた。「生まれはどこかね？」

男はポワロをみつめていたが、やがて、にやりと笑った。

「おれは、まじりっけなしのイギリス人だぜ」

「そうか」ポワロは考えながら言った。「私もそうだろうと思っていたよ。そして生まれはケント州だろう?」

男は目をみはった。

「なぜだい? おれの名がケントだからか? それが生国と、どういう関係があるんだい? ケントって名前の奴は、みんなケント州の生まれにきまってるのか?」

「ある場合には、そう考えてもいいだろうな」ポワロは、ひどく慎重に言った。「どういう場合にそう考えられるか、それはきみにもわかっているだろう」

その声の調子は、二人の警察官もおどろくほど、いかにも意味ありげに聞こえた。チャールズ・ケントはというと、煉瓦《れんが》みたいに顔をまっ赤にして、いまにもポワロに飛びかかるのではないかと思ったほどだった。しかし、思い直したらしく、わざとらしく笑って、顔をそむけた。

ポワロは満足そうにうなずいて部屋を出た。二人の警察官も、それにつづいた。

「あの男の供述をたしかめてみることにしましょう」ラグラン警部が言った。「奴が嘘をついているとも思えないが、しかし、あの晩ファーンリー荘で何をしたのか、そこのところをはっきりさせる必要があります。どうやら恐喝犯人は見つかったようです。もし奴の供述にまちがいがないとすると、殺人そのものには関係がないことになります。つかまったときに、奴は十ポンド持っていました。かなりの金額です。私の想像では、あの四十ポンドは、あの男の手に渡ったものとみていいでしょう。紙幣の番号は符合しませんが、それは大急ぎでどこかで替えたんでしょう。アクロイド氏が、その金を渡し、奴は金をもらうと大急ぎで逃げたんです。奴がケント州の生まれだというのは、どういうことなんですか？　事件と、なにか関係があるんですか？」

「いや、別に関係はありません」ポワロは、おだやかに答えた。「ほんのちょいとした思いつきにすぎません。私のちょいとした思いつきは有名なものですよ」

「そうですか」ラグラン警部は、とまどったような表情で、ポワロの顔をみつめた。

警視は大きな声で笑った。

「ポワロさんの、そのちょいとした思いつきのことは、ジャップ警部から、何度も聞かされましたよ。ポワロさんの思いつきは、ひどく気まぐれのように見えるが、いつもそのなかに何かがあるんだって言っていました」

「まあ、せいぜいひやかしてください」ポワロは微笑しながら言った。「でも、かまいませんよ。若い利口な人たちが笑わないで、最後に笑うのは老人ということもありますからね」

それから、ポワロは、まじめくさって彼らにうなずいてみせ、歩いて通りへ出た。

私はポワロとともにホテルで昼食をとった。いまにして思えば、そのときすでに事件の全貌は、彼の前にはっきり解決されて横たわっていたのだ。真相にたどりつくために必要な最後の糸を、すでに彼は手に入れていたのである。

しかし、そのときの私は、まだその事実に気づいていなかった。彼の自信ありげな態度を、誰でも持っているうぬぼれと思い、私にとって不可解なことは、当然彼にとっても不可解なのだと思いこんでいたのだ。

私にとって主な謎は、あのチャールズ・ケントなる男が、ファーンリー荘で、なにをしていたのだろうということだった。私は自分に向かって何度となくこの質問をくりかえしたが、どうしても満足な解答は得られなかった。とうとう私は思いきってポワロにそのことを質問してみた。彼は即座に答えた。

「私だって、すっかりわかったとは思っていませんよ」

「ほんとうですか？」私は信じかねて言った。

「ほんとうです。しかし、いま私が、あの男はケント州の生まれだから、あの夜ファーンリー荘へ行ったのだと言っても、おそらく先生には、なんのことやらおわかりにならないでしょう？」

私はポワロの顔をみつめた。

「私には、なんのことやら全然わかりません」私は冷淡に答えた。

「そうでしょう」ポワロは、あわれむように言った。「まあ、とにかく例によって私のちょいとした思いつきなんですよ」

19　フロラ・アクロイド

　翌朝、往診からもどると、ラグラン警部に呼びとめられた。私が車をとめると、警部はステップに足をかけた。

「おはよう、シェパード先生。あの男のアリバイですがね、あれは完全にシロでしたよ」

「チャールズ・ケントのですか？」

「そうです、チャールズ・ケントのです。『犬と口笛』の女給のサリー・ジョーンズというのが、あの男のことをよくおぼえていましてね。五枚の写真のなかから、ちゃんと奴の写真を選び出しましたよ。奴が酒場へはいったのは、ちょうど十時十五分まえだったそうで、『犬と口笛』はアクロイド家から一マイル以上は離れていますからね。その女給は、ケントが金をたくさん持っていたと言っています——ポケットから札束をつかみ出すのを見ているんです。ちびた長靴をはいた男が、そんな大金を持っているんで、女給も、びっくりしたらしいですな。例の四十ポンドの行方が、これではっきりしたわけです」

「あの男は、アクロイド家へ行った理由を、まだ説明しないんですか？」

「騾馬《らば》みたいに強情な奴です。私は、けさ電話でリヴァプールのヘイズ署長と話したんですがね」

「エルキュール・ポワロは、あの男があの夜アクロイド家へ行った理由を知っているような口ぶりでしたよ」

「ほんとうですか？」警部は勢いこんで言った。

「ほんとうです」私は意地わるく言った。「あの男はケント州の生まれだからアクロイド家へ行ったのだと言っていました」

私は、自分の困惑を相手に引き渡すよろこびを、しっかりと味わった。

ラグラン警部は、わけがわからないらしく、しばらく私をみつめていた。やがて、そのイタチのような顔に笑いがひろがったと思うと、彼は意味ありげに額を指で叩いてみせた。

「ちょいとここがいかれていますな。まえから、そんなことじゃないかと思っていたんです。気の毒に、隠退してこんなところへ引きこもったのも、そのためだったんですね。血筋からして、ありそうなことなんです。あの人には頭のおかしい甥が一人いるそうですよ」

「ポワロに、そんな甥がいるんですか？」私は驚いてききかえした。

「いるんです。あなたにはまだ話しませんでしたか？　見たところ、ひどくおとなしいが、まるっきり変だということです。気の毒にね」

「誰から聞いたんですか？」

ふたたびラグラン警部の顔に笑いがひろがった。

「あなたのお姉さんですよ。お姉さんが、すっかり話してくれたんです」

まったくカロラインというのはおどろくべき女だ。どんな人の家庭の秘密でも、とことんまで探り出さなければ気がやすまらないのだ。残念ながら私は、そうしたことを自分の胸ひとつにおさめておくだけの分別を姉に教えこむ力をもっていなかった。

「まあ、お乗りください、警部さん」車のドアを開けながら私は言った。「いっしょにポワロさんのところへ行きましょう。そして、あのベルギー人に、その最新ニュースを知らせてやりましょう」

「いいでしょう。頭のほうは少々おかしいかもしれないが、ともかく、指紋については有益な意見を提供してくれたんですからね。ケントについても、すこしピントが狂っている感じだが、どんなことを考えているかわかりませんよ。もしかすると、なにか役に立つようなものがあるかもしれません」

ポワロは、いつものように微笑をうかべて、愛想よく私たちを迎えた。

そして、私たちがもって行った情報に耳を傾けながら、ときどきうなずいていた。

「まったく問題はないと思いますね」警部は、やや憂鬱そうに言った。「一マイルも離れた酒場で酒を飲んでいた男が、同じ時刻にほかの場所で人殺しはできないですからね」

「それでは、あの男をすぐ釈放するつもりですか？」

「それよりほかに仕方がありますまい。金をゆすりとったということで、いつまでも勾留しておくわけにもいきませんよ。証拠がありませんからね」

警部は不機嫌そうに暖炉のなかへマッチを投げこんだ。ポワロは、それを拾いあげて、そのためにつくられた容器のなかへ、きちんと入れた。その動作は、まったく機械的だった。私は、彼の心が、なにかまったく別のことに集中されていることを知った。

「もし私があなたでしたら」ポワロは、ようやく口を開いた。「あのチャールズ・ケントという男を、まだ釈放しませんね」

「それはどういう意味ですか？」

ラグラン警部は、じっとポワロをみつめた。

「いま申しあげたとおりです。私なら、まだ釈放しないというんです」

「まさか、あの男が殺人と関係があるとお考えになっているんじゃないでしょうね？」

「たぶん、そういうことはないだろうと思います――しかし、確かなことは、まだ誰にもわかっていないんですよ」

「しかし、いまもお話ししたとおり――」

ポワロは手をあげて相手をおさえた。

「よくわかっています。あなたのお話は、たしかに聞きました。ありがたいことに私は、耳も聞こえるし、ばかでもありません。しかし、あなたは、まちがった前提――前提はプレミスでいいんですね――まちがった前提に立って、この事件を処理しようとしていらっしゃるのです」

警部は、にぶい目でポワロを見た。

「あなたのおっしゃることは、私にはよくのみこめません。いまも言ったように、アクロイド氏は十時十五分まえには生きていたんですよ。これは、あなたも認めるでしょう？」

ポワロは、ちょっと相手を見まもっていたが、やがて、ちらと微笑をうかべて首を振った。

「私は証明されないかぎり何も認めません」

「しかし、その証拠なら十分あるじゃありませんか。フロラ・アクロイドが証言しています」

「フロラ嬢がアクロイド氏に寝るまえの挨拶をしたことですか？　しかし私は日ごろから、若い娘さんの言うことは信じないことにしているんです。たとえ、どんなに美しくて魅力のある娘さんでも」

「それでは、その証言は別として、フロラ嬢がドアを開けて出てくるところをパーカーが目撃しているんですよ」

「いや、それはちがいます」ポワロの声は、とつぜん鋭さをおびてひびいた。「パーカーは、そんなものは見ていません。先日試みた、ちょっとした実験で、そのことをたしかめたのです――先生も、おぼえていらっしゃるでしょう？　パーカーが見たのは、フロラ嬢がノブに手をかけてドアの外に立っているところだけなのです。お嬢さんが部屋から出てくるところを見たわけではありません」

「だが、それならフロラ嬢は書斎以外のどこにいたとおっしゃるんですか」

「おそらく階段でしょう」

「階段？」

「そうですよ――これが私のちょっとした思いつきなんです」

「しかし、あの階段はアクロイド氏の寝室にしか通じていないはずですよ」

「そのとおりです」

警部は、なおもポワロの顔をみつめていた。

「あなたはフロラ嬢は伯父さんの寝室へ行っていたとお考えなんですね？　さよう、それならそれでもいい。しかし、それならフロラ嬢は、なぜ嘘をついたんでしょう？」

「それが問題なんですよ。彼女がそこでなにをしたかということです。そうでしょう？」

「あなたがおっしゃるのは――金のことですね？　まさか例の四十ポンドを盗んだのがフロラ嬢だとおっしゃるんじゃないでしょうね？」

「私はなにも言ってはいませんよ」ポワロは言った。「ただ、注意していただきたいのは、あの母娘にとって、生活はけっして楽ではなかったということです。勘定は請求される

——わずかな金のことで、しょっちゅうもめごとが起こる。ロジャー・アクロイドは、金に関しては、妙にうるさい人でしたからね。あのお嬢さんも、ほんのわずかなお金のことで困っていたかもしれませんよ。そういう場合に、どんなことが起こるか、考えてみてください。彼女は金を盗んで階段をおりてくる。途中までおりたとき、ホールでグラスのふれ合う音が聞こえてきた。お嬢さんは、それがなんの音か、よく知っていた——パーカーが書斎へやってくるのです。彼女としては、どんなことがあっても階段にいるところを見られてはならない。パーカーは、それを変に思って、いつまでも忘れないでしょうからね。金がなくなったことがわかったなら、パーカーはフロラ嬢が階段をおりてくるのを見たことを思い出すにきまっています。彼女は、やっとのことで書斎のドアのまえまで駆けおりた。パーカーが戸口にあらわれたとき、ドアのノブに手をかけ、ちょうどいま書斎から出てきたばかりのように見せかけた。そして最初に思いついた言葉を口に出した。つまり、その晩、宵のうちにロジャー・アクロイドが命じた言葉をくりかえしたのです。そして、そのまま自分の部屋へ行く階段をのぼって行った」

「なるほど。しかし、後になったら」警部は、なおも言いはった。「フロラ嬢だって、真実を話すことが、どんなに重要か、よくわかったはずです。事件の全貌が、その一事にかかっているんですからね」

「後になると」ポワロは、突き放すように言った。「フロラ嬢としたら、ちょっと話せなくなったんですよ。最初は、単に盗難があって、警察がきているとだけしか聞かされなかったんですからね。そこで、当然彼女は、あの金のことが発覚したのだと思いこんだわけです。そして彼女は、あくまで自分のつくり話を押し通そうと考えました。やがて、伯父が殺されたことを知って、彼女は気も転倒する思いでした。近頃の若い娘は、よほどのことがないかぎり、気をうしなうようなことはありませんよ。そしてフロラ嬢は、あくまで自分のつくり話を押し通すか、それともすべてを告白するかというところまで追いつめられました。しかし、若くて美しい娘さんというものは、自分をどろぼうだとは白状したがらないものです。とりわけ好意をもってもらいたい人たちのまえではね」

ラグラン警部は拳骨《げんこつ》でテーブルをどんと叩いた。

「私には信じられません。信じられないことです。それで、あなたは——あなたは、まえからそう考えておられたのですか?」

「その可能性は最初から私の心のなかにありました。まえから私はフロラ嬢がなにかかくしていると思っていたんです。そこで、自分でたしかめるために、シェパード先生に立ち会っていただいて、さっきお話しした、ちょっとした実験をやってみたのです」

「でも、あなたはあのとき、パーカーをためしてみるのだとおっしゃいましたよ」私は、とがめるように言った。

「それはですね」とポワロは弁解するように言った。「あのときも申しあげたように、なにか言わなければ格好がつかなかったからですよ」

　警部は立ちあがった。

「そうすると、とるべき道は、一つしかない。これからすぐあの娘をつかまえることです。あなたもいっしょにアクロイド家まできてくださるでしょうね？」

「まいりましょう。シェパード先生、車へ乗せてくださいますね？」

　私は、よろこんで承知した。

　フロラ嬢に面会を求めると、私たちは撞球室へ案内された。フロラとヘクター・ブラント少佐が窓ぎわの長椅子に腰をおろしていた。

「おはようございます、フロラさん」警部が声をかけた。「実はあなたに内々でお話ししたいことがあるんですが」

　ブラント少佐は、すぐに立ちあがって、戸口のほうへ行った。

「どんなお話でございましょう？」フロラは神経質にききかえした。「行かないでくださいな、ブラント少佐。少佐にいていただいてもかまわないでしょう？」警部のほうをふりかえって彼女はたずねた。

「それはご随意です」警部は、そっけなく言った。「しかし、職務上、一つ二つおたずねしたいことがあるんですが、内々でおたずねしたほうが、お嬢さんのためにもいいんじゃないかと思いましてね」

フロラは、きっと相手をみつめた。顔が蒼白になるのが見えた。彼女は、ふりかえってブラント少佐に言った。

「わたしは、あなたにいていただきたいのです――お願いですわ――本気でお願いするんです。警部さんが、どんなことをおたずねになるにしても、あなたに聞いていただきたいのでございます」

ラグラン警部は肩をすくめた。

「あなたのほうでお望みなら、こちらに異存はありませんよ。ところで、お嬢さん、ポワロさんは私に、あることを暗示してくれました。ポワロさんの意見は、こういうことなんです。あの金曜日の夜、あなたは書斎には行かなかった。アクロイド氏にも会わなかったし、寝るまえの挨拶もしなかった。書斎にいたのではなく、アクロイド氏の寝室に通じる階段を途中までおりてきたところだった。そのときパーカーがホールを歩いてくる音を聞いた――」

フロラの視線がポワロに移った。ポワロは彼女にうなずいてみせた。

「お嬢さん、先日、みんなでテーブルをかこんで話をしたとき、私には、なにもかくさずにうち明けてくださるようにとお願いしましたね。ポワロおじさんには、なにをかくしても、けっきょくはさぐり出されてしまう、とも申しました。そのとおりだったんでしょう？　あなたが話しやすいようにしてあげましょう。あなたはお金を取りましたね？」

「お金を？」ブラント少佐が、鋭く口をはさんだ。

それから沈黙が、すくなくとも一分間ほどつづいた。

やがてフロラは気をとり直して言いはじめた。

「ポワロさんのおっしゃるとおりです。わたしはあのお金を取りました。盗んだのです。わたしはどろぼうです――ありふれた、いやしいどろぼうですわ。これでみなさんも、おわかりになったでしょう？　わたし、事実が明るみへ出て、気が軽くなりました。この数日間というもの、わたしにとっては、まったく悪夢のようでございました」彼女は、とつぜん腰をおろすと、両手で顔をおおった。その指のあいだから、かすれた声で語りつづけた。「わたしたちが、この家へきてから、どんなみじめな生活をしてきたか、みなさんにはおわかりにならないでしょう。なにもかも足りないものだらけで、それを手に入れようとたくらみ、嘘をつき、ひとをだまし、借金はどんどんかさむのに、支払いの約束はのびるばかり――思い出すだけでも、いやになります。ラルフとわたしを結びつけたのも、そんなことが原因でした。二人とも気が弱かったのです。わたしはラルフの気持を理解し、気の毒に思っていました。なぜなら、裏を返せば、わたしだって同じだったからです。わたしたちは、どちらも一人で生きていけるほど強くはなかったのです。弱くて、みじめで、卑しい人間だったのです」

彼女はブラント少佐を見あげて、とつぜん足を踏み鳴らした。

「なぜそんな目でわたしをごらんになりますの——まるで、わたしの言うことが信じられないとでもいうように。わたしは、どろぼうかもしれません——でも、ともかくいまは真実のわたしですわ。もう嘘をつかなくてもいいのです。あなたのお気に召すような、若くて、むじゃきで、単純な娘のふりをしなくてもすむのです。あなたが、もう二度とわたしの顔なんか見たくないとお思いになっても、すこしもかまいません。わたしは自分を憎んでいるんですもの。自分を軽蔑しているんですもの。でも、信じていただきたいことが一つございます。それは、もし真実を語るのがラルフのためになるのでしたら、わたしは、すすんで真実を告白していただろうということです。でも、わたしは、真実を言えば、かえってラルフの不利になるだろう、かえって彼の嫌疑が深まるだろうと思いました。自分の嘘を押しとおして彼を不利にしようと思ったのではございません」

「ラルフか」ブラント少佐は言った。「いつもラルフのことばかりですね」

「あなたにはおわかりにならないんですわ」フロラは、うらめしそうに言った。「わかろうとなさらないんですわ」

彼女は警部のほうをふり向いた。

「わたしは、すべてを認めます。お金のことで、どうにもならなくなっていたのです。わたしは、あの晩、夕食のテーブルをはなれてから、一度も伯父には会っておりません。お金のことについては、どうぞお好きなようにおはからいください。どうころんでも現在より悪くなるはずはないんですから」

彼女は、とつぜん、ふたたび気持が挫け、両手で顔をおおって部屋から走り出た。

「そうか」警部は気が抜けたような口調で言った。「やはり、そうだったのか」

これからさきどうしたらよいか、警部は途方に暮れているようだった。

ブラント少佐が進み出た。

「ラグラン警部」と彼はおちついた口調で言った。「あの金は私がアクロイド氏から、ある特別の使途があってもらったものです。フロラさんとは、なんの関係もありません。フロラさんが、自分が盗んだように言ったのは、ペイトン大尉をかばうために嘘をついたんです。私が申しあげることが事実です。いつでも証人席に立って宣誓します」

少佐は、唐突に頭をさげると、いきなりくるりと向うをむいて部屋を出て行った。

ポワロは、すぐさま少佐のあとを追いかけて、ホールで少佐をつかまえた。

「少佐――おさしつかえなかったら、ちょっとお待ちください」

「なんですか？」

ブラント少佐は、あきらかにいらいらしていた。彼は立ったまま眉をしかめてポワロを見おろした。

「私が言いたいのは」ポワロは早口に言った。「私はあなたのおとぎばなしにはだまされないということです。ほんとうです。金をとったのは、まちがいなくフロラさんです。それはともかく、あなたのおっしゃることは、実に巧みな発想で――すっかり気に入りましたよ。フロラさんをかばおうとするあなたの精神は、まことに見上げたものです。あなたは、すばやく考え、すばやく行動するお人だ」

「私は、あなたのご意見なんか、すこしも興味がありません」ブラント少佐は冷ややかに答えた。

そして、ふたたび行きかけたが、ポワロは、いささかも気をわるくしたようすがなく、少佐の腕に手をかけて引きとめた。

「いや、私の話をお聞きになっても、ご損はないと思いますよ。もっと話したいことがあるのです。先日私は、みなさんがそれぞれなにかをかくしていると申しました。そのとおりで、あなたにしても、なにかをかくしておいでになることが、ずっとまえから私にはわかっていたのです。フロラさんのことですよ。あなたはフロラさんを心から愛していらっしゃる。一目フロラさんを見た瞬間から――ちがいますか？　いや、こんなことを申したからといって、気になさらないでください。イギリスの人たちは、どうして恋愛を、まるで不名誉な秘密のように思うんでしょうね？　あなたはフロラさんを愛していらっしゃる。そして、いつも、そのことを、できるだけ世間からかくそうとしていらっしゃる。それもけっこうです。そうあるべきかもしれません。けれども、このエルキュール・ポワロの忠告をお聞きになったほうがいいと思いますよ。そのお気持を、フロラさん自身には、かくしてはいけません」

　ポワロが話しているあいだ、ブラント少佐は何度もがまんしきれないようなようすを示したが、この最後の言葉は、彼の注意をひいたらしかった。

「それはどういう意味ですか？」少佐は鋭くたずねた。

「あなたは、フロラさんがラルフ・ペイトン大尉を愛していると考えていらっしゃるが、しかし、このエルキュール・ポワロは、そうではないと申しあげます。フロラさんは、伯父さんをよろこばせるためにペイトン大尉との婚約をうけ入れたのです。また、ラルフとの結婚を、率直に言って耐えがたいものになってきていたこの家での生活から脱け出す手段と考えたのです。フロラさんはラルフに好意を抱いていたし、二人のあいだには共感も理解もあったでしょう。しかし恋愛感情ということになると、それは否《ノー》です。フロラさんが愛しているのはペイトン大尉ではありません」

「いったい、それはどういう意味ですか？」ブラント少佐はたずねた。

　陽《ひ》やけしたその顔の皮膚の下が赤らむのを私は見た。

「あなたは盲目だったのですよ、少佐。盲目だったのです。フロラさんは、義理がたいひとです。ラルフ・ペイトンに嫌疑がかかっているあいだは、フロラさんは名誉にかけても、彼を守らないわけにはいかなかったのです」

　私は、いまこそ、このほほえましい仕事に口添えする時機だと思った。

「このあいだの晩、私の姉も言っていましたよ」と私は少佐を元気づけるために言った。「フロラはラルフ・ペイトンのことなど爪の垢《あか》ほども愛していないし、これからさきも愛することはないだろうって。姉の意見は、こういうことにかけては、まちがったことがないんです」

ブラント少佐は私のせっかくの努力を無視して、ポワロに向かって言った。

「あなたは、ほんとうにそう思い――」彼は言いかけてやめた。

彼は思っていることをうまく言いあらわすことのできない、いわゆる口下手な人間なのだ。

ポワロは、そんな口下手な人間がいるなどとは知らないようだった。

「私の申したことを疑わしいとお思いなら、フロラさんに直接きいていただきたい。それとも、まだ――さっきの金の問題に――こだわっていらっしゃるんですか？」

ブラント少佐は怒ったような笑い方をした。

「私が、あんなことくらいで彼女を悪く思うとお思いですか？　ロジャーという男は、昔から、金のこととなると、妙にうるさい男でしたよ。彼女は、そんなに困っていながら、ロジャーにうちあけることができなかったんです。かわいそうな娘さんです。気の毒な、ひとりぼっちの娘さんです」

ポワロは思いやり深い目で、横手のドアを見やった。

「フロラさんは庭のほうへ出て行かれたようです」ポワロはつぶやいた。

「私にはまったく、なにも見えていませんでした」ブラント少佐は、とつぜん言った。「私たちはこれまで、まるでデンマークの芝居みたいに、的はずれなことばかり話していました。それにしても、あなたは実に信頼できる方ですね、ポワロさん。感謝します」

彼はポワロの手をとって、ポワロが痛さに顔をしかめるほどつよく握りしめた。少佐は、それから横手のドアのほうへ大股に歩いて行き、庭へ出て行った。

「なにも見えていなかった、か」ポワロは痛む手をさすりながらつぶやいた。「なるほど、そうかもしれないな――恋は盲目というから」

20　ミス・ラッセル

ラグラン警部は、すっかり打撃をうけていた。警部も、われわれと同様、ブラント少佐の騎士道的な嘘にだまされはしなかったが、村へもどる道々、警部はぐちばかりこぼしていた。

「これでなにもかも狂ってしまった。ポワロさん、あなたはまえからこのことに気がついていたんですか？」

「そうです、こんなことだろうと思っていましたよ」ポワロは答えた。「かなりまえから、こんなことじゃないかと考えていたんです」

このことを、ほんの三十分ほどまえにはじめて知らされたばかりのラグラン警部は、情けない顔をしてポワロをみつめ、それから自分の意見をしゃべりはじめた。

「すると、アリバイの問題ですが、みんな役に立たなくなりましたね。もう一度やり直さなければなりません。九時三十分以後、なにをしていたか、それを調べなければならない。九時三十分——これが重要な時刻になりましたね。ケントについては、まさしくあなたのおっしゃるとおりでした。まだあの男を釈放しないでおきましょう。ところで、九時四十五分に『犬と口笛』にいたとすると、走れば十五分で行ける距離ですね。アクロイド氏と話しているのをレイモンド君が聞いたというのは、ケントの声だということもありうるわけだ——金の無心をしてアクロイド氏にことわられた男ですよ。ただ、一つだけ、はっきりしていることがある。電話をかけたのはケントではないということです。駅は反対の方向に半マイルも離れているし、『犬と口笛』からは一マイル半以上もある。しかも、ケントは十時十分ごろまで『犬と口笛』にいたんです。いまいましい電話ですな。いつも電話のところで壁に突き当たってしまうんです」

「そうですね」ポワロも言った。「まったく不思議ですよ」

「ペイトン大尉が窓から忍びこんで、アクロイド氏が殺されているのを発見したとすると、電話をかけたのは大尉だということも考えられますな。びっくりして、自分に嫌疑がかかると思って逃げたということもありうるわけだ」

「しかし、なぜ電話をかける必要があったのでしょう?」とポワロは言った。「アクロイド氏が本当に死んでいたのかどうかたしかめたかったのかもしれませんね。医者には、できるだけ早く診《み》せたいが、しかし自分は巻き添えになりたくないというわけです。どうですか、この説はかなり筋道が立っているでしょう?」

警部は得意そうに胸を張った。手ばなしによろこんでいて、われわれがそれ以上なにを言ったところで、とても聞き入れそうもなかった。

このとき私たちは家についた。ながいあいだ患者を待たせておいたので、いそいで私は診察室にはいり、ポワロは警部といっしょに警察署へ行った。

最後の患者を帰してしまうと、私は作業場と称している奥の小さな部屋へとじこもった。私は自分でつくった手製のラジオが自慢だった。姉のカロラインは、この作業場がきらいだった。いろんな道具類がおいてあるので、私は、女中のアニイが箒《ほうき》と塵取りで部屋を荒らすのを禁じていた。時間がまったく狂っているというので家のものから見放されていた目ざまし時計を修理していると、ドアが開いてカロラインが顔を出した。

「まあ、やっぱりここにいたのね、ジェイムズ」姉は困ったものだという顔をした。「ポワロさんがあなたに会いたいそうよ」

「そうですか」私は、すこし不機嫌に言った。姉がいきなりはいってきたので、びっくりして細かい機械の部品をとり落としてしまったからだ。「会いたいというんなら、ここへ通してください」

「こんなところへ？」

「そうです――ここへですよ」

カロラインは不服そうに鼻を鳴らして引きかえして行った。そして、まもなくポワロを案内してくると、ドアを叩きつけるようにしめて、また引っこんでしまった。

「やあ、先生」ポワロは両手をもみ合わせながらはいってきた。「まだ私は、そうやすやすと退散しませんよ」

「ラグラン警部のほうの用事はおすみですか？」

「さし当たってはね。ところで、先生のほうは、患者さんの診察はすんだんですか？」

「すみました」

ポワロは腰をおろして、卵形の頭を一方にかしげ、なにかすばらしい冗談でも味わうように私を眺めた。

「先生、おまちがいじゃありませんか？」やがて彼は言った。「診察していただく患者がまだ一人残っていますよ」

「まさかあなたでは？」私はびっくりして叫んだ。

「いや、私じゃありませんよ、もちろん《ビヤン・ナンタンデュ》。私は、すばらしく健康です。実を言えば、これは私のちょっとした、たくらみなんですよ。ある人物に会いたいのです――しかし、村じゅうに協力していただく必要はありません――その人物が私の家を訪ねるところを見られたら、たちまち村じゅうの興味の的になるでしょう――なにしろ相手はご婦人ですからね。しかし、先生のところなら、その婦人は、まえに一度、患者としてここへきたことがありますからね」

「ミス・ラッセルですね？」私は叫んだ。

「そのとおりです《プレシゼマン》。あの婦人と、いろいろ話しあいたいことがあるので、手紙をとどけて、先生の診察室へくるように言ってやったんです。おさしつかえないでしょうね？」

「さしつかえどころか大歓迎ですよ」私は答えた。「というのは、私もその会談に立ち会わせていただけると仮定してのことですがね」

「それは当然ですよ。先生の診察室なんですから」

「とにかく」私は持っていたヤットコを投げ出しながら言った。「全体が、実に興味をそそられる事件ですね。新しく展開するたびに、万華鏡のように事件の様相がすっかり一変するんですからね。ところで、あなたは、なぜそんなにミス・ラッセルにお会いになりたいんですか？」

ポワロは眉をあげた。

「それこそ明白じゃありませんか」ポワロはつぶやくように言った。

「そら、またはじまりましたね」私は不平そうに言った。「あなたは明白だとおっしゃる。しかし、いつも私は霧のなかをうろついているんですよ」

ポワロは首を振って、にこやかに私を見た。

「からかってはいけませんよ。フロラ嬢の一件にしたってそうです。警部は、あんなにびっくりしていました――ところが、先生は――いっこうにおどろかなかったじゃありませんか」

「私だって彼女が盗みをはたらいたとは夢にも思っていませんでしたよ」私は抗議した。

「それはそうかもしれません。しかし、あのとき私は先生のお顔を見ていましたが、先生は、ラグラン警部みたいに、びっくりしたり、信じられないようなようすは見せませんでしたよ」

私は、ちょっと考えこんだ。

「おそらく、あなたのおっしゃるとおりだったでしょう。私は、ずっとまえから、フロラがなにかをかくしていると思っていました。ですから、事実が明らかになったとき、潜在意識的にそういうことを予期していたのかもしれません。それにしても、ラグラン警部は、ずいぶんびっくりしていたようですね」

「そう《アー》、そうでした《プール・サ・ウィ》ね。気の毒に警部は、これまでの考えを、すっかりまとめ直さなければならないわけですからね。私は警部の気持が混乱しているのにつけこんで、頼みを一つ承知させましたよ」

「どんなことですか？」

ポワロはポケットから、なにか書いてあるノートの切れ端をとり出して、声に出して読みあげた。

「警察当局は、ここ数日来、去る金曜日に悲惨な死をとげたファーンリー荘のアクロイド氏の甥、ラルフ・ペイトン大尉の行方を捜索中であったが、ペイトン大尉はアメリカへ高飛びの直前、リヴァプールにおいて逮捕された」

ポワロは、ふたたび紙片を折りたたんだ。

「これは明日の朝の各新聞に出る予定です」

私はあきれて彼をみつめた。

「しかし――そんなことはありませんよ。彼はリヴァプールにはいないんですから」

ポワロは笑いながら私を見た。

「あなたの頭の回転は、実に早いですね。そのとおり、彼がリヴァプールで発見されたなんて嘘ですよ。この記事を新聞に発表すると言ったら、ラグラン警部は、ひどく反対しましたよ。その理由を私が説明しないもんですから、なおさら反対しました。しかし、これが新聞に出ると、非常におもしろい結果が見られるし、どんなことがあっても、警部には、けっして責任を負わせないという条件つきで、ようやく納得してもらったのです」

私はポワロをみつめた。ポウロは微笑を返した。

「どうも私にはわかりません」やがて私は言った。「そんなことをして、どういう結果が得られるとお思いなんですか？」

「そこのところは、あなたの小さな灰色の脳細胞をはたらかせなくちゃいけませんね」ポワロは、しかつめらしく言った。

そして、立ちあがって、私の仕事台のところへきた。

「あなたはほんとうに機械いじりがお好きなようですね」あちこちに散らばっている私の労作を見まわしながら彼は言った。

誰にしても、なにか道楽があるものだ。私はさっそく自分で組み立てた手製のラジオをポワロに見せた。彼が興味をもったらしいので、私はさらに自分で考案したものを二つ三つ見せた。つまらないものだが、家庭では便利な発明品だ。

「たしかにあなたは医者よりも発明家になられたほうがよかったようですね。おや、呼鈴の音がしましたよ——患者さんがきたようです。診察室へまいりましょう」

まえにも私は、この家政婦の顔にいまなお名残をとどめているその美しさにうたれたことがある。この朝、あらためて私はそれを感じた。黒い服を簡素に着こなし、背がすらりと高くて、あいかわらず胸を張ってしっかりものらしい風采を見せ、黒い大きな瞳を輝かせ、いつもは蒼ざめた頬に、珍しく紅を刷いたそのすがたには、若いころはさだめし美人だったにちがいないと思わせるものがあった。

「おはようございます、マドモワゼル」とポワロは声をかけた。「どうぞおかけください。シェパード先生のご厚意で、この診察室を使わせていただけることになりましたので、ここですこしばかりお話ししたいと思います」

ミス・ラッセルは、いつものようにおちついた態度で腰をおろした。心のなかでは、あるいは不安を感じていたのかもしれないが、それは、表面にはすこしもあらわれていなかった。

「こう申しあげてはなんでございますけれど、こんなふうにお目にかかるなんて、ちょっと変でございますわね」彼女は言った。

「ラッセルさん、あなたにお知らせしたいことがあるんですよ」

「まあ、なんでございましょう？」

「チャールズ・ケントがリヴァプールで逮捕されたのです」

彼女は眉の毛ひとつ動かさなかった。ただ、目をわずかに見ひらき、いくらか挑戦するように反問しただけだった。

「それで、それがどうだとおっしゃるんでございますか？」

だが、その瞬間、私には、はっと思い当たることがあった――つまりチャールズ・ケントの挑戦するような態度と、なにかしら似たものがあるように思っていたのだが、ようやくそれがはっきりしたのだ。声も、一方は粗野で下卑ているし、一方は、わざとらしいほど上品だが、声の質は奇妙なほど似ていた。あの夜、ファーンリー荘の門の外で、誰かを思い出させる声だと思ったのは、このミス・ラッセルの声だったのだ。

私は、この発見に心をおどらせて、ポワロのほうを見た。すると彼は、それとわからない程度にうなずいてみせた。ミス・ラッセルの反問に答えるかわりに、ポワロは、いかにもフランス流に両手を開いてみせた。

「あなたが興味をもたれるだろうと思ったんですよ。それだけのことです」ポワロは、おだやかに言った。

「さあ、わたしはべつに興味ございませんわ」とミス・ラッセルは言った。「そのチャールズ・ケントというのは、どういう人間ですか？」

「殺人事件の夜、ファーンリー荘を訪ねた男です」

「そうですか」

「さいわいなことに、その男にはアリバイがあるんです。十時十五分まえに、ここから一マイル離れた居酒屋にいたんです」

「それはようございましたわね」ミス・ラッセルは、ひとごとのように言った。

「しかし、その男がファーンリー荘でなにをしていたのか、私たちにはまだわからないのです――たとえば、誰に会いに行ったのか――」

「それでしたら、わたしは、なんのお役にも立たないんじゃないかと思いますわ」家政婦は、ていねいに言った。「わたしの耳には、なんの噂もはいっておりませんから。ご用件というのが、それだけでございましたら――」

彼女は立ちあがりそうなそぶりを見せた。ポワロは、それをひきとめた。

「まだすっかり終わってはいません」さりげなく彼は言った。「けさ、新しい事実がわかったんです。アクロイド氏が殺されたのは、十時十五分前ではなく、それ以前らしいということです。シェパード先生が帰られた九時十分まえから十時十五分まえまでのあいだなのです」

ミス・ラッセルの顔から、さっと血の気がひいて、蒼白になるのを、私は見た。彼女は前へ乗り出したが、からだが、ひどく揺れていた。

「でも、フロラお嬢さまが――フロラお嬢さまがおっしゃいましたわ――」

「フロラ嬢は嘘をついていたことを自白なさいました。お嬢さんは、あの夜、一度も書斎にはいらなかったのです」

「すると――?」

「すると、われわれが探していた人物は、チャールズ・ケントではあるまいかということになります。彼は、ちょうどその時刻にファーンリー荘へきて、そこでなにをしていたのか、全然説明できないとすると――」

「そのことなら、わたしが説明できます。その男は、アクロイドさまの髪の毛一本にも手を触れていません――書斎の近くにさえ行っておりません。その男がやったのではありません。それはわたしが保証します」

ミス・ラッセルは前にのめりそうになった。鉄のような自制心も、ついに崩れてしまったのだ。顔には恐怖と絶望の色があらわれていた。

「ポワロさま……ポワロさま……おお、どうぞわたしを信じてくださいまし」

ポワロは立ちあがって彼女に近づいた。そして、安心させるように肩のあたりを軽く叩いた。

「信じますよ。信じますとも。ただ、あなたには、事実をすっかり話していただかなければなりません」

一瞬、疑惑の色が彼女の顔をかすめた。

「あなたのおっしゃったことは、ほんとうなのでしょうか?」

「チャールズ・ケントが容疑者だということですか? そうです。ほんとうですよ。あの男を救うことができるのは、あなたしかおりません。彼があの夜ファーンリー荘へきた理由を話してくだされば、それでいいんです」

「わたしに会いにきたのでございます」彼女は低い声で早口に言った。「わたしは彼に会うために外へ出て――」

「離れ家でお会いになったんですね？　それは私も知っています」

「どうしてご存じなのですか？」

「マドモワゼル、いろいろなことを知るのがエルキュール・ポワロの仕事なのです。あなたが、あの晩早く出て行って、何時にそこへ行くからと書いた手紙を離れ家へおいてきたことも知っています」

「そのとおりですわ。ケントから手紙がきて――ファーンリー荘へくると言ってまいりました。しかし、わたしは家へきてもらいたくなかったので、彼が知らせてよこした宛先へ手紙を出して、離れ家で会うことにしました。そして道順を教えてやったのです。しかし、おとなしく待っていてくれないと困ると思いまして、いそいで離れ家へ走って行って、九時十分ごろには行くからと書いた紙片をおいてきたのでございます。そのときわたしは、召使たちに見られたくなかったので、客間の窓から抜け出しました。そして、もどってきたとき、シェパード先生にお会いしたのでございます。離れ家から走ってきて息をきらしていましたから、きっと先生は変にお思いになっただろうと思いました。先生が、その夜、夕食においでになるとは、わたしは夢にも知らなかったのでございます」

ミス・ラッセルは言葉を切った。

「それから？」ポワロはうながした。「九時十分すぎに彼にお会いになったんですね？

それで、あなたがたは、どんな話をなさいましたか？」

「それが申しあげにくいことなのです。と申しますのは――」

「マドモワゼル」ポワロは口をはさんだ。「私はすべての事実を知らなくてはならないのです。あなたがお話しになることをこの四つの壁から外へ洩らすようなことは、けっしていたしません。シェパード先生も秘密を守ってくださるでしょうし、私も守ります。いいですか、私はあなたのお力になりたいと思っているのですよ。チャールズ・ケントは、あなたの息子さんですね？」

彼女はうなずいた。頬が赤く染まった。

「これは誰も知らない秘密でございます。むかし――ずっと遠いむかし、わたしがケント州にいたころのことでございます。わたしは結婚しておりませんでした」

「それで州の名を息子さんの苗字になさったのですね？」

「わたしは働きに出ました。そして、あの子の養育費を稼ぎました。わたしが母親だということは、絶対にうち明けませんでした。そのうちに、あの子は不良になり、お酒を飲み、やがて麻薬を用いるようになりました。そこで、旅費をあたえてカナダへやりました。一、二年ほど音信がありませんでした。ところが、そのうちに、どうしたわけか、わたしが母親であることを知ってしまいました。手紙で金の無心をしてきました。ついには、イギリスへもどったという便りをよこし、ファーンリー荘へ会いにくると申してまいりました。

しかし、わたしとしては、あの子を家へ迎えるわけにはまいりません。わたしは、つねづねみんなから素行の正しい女だと思われてきたのです。もし、そんなことが明るみに出たら——家政婦としてのわたしの地位は、おしまいでございます。そこで、ただいまお話ししたように、あの子に手紙を出したのでございます」

「それで、つぎの朝、シェパード先生のところへおいでになったんですね？」

「なにか麻薬から救う方法はないかと思ったからでございます。あの子は、麻薬を用いるようになるまでは、そんなに悪い子ではありませんでした」

「なるほど」ポワロは言った。「では、話をつづけましょう。それでケントは、あの夜、離れ家へきたんですね？」

「はい、わたしが行きますと、もうさきにきて待っておりました。息子は、たいへん下品に、粗暴にふるまいました。わたしは手許にあったお金を全部持って行ってやりました。それから、ちょっと話しただけで、すぐにあの子は帰って行きました」

「それは何時ごろでしたか？」

「九時二十分から二十五分のあいだだったとぞんじます。家へもどりましたとき、まだ三十分にはなっておりませんでした」

「ケントは、どの道から帰りましたか？」

「きたときと同じように、門番小屋の門の内側で車道といっしょになるあの小道をとおって、まっすぐ帰って行きました」

ポワロは、うなずいた。

「それから、あなたはどうなさいました？」

「そのまま家へもどりました。ブラント少佐が煙草をふかしながら、テラスをぶらぶら歩いておられたので、わたしは、まわり道をして、横の入口からはいりました。それが、いまお話ししたように、ちょうど九時三十分でございました」

ポワロは、ふたたびうなずいた。そして小さな手帳になにやら二、三書きこんだ。

「それで全部ですね？」彼は同情するように言った。

「わたし――」と言いかけて彼女はためらった。「わたし、このことをラグラン警部にもすっかりお話ししなければならないのでしょうか？」

「あるいは、そういうことになるかもしれません。しかし、急ぐことはないでしょう。きちんと順序と方法をととのえて、ゆっくり考えることにいたしましょう。チャールズ・ケントは、まだ正式に殺人犯として告発されたわけではありません。成行きによっては、その必要がなくなるかもしれません」

ミス・ラッセルは立ちあがった。

「ありがとうございました、ポワロさん。いろいろとご親切に――ほんとうにご親切にしていただきまして――。あなたは、わたしの話を信じてくださいますわね？　チャールズが、あの怖ろしい殺人事件と、なんの関係もないことを」

「九時三十分に書斎でアクロイド氏と話をしていた男が、あなたの息子さんではないということは、ほぼまちがいないようですね。勇気をお出しなさい、マドモワゼル。やがては万事よくなりますよ」

ミス・ラッセルは帰って行った。あとはポワロと私だけになった。

「やはりそうだったんですね」私は言った。「こうなると、またしても私たちが帰着するのはラルフ・ペイトンということになりますね。それにしても、あなたはどうして、チャールズ・ケントが会いにきた相手をミス・ラッセルだと目星をつけたんですか？　二人が似ていることに気がついたんですか？」

「私はケントと実際に会うずっと以前から、ミス・ラッセルと例の謎の男を結びつけて考えていました。あの鵞鳥の羽根を見つけたときからです。鵞鳥の羽根は麻薬を連想させます。そこで、ミス・ラッセルが先生を訪ねて麻薬の話をしたということを思い出しました。そつづいて、あの朝の新聞にコカインについての記事が出ていたことを発見したのです。それで、すべてがはっきりしたように思われました。ミス・ラッセルは、あの朝、誰か麻薬常用者から手紙をもらい、新聞でその記事を読み、先生を訪ねて、二、三、さぐりの質問をしてみたのです。新聞の記事がコカインに関するものだったので、彼女はコカインのことを持ち出したんです。ところが、先生が意外なほどそれに興味を示されたので、急いで話題を推理小説や検出できない毒薬のことに切りかえたのです。私は、彼女に、息子か兄弟か、あるいは好ましくない親戚でもいるのだろうと見当をつけました。ところで、そろそろおいとましなければなりません。もう昼食の時間です」

「私のところで、いっしょに食事をなさってはいかがですか？」

ポワロは首を振った。彼の目のなかに、かすかに光が閃いた。

「きょうはご遠慮しましょう、カロラインさんを、二日もつづけて菜食主義者にするのはお気の毒ですからね」

エルキュール・ポワロにかかっては、なにもかもお見通しなのだ、と私は考えた。

21 新聞記事

もちろんカロラインは、ミス・ラッセルが診察室へきたことを見のがさなかった。私も、そのことは予期していたので、ミス・ラッセルの膝の病気について、まことしやかな説明を用意しておいた。しかし、カロラインは、反対訊問をするような気分になっていなかった。姉の意見によると、ラッセルがきょう訪ねてきた真実の理由を、姉は知っているが、私は知らないのだそうだ。

「あなたからさぐり出そうとしているのよ、ジェイムズ」とカロラインは言った。「臆面もなく、あなたからさぐり出そうとしているんだわ。それにきまっているわ。まあ、黙って、わたしの言うことを聞きなさいよ。あの女が、そういうつもりでいることすら、あなたは気がつかなかったんでしょう？　男なんて単純ですからね。あの女は、あなたがポワロさんからいろいろと話を聞いているのを知っているものだから、それを聞き出そうと思っているんだわ。わたしがいま何を考えているか、あなたにわかる、ジェイムズ？」

「まるっきり見当もつきませんよ。なにしろ姉さんときたら、突拍子もないことを、しょっちゅう考えてるんだから」

「皮肉を言ってもだめよ。ミス・ラッセルは、アクロイドさんの死について、いろんなことを知っていると思うわ」

カロラインは得意そうに椅子の背にもたれた。

「ほんとうにそう思うの？」私は気のない返事をした。

「きょうは、ひどくぼんやりしているのね、ジェイムズ。まるで元気がないわ。きっと肝臓のせいだわ」

そのあとの私たちの会話は、まったく個人的な問題に関するものだった。

ポワロが指示した記事は、予定どおり、つぎの朝の新聞に出た。この記事の目的は私には皆目わからなかったが、カロラインにおよぼした影響は、たいへんなものだった。

姉はまず、これまでそんなことを口にしたことは一度もないくせに、自分はずっと以前からそんなことだろうと言っていたのだと主張しはじめた。私は眉をあげただけで、別になにも言わなかった。すると、カロラインは、さすがに多少気がとがめたらしく、こんなことをつけ加えた。

「それはわたしは、はっきりリヴァプールとは言わなかったかもしれないわ。でも、アメリカへ高飛びしようとしていたことは、わかっていたわ。毒殺魔のクリッペンも、やはりアメリカへ逃げようとしたのよ」

「しかし、クリッペンは成功しなかったね」

「かわいそうにつかまってしまったわ。わたしはね、ジェイムズ、ラルフを絞首台から救うのは、あなたの務めだと思うわ」

「ぼくにどうしろというんですか？」

「だって、あなたはお医者さんじゃありませんか。そしてラルフを子供の時分から知っているんですもの。犯行について、ラルフは精神薄弱者だから責任がないと、はっきり言えばいいのよ。このあいだ読んだばかりだけれど、ブロードムーアの精神病院では、患者はみんな、とてもしあわせに暮らしているんですって――まるで高級クラブみたいだということよ」

しかし、カロラインの言葉は、私に、まったく別のことを思い出させた。

「ポワロに精神薄弱の甥がいるなんて、ぼくは全然知らなかったよ」私は好奇心から言ってみた。

「知らなかったの？　わたしには、すっかり話してくださったわ。ほんとにお気の毒ね。家族の人たちにとっては、たいへんな悲しみの種だわ。これまでは家においていたけれど、だんだんひどくなるので、そのうちどこかの施設に入れなければならなくなるだろうって言っておられたわ」

「姉さんは、ポワロの家族のことでは、知るべきことは、ほとんど知りつくしてしまったようですね」私は腹立ちまぎれに言った。

「ほとんどね」カロラインは平然として答えた。「人間って、自分の悩みをすっかり誰かにうちあけてしまうと、とても気が軽くなるものだわ」

「そうかもしれませんね」と私は言った。「自分のほうからその気になってうちあける場合にはね。しかし、むりやり秘密をほじくり出されるのを、よろこぶかどうか、これは別問題ですね」

そう言われても、カロラインは、キリスト教の受難者が受難を楽しんでいるようなようすで、私を見ているだけだった。

「あなたって、ほんとうにしゃべらない人ね、ジェイムズ」姉は言った。「誰かにうちあけ話をしたり、自分の知っていることを洩らしたりするのが大きらいなんだわ。そして、ほかの人も自分と同じでなくちゃいけないと思っているんだわ。わたしは他人のないしょごとをほじくり出したことはありませんよ。たとえば、ポワロさんが、きょうの午後うちへおいでになると言っておられたけれど、わたしは、けさ早くお宅を訪ねたのは誰かとたずねようなんて、すこしも思っていませんからね」

「けさ早くだって？」私はききかえした。

「ええ、とっても早くよ。牛乳屋がくるまえだったわ。わたしは、なんの気もなく窓から外を見ていたのよ。ブラインドが風に揺れていたのでね——男の人だったわ。箱型の自動車できたんだけれど、外套の襟を立てていたので顔は全然見えなかったわ。でも、わたしの見当を話せば、あなたにもすぐわかると思うわ」

「姉さんの見当というのは？」

カロラインは意味ありげに声を落とした。

「内務省の鑑識課の人だわ」姉は、ささやくように言った。

「内務省の鑑識課？」私はびっくりした。「まさか、姉さん」

「まあ、黙ってききなさいよ、ジェイムズ、そのうち、わたしの言ったことがほんとうだとわかるから。あの朝、ラッセルという女がここへきたのは、あなたの毒薬がお目あてなのよ。食べものに毒を入れて、ロジャー・アクロイドを殺すことくらい、わけのない話だわ」

私は声をあげて笑った。

「じょうだんじゃない。アクロイドは頸部を刺されたんですよ。そのことは、姉さんだって知っているじゃありませんか」

「死んだあとで、死因をごまかすために、刺したのかもしれないわ」

「姉さん」私は言った。「ぼくは死体を調べたんですよ。だから自分の言っていることには責任をもちます。あの傷は死後加えられたものではありません――死因はあの短剣の傷です。これについては疑問の余地がありません」

カロラインが、なんでも知っているといったような目で、なおも私を見ているので、私はしゃくにさわって言葉をつづけた。「姉さん、ぼくはいったい医師の免許をもっているのかどうか、それを聞かしてもらいたいね」

「たぶんもっていると思うわ、ジェイムズ――すくなくとも、医師の免許をもっているらしいことは知っているという意味よ。でも、あなたは想像力というものを、まるっきりもっていないわ」

「姉さんに三人分とられてしまったので、ぼくの分はなくなってしまったんですよ」私は、不機嫌に言った。

その日の午後、ポワロが約束どおり訪ねてきたとき、私は興味をもってカロラインの作戦ぶりを見ていた。姉は、例の早朝の訪問者について、直接問いただそうとはせず、考えられるかぎりのあらゆる方法で、遠まわしにさぐり出そうとしていた。ポワロの目の光で、私は彼がカロラインの意図を見抜いていることを知った。ポワロは、ものやわらかに、そのくせぬらりくらりとカロラインの質問を受け流すので、さすがの姉も、攻めあぐねていた。ポワロは、このゲームを静かにたのしんでいたらしいが、やがて立ちあがると、散歩に出ようと私をさそった。

「眠りすぎたので、すこし体重を減らす必要があるんですよ」とポワロは説明した。「ごいっしょにいかがですか、先生。たぶんあとでカロラインさんがお茶をご馳走してくださるでしょう」

「お待ちしておりますわ」カロラインは言った。「それで――あの――お宅のお客さまもごいっしょにいかがですか？」

「ご厚意はありがたいですが、友人は、いま休んでいますので。いずれ近いうちにお引合せしたいと思います」

「たいへん古くからのお友だちだそうでございますわね。誰かがそんなこと申しておりましたわ」カロラインは最後の努力を振りしぼって言った。

「そんなことを言っていますか？」ポワロはつぶやくように言った。「さあ、それじゃ出かけましょうか」

われわれの足は、いつしかファーンリー荘のほうへ向かっていた。私は前からそんなことだろうと察していた。ポワロのやりかたが、私にもわかりかけてきた。一見関係のなさそうな小さなことが、いずれも全体とつながりがあるのだ。

「先生、ひとつお願いがあるのですが」ポワロは、やがて言った。「今夜、私の家で、ちょっとした会議を開きたいのです。先生も出席してくださるでしょうね？」

「出席します」

「ありがとう。それから、ファーンリー荘の人たちも全部――セシル・アクロイド夫人、フロラさん、ブラント少佐、レイモンド君にも出席していただきたいのですが、先生からお話し願えませんでしょうか？　集まりは九時ということにしましょう。みなさんに伝えていただきたいんですが、いかがでしょう？」

「よろこんで伝えましょう――しかし、なぜご自分でお話しにならないんですか？」

「私が行きますと、みなさんから、いろいろ質問が出るからです。なぜかとか、どういう目的かとか、みなさん、私の考えを聞こうとなさるでしょう。ご承知のように、私は、その時になるまでは、自分のちょっとした思いつきを発表するのがいやなんですよ」

私は軽く笑った。

「前にお話ししたことのある友人のヘイスティングズは、私のことを、いつも人間牡蠣《かき》だと言っていました。しかし、それは不当な見方です。事実については、私は、けっしてかくしたりはしません。ただ、その事実をどう解釈するかは、人によってそれぞれちがうわけです」

「ところで、いまのことは、いつアクロイド家へ伝えればいいんですか？」

「よろしければ、いますぐがいいですね。アクロイド家は、すぐそこですから」

「あなたは家へおはいりにならないんですか？」

「いや、私はそのへんをぶらぶらしています。そして十五分後に門番小屋の木戸のところで落ち合いましょう」

私はうなずいて、役目をはたしに出かけた。家にいたのはセシル・アクロイド夫人だけで、一人で早目のお茶を飲んでいた。夫人は愛想よく私を迎えた。

「先生、ほんとにありがとうございました」夫人は言った。「ポワロさんとのあの問題を解決してくだすって、ほんとに感謝しております。でも、世の中って、どうしてこうつぎつぎと心配ごとが起こるのでございましょう。先生はフロラのことはもうお聞きでございましょうね？」

「どんなことですか？」私は用心深くたずねた。

「こんどの婚約のことですわ。フロラとヘクター・ブラント少佐との。もちろんラルフとちがって似合いの相手というわけにはまいりません。でも、幸福ということが、なによりも大切でございますからね。フロラに必要なのは、しっかりした、頼りになる年上の方ですわ。その点、ヘクター少佐は、あの人なりに立派な人物ですからね。ラルフがつかまったというけさの新聞記事、ごらんになりましたか？」

「ええ、見ましたよ」

「おそろしいことですわ」夫人は目をつぶって身ぶるいした。「ジェフリー・レイモンドがリヴァプールへ電話をかけたりして、たいへんな騒ぎでしたわ。でも、リヴァプールの警察では、なにも話してくれないんですよ。ラルフなんて男を逮捕した覚えはないって警察では申すんでございますよ。レイモンドさんも、まちがいだろう――ほら、なんて申しましたかね――『誤報』――誤報だろうって言っていますわ。わたし、召使たちには、あの記事の話をしてはいけないと申しわたしておきましたわ。ひどい不名誉なことでございますもの。フロラがもしラルフと結婚していたら、どんなことになっていたでしょう」

夫人は苦痛に耐えきれないように目を閉じた。私は、こんな調子では、いつになったらポワロの伝言をつたえることができるだろうとあやぶみはじめた。

私が用件を切り出す前に、夫人は、またしゃべりはじめた。

「先生は昨日ここへ、あのいやらしいラグラン警部といっしょにお見えになりましたわね？　あのラグランというのは、なんてひどい男でしょう。フロラをおどかして、ロジャーの部屋からお金をとったと言わせたりして。ほんとうは、とり立てていうほどのことじゃありませんのよ。フロラは、すこしばかりお金を借りたいと思ったんですけれど、ロジャーから、じゃまをしないようにとかたく言いわたされていたものですから、じゃまをしては悪いと思ったんですわ。でも、ロジャーがお金をしまっておく場所は知っていたので、自分で行って入用なだけ借りてきただけの話ですわ」

「フロラさんが、そう言っていらっしゃるんですか？」

「先生だって、近ごろの若い娘の気質は、ごぞんじでございましょう？　すぐ暗示にかかるんですわ。先生は、もちろん、催眠術とか、そういったものは、よくごぞんじですわね？　警部が、盗んだ盗んだと何度もくりかえしわめき立てるものですから、かわいそうにあの娘は、すっかり抑圧されて——抑圧ではなく、強迫観念というんでしょうか？——わたし、このふたつの言葉を、いつもごっちゃにしてしまって——自分でほんとうにお金を盗んだように思いこんでしまったんですわ。わたしは、あのときすぐに、そう見ぬきましたわ。でも、別の意味では、わたし、この誤解そのものには、感謝しても感謝しきれない気持なんでございますよ。だって、そのおかげで、あの二人——フロラとブラント少佐が結ばれることになったんですものね。正直に申して、わたしは、まえには、フロラのことを、とても心配しておりましたのよ。一時は、フロラとレイモンドとのあいだに、なにか諒解ができかかっているんじゃないかと、本気で心配したこともございます。考えてもごらんあそばせ、もしそんなことにでもなったら！」夫人の声は、興奮して、かん高くなった。「秘書なんかと——財産もない一文なしの秘書なんかと！」

「奥さんにとっては、たいへんな打撃でしょうね」と私は言った。「ところで、奥さん、エルキュール・ポワロ氏からの伝言があるんですが」

「わたしにですか？」

夫人は、ひどくびっくりしたようだった。

夫人の気持をしずめるために、私はいそいでポワロの伝言を説明した。

「承知いたしました」夫人は心配そうな口調で言った。「ポワロさんがそうおっしゃるんなら、伺わなければなりますまい。でも、いったいどういうご用件なんでしょう？　まえもってそれを知っておきたいと思いますわ」

私自身も夫人同様なにも知らないと正直にうちあけた。

「わかりましたわ」夫人は、しぶしぶながら、ようやく承知した。「それでは、ほかの人たちにもわたしから話して、九時に伺いますわ」

そこで私は別れを告げ、約束した場所でポワロと落ち合った。

「お約束の十五分より、だいぶ長くかかってしまったようですね」私は弁解した。「なにしろ、あの夫人がいったんしゃべり出したら、途中で口をはさむのが、じつにむずかしいですからね」

「いや、かまいませんよ」ポワロは言った。「私は私で結構楽しみましたからね。この猟園は、じつにすばらしいですね」

私たちは帰途についた。家につくと、おどろいたことに、どうやら私たちの帰りを見張っていたらしく、カロラインが自分で玄関のドアを開けた。

カロラインは唇に指を当てた。その顔には、もったいぶった表情と興奮とがあふれていた。

「アーシュラ・ボーンがきてるんです」とカロラインは言った。「あのアクロイド家の小間使ですよ。あの娘がきてるんです。食堂へ通しておきましたわ。かわいそうに、ひどくとり乱していますわ。ポワロさんに、ぜひお目にかかりたいと言っています。わたし、熱いお茶を飲ませたりして、できるだけ元気をつけてやりました。誰だって、あんな姿を見たら、同情したくなりますわ」

「食堂ですか？」ポワロがたずねた。

「どうぞ」私はそう言って食堂のドアを開けた。

アーシュラ・ボーンはテーブルの前に腰をおろしていた。両腕をテーブルの上にのばし、いままで、その腕のあいだに顔を埋めていたらしく、あきらかに、いま顔をあげたところだった。泣いていたと見えて目が赤くなっていた。

「アーシュラ・ボーンか！」私はつぶやいた。

ポワロは私のわきを通りぬけ、両手をさしのべて彼女に近づいた。

「いや、それは正しい呼び方ではないようです。アーシュラ・ボーンではなくて、アーシュラ・ペイトンでしょう。そうですね、ラルフ・ペイトン夫人？」

22 アーシュラの話

しばらくのあいだ、アーシュラは黙ってポワロをみつめていた。それから、大きく一つうなずくと、急に自制心をうしなったらしく、しくしく泣きだした。

カロラインは私を押しのけ、アーシュラの背に腕をまわして、肩を軽く叩いた。「さあ、さあ」姉は、なだめるように言った。「万事よくなりますよ。お待ちなさい——なにもかも、すっかりよくなりますからね」

好奇心と醜聞漁《あさ》りの陰にかくれているが、カロラインには、やさしい気持も十分あるのだ。ちょっとのあいだ、アーシュラの悲嘆に暮れるすがたに心を奪われて、ポワロが洩らしたおどろくべき新事実の興味すら、カロラインの注意をひかなかった。

間もなくアーシュラはすわり直して、涙を拭いた。

「わたしは、ほんとに弱虫でばかですわ」彼女はつぶやいた。

「いや、いや」ポワロは、やさしく言った。「この一週間、あなたがどんなにつらい思いをしたか、よくわかっていますよ」

「さぞつらかったでしょう」私も言った。

「ポワロさんは、すっかりごぞんじでしたのね？」とアーシュラは言った。「どうしてわかったのでございますか？　ラルフからお聞きになりましたの？」

ポワロは首を振った。

「わたしが今夜こちらへ伺ったわけは、ごぞんじでございましょう？」彼女は言葉をつづけた。

「これでございます――」

アーシュラは、しわくちゃになった一枚の新聞をさし出した。そこにはポワロが掲載させた記事が出ていた。

「ラルフが逮捕されたと書いてございます。こうなっては、なにをやってもむだでございますわ。これ以上、かくしておく必要もございません」

「新聞記事だからといって、かならずしも事実とはかぎりませんよ」ポワロは、後ろめたい気持になったらしく、低い声で言った。「ともかく、事実をうちあけてくださるというのは、けっこうなことです。いま私どもが求めているのは事実なんですから」

アーシュラは、疑わしそうにポワロをみつめて、ためらっていた。

「私を信用なさらないようですね」ポワロは、おだやかに言った。「しかし、私に会うために、わざわざここまでおいでになったんでしょう？　それじゃ、なぜおいでになったんですか？」

「わたしはラルフが人殺しをしたとは信じないからでございます」アーシュラは低い声で、ささやくように言った。「それに、あなたは賢明なお方だから、ほんとうのことをさぐり出してくださると思ったからでございます。それに――」

「それに？」

「あなたはご親切な方だと思ったからでございます」

ポワロは何度もうなずいてみせた。

「なるほど――いや、けっこうです。私も、あなたのご主人が潔白であることを心から信じていますよ。ところが、事態は不利なほうへ不利なほうへと進んで行きます。もしご主人を助けたいと思うなら、私は知るべきことを全部知らなければなりません――たとえ、そのためにラルフ君の立場がますます不利になるように見えても」

「ほんとによく理解してくださいますのね」アーシュラは言った。

「それでは、はじめから、なにもかも話してくださいますね？」

するとカロラインは肘掛椅子に体を沈めて言った。

「わたしもここにいてかまわないでしょう？　わたしが知りたいのは、このひとがどうして小間使などに身をやつしていたかということなんです」

「身をやつした？」私はききとがめた。

「そうよ、なぜそんなことをしたの？　お給金のため？」

「生活のためですわ」アーシュラは冷ややかに答えた。

そして、それに力づけられたかのように、アーシュラは身の上話をはじめた。その話を、私自身の言葉に直して書きとめることにしよう。

アーシュラ・ボーンはアイルランドの古い貧乏な家柄に生まれ、七人家族の一人だった。父の死後、娘たちは、それぞれ社会に出て、自分で生計を立てなければならなかった。アーシュラの一番上の姉はフォリオット大尉と結婚した。私があの日曜日に会ったのは、この長姉で、私の訪問を迷惑がっていた理由も、いまにして思えば、理解できるような気がする。アーシュラは、自活の決心はしたものの、身につけた技術のない世の娘たちのように保母になるのは気がすすまなかった。保母というのは、職業の訓練をうけない若い娘が一番簡単にありつける仕事の一つなのだ。そこでアーシュラは小間使という職業を選んだ。しかし彼女は「お嬢さん小間使」といわれるのを好まなかった。ほんとうの小間使になりたいと考え、長姉に頼んで、フォリオット家に奉公していたという証明書を書いてもらった。アクロイド家では、これまで述べたように、ほかの仲間ともつきあわず、とかくの批評を受けたが、小間使としては満点だった。仕事が早く、気がきいていて、ていねいだった。

「わたしは楽しくはたらきました」と彼女は言った。「それに、自由な時間も十分ございました」

そのうちにラルフ・ペイトンと会い、二人の恋愛は秘密の結婚にまで進んだ。彼女は、あまり気がすすまなかったが、継父は一文なしの娘と結婚することを承知しないにきまっている、それよりも、秘密に結婚して、あとでもっといい時機を見はからってうちあけたほうがいい、そう言ってラルフが強引に説き伏せたのだ。

こうして二人は秘密に結婚式をあげ、アーシュラ・ボーンはアーシュラ・ペイトンとなった。ラルフは、借金をすっかり片づけ、仕事を見つけ、彼女を養えるだけの地位について、継父から独立できるようになったら結婚のことをうちあけるつもりだ、と言っていた。しかし、ラルフ・ペイトンのような人間にとって、新しい生活にはいるということは、口で言うのはやさしいが、なかなか実行できるものではなかった。彼は、結婚の件を秘密にしたまま、継父に頼めば、借金も払ってもらえるだろうし、世の中へ出られるだろうと思った。しかし、借金の額をうちあけると、ロジャー・アクロイドは、ひどく怒って、一切の助力を拒絶した。何か月かすぎて、ラルフは、ふたたびアクロイド家へ呼ばれた。ロジャー・アクロイドは相手の意向をさぐってから話を進めるような人間ではなかった。彼はラルフとフロラとの結婚を心から望んでいたので、そのことをいきなりラルフに話した。

ここで、ラルフ・ペイトンの性格の弱さが顔を出した。例によって彼は、もっとも安易な、手っとり早い解決法にとびついた。私の知りえたかぎりでは、フロラもラルフも、愛しあっているようなようすは見せなかったようだ。それは、どちらにとっても事務的な取引にすぎなかった。ロジャー・アクロイドが自分勝手な希望を押しつけ、二人がそれに同意しただけのことだった。フロラは、自由と金と生活の拡大のために、これを受けいれたのだし、ラルフにはラルフなりの思惑《おもわく》があった。彼は経済的に窮地におちいっていたので、そこから脱出する手段として、この機会をつかんだのだ。借金も払ってもらえるだろう。白紙にかえって再出発できるだろう。彼は将来を見通せるような性格の人間ではなかった。フロラとの結婚も、私の見るところでは、適当な期間がすぎたら自然と解消すればいいぐらいに漠然と考えていたのではないかと思う。フロラもラルフも、婚約のことは、さし当たり秘密にしておくことを約束した。ラルフは、このことをアーシュラにかくしておこうと心をくばった。強くて、はっきりしていて、不誠実な行為を生まれつき嫌悪する彼女の性格として、こういう行為をよろこばないことを、彼は本能的に感じていたのだ。

そこへ、のっぴきならない事態が生じた。日ごろから高圧的なロジャー・アクロイドが、とつぜん婚約を発表することにきめたのだ。アクロイドは、その意向をラルフには伝えなかった。フロラにだけ話したのだが、もともとこの結婚をどうでもよいと思っていたので、フロラは別に反対もしなかった。しかし、アーシュラにとっては、この発表は、青天の霹靂《へきれき》だった。アーシュラに呼び出されて、ラルフは急いでロンドンから戻ってきた。二人は森のなかで会った。そのときの会話の一部を私は姉から聞かされたわけだ。ラルフは、しばらくのあいだ黙っていてくれと懇願した。一方アーシュラは、これ以上二人の仲を秘密にしておくのはいやだと言い張った。そして、これ以上ひき延ばさずに、すぐに事実を、アクロイド氏にうちあける、と言った。こうして夫と妻は喧嘩別れをした。

いったん決心したら一歩もあとへ引かないアーシュラは、その日の午後、さっそくロジャー・アクロイドに面会を求めて事実をうちあけた。それは暴風のような会見だった。もしロジャー・アクロイドが、そのとき自分自身の心配ごとに心を奪われていなかったら、この会見は、もっと猛烈なものとなったにちがいない。しかし、それでも、かなり猛烈なものだった。アクロイドは、自分を裏切った人間をゆるすような男ではなかった。彼の怒りは主としてラルフに向けられたが、彼はアーシュラを金持の息子を計画的にたぶらかそうとした女とみなしていたので、彼女もその怒りの分け前をうけた。双方から聞くに耐えないような言葉がやりとりされた。

その晩、アーシュラはラルフと離れ家で会う約束だったので、横手のドアから家をぬけ出して会いに行った。この会見は双方からの非難の投げ合いに終わった。ラルフはアーシュラに、時機もわきまえずに話をぶちまけたから、自分の前途は、とりかえしがつかないほどめちゃめちゃになった、といって責めた。アーシュラはラルフの裏切りを非難した。

そのまま二人は別れた。それから三十分あまりのちに、ロジャー・アクロイドの死体が発見されたのだ。その夜以来、アーシュラは、ラルフと会ってもいないし、便りも聞かなかった。

話がすすむにつれ、ラルフにとって、不利な事実が、つぎつぎとあらわれてくるのに、私はびっくりした。アクロイドが生きていたら、おそらく遺言状を書きかえたにちがいない。私はアクロイドのことをよく知っているが、彼なら、そのことをまず一番に考えたにちがいないと思うのだ。ラルフとアーシュラにとって、アクロイドは、実にうまいときに死んでくれたわけだ。アーシュラが事件以来口を閉じて、あくまで秘密を守り通したのも、むりからぬことなのだ。

ふと私の瞑想はポワロの声で破られた。その声の調子の重々しさから、彼もまた、情勢のむずかしさを十分感じていることがわかった。

「アーシュラさん、あなたにおたずねしたいことがありますが、ぜひ正直に答えてくださらなければいけません。その答に、すべてがかかっているのですから。あの離れ家でラルフ・ペイトン大尉と別れたのは何時でしたか？　よく考えてから正確に答えてください」

アーシュラは笑いに似た表情をうかべたが、その表情には、あきらかに心の苦しみがこもっていた。

「わたしがそのことを心のなかで一度も考えたことがないとお思いでしょうか？　わたしが彼に会いに家を出ましたのは、ちょうど九時半でございました。テラスにはブラント少佐が歩いていらっしゃいましたので、わたしは、見とがめられないように、植込みを抜けて行かなければなりませんでした。離れ家へついたのは、十時二十七分まえくらいだったと思います。ラルフはさきにきて、待っておりました。彼といっしょにおりましたのは十分ほどで――それ以上長くはなかったと思います。と申しますのは、家へもどりましたのが、ちょうど十時十五分まえだったからでございます」

このあいだ彼女がしつこく時刻のことをたずねた理由が、いまになって私にもわかった。もしアクロイドの殺されたのが十時十五分まえで、それ以後でなかったことが証明されれば、ラルフの疑いは晴れるわけだ。

ポワロがつぎのように質問したので、私は、やはりポワロも同じことを考えていることを知った。

「さきに離れ家を出たのはどちらですか?」

「わたしでございます」

「ラルフ・ペイトンを離れ家に残してきたんですね?」

「はい――でも、まさか、あなたは――」

「マドモワゼル、私がどう考えるかなどということは、どうでもよいことです。家へもどってから、あなたはどうしましたか?」

「自分の部屋へまいりました」

「それで、いつまで部屋におりましたか?」

「十時ごろまでおりました」

「誰かそのことを証明してくれる人がいますか？」

「証明？　わたしが自分の部屋にいたことをでございますか？　いいえ、でも――ああ――わかりましたわ――すると、このわたしに疑いが――わたしに疑いが――」

やっと事情がわかったらしく、彼女の目に恐怖の色がひろがるのが見えた。

ポワロは彼女が言いかけた言葉を補足した。

「窓から忍びこんで椅子に腰かけているアクロイド氏を刺したのは、あなただという疑いですか？　さよう、そんなふうに考える人がいるかもしれませんね」

「そんなことを考えるのは、よほどのばかものですわ」とカロラインが憤然として口を出した。

そしてアーシュラの肩を軽く叩いた。

アーシュラは両手に顔を埋めていた。

「おそろしいことですわ」彼女はつぶやいた。「おそろしいことですわ」

カロラインは、彼女をやさしくゆすった。

「心配することはありませんよ」カロラインは言った。「ポワロさんだって、本気でそう考えていらっしゃるわけじゃありませんからね。でも、正直に言いますが、あなたのご主人のラルフのことは、あまり心配してあげる気になれませんわ。自分だけ逃げて、あなた一人にこんな苦労をさせるなんて」

しかしアーシュラは、はげしく首を振った。

「いいえ、それはちがいますわ。ラルフは自分の都合で逃げたのではございません。いまになって、やっとわたしにもわかったのです。ラルフは、アクロイドさまが殺されたと聞いて、わたしが殺したのだと思いこんだのかもしれませんわ」

「ラルフは、そんなふうに考えるような男じゃありませんよ」カロラインは言った。

「あの晩、わたしは彼に、とてもひどく当たりました。残酷な、いやなことばかり言いました。あの人が言おうとすることには、まるで耳もかさず、あの人がほんとうにわたしのことを心配しているなんて、信じようともしませんでした。突っ立ったまま、あの人のことをどう思っているかを話し、思いつくまま、冷たい、残酷なことを言いました――あの人の心を傷つけたかったのでございます」

「あの男が傷つくなんてことはありませんよ」カロラインは言った。「男になんか、どんなことを言ったって、かまうもんですか。男は、うぬぼれが強いから、どんな悪口を言われても、本気で言われているとは思わないんですよ」

アーシュラは、いらいらと手を握り合わせたり、ほどいたりしながら言葉をつづけた。

「殺人事件が起こっても、ラルフが姿をあらわさないので、わたしは、とても気をもみました。ちょっと、もしかしたらとも思いましたけれど、でも、すぐに、あの人にはそんなことはできないと思い直しました。でも、あの人が進んで出てきて、殺人事件なんかに関係がないことを、みんなの前で言ってもらいたいと思いました。あの人がシェパード先生に好意をもっているのを、わたしは知っていましたので、もしかすると、先生は、あの人のかくれ場所を知っていらっしゃるかもしれないとも考えました」

アーシュラは私のほうを向いた。

「それであの日、先生に、あんなことを申しあげたのでございます。もし先生が彼の居場所を知っていらっしゃるなら、わたしの言葉を伝えていただこうと思ったのでございます」

「私が？」

「ジェイムズがラルフの居場所を知ってるはずはないじゃありませんか？」カロラインが鋭い口調で言った。

「そんなはずはないとは思いましたけれど」とアーシュラは言った。「でも、ラルフはよくシェパード先生のことを話していましたし、キングズ・アボット村で一番親しいお友だちといえば、先生だろうと思ったものですから」

「アーシュラさん」と私は言った。「いまラルフ・ペイトンがどこにいるか、私には、すこしも心当たりがないんですよ」

「たしかにそのとおりです」とポワロが言った。

「でも――」アーシュラは言って例の新聞をさし出した。

「ああ、それですか、それはでたらめ《バガテル》ですよ」ポワロは、いくらか後ろめたそうに言った。「つまらないこと《リャン・デュ・トゥー》です。ラルフ・ペイトンが逮捕されたなんて私は信じませんよ」

「でも、それなら――」アーシュラが言いかけた。

ポワロは早口にさきをつづけた。

「知りたいことが、一つだけあります――あの夜、ペイトン大尉は、短靴をはいていましたか、それとも編上げ靴でしたか？」

アーシュラは首を横に振った。

「さあ、おぼえておりませんわ」

「それは残念です。しかし、それもむりはありませんね。それでは、奥さん」ポワロは首をかしげ、人さし指を雄弁に振りながらアーシュラにほほえみかけた。「質問は、これで終わりです。あまりご心配なさらないように。勇気を出してください。そしてエルキュール・ポワロを信頼してください」

23 ポワロの小さな集まり

「さあ」とカロラインは立ちあがりながら言った。「それではあなたは二階へ行って、すこしおやすみなさい。もう心配することはありませんよ。ポワロさんが、うまくはからってくれますからね――安心していらっしゃい」

「わたし、ファーンリー荘へ帰らなければなりませんわ」アーシュラは、ためらいながら言った。

しかしカロラインは、握った手に力を入れて、アーシュラの抗議を沈黙させた。

「なにをいうんです。ここしばらくは、この家にいるんです。ともかく当分わたしがあずかります――そのほうがいいでしょう、ポワロさん?」

「それがいいですね」とポワロもそれに同意した。「今夜の私の小さな集まりには、お嬢さん――いや、失礼しました、奥さんでしたね――奥さんにも、ぜひ出席していただきたいのです。私の家で九時にはじめます。あなたに出席していただくことが、どうでも必要なんです」

カロラインはうなずいて、アーシュラをつれて部屋を出て行った。二人の背後でドアがしまった。ポワロは、ふたたび椅子に腰をおろした。

「いままでのところ、まずまず、うまくいっているようだ」ポワロはつぶやいた。「すべてが、ひとりでに解決に向かっています」

「ラルフ・ペイトンには、ますます不利になっていくようですね」私は暗い気持で言った。

ポワロはうなずいた。

「そうです。そのとおりです。しかし、それは当然予期されていたことじゃありませんか」

私は、この言葉の意味がよくのみこめなかったので、彼をみつめた。彼は椅子によりかかって、目をなかば閉じ、指さきを軽く合わせていた。ふいに、彼はため息をついて首を振った。

「どうしたんですか?」と私はたずねた。

「ときどき友人のヘイスティングズが無性《むしよう》に恋しくなるんですよ。いつかお話しした友人ですが、いまアルゼンチンに住んでいるんです。私が大きな事件に関係したときには、いつもこの友人がそばにいてくれました。そして私を助けてくれたのです——そうです、とてもよく助けてくれました。というのは、この友人は、表面にあらわれない真相をさぐりあてるこつを身につけていたのです。もちろん、自分ではそれと気づかずにね。どうかすると、突拍子もないことを言い出すんですが、その突拍子もないことが、私に真相を教えてくれるのです。それから、この男はまた、興味のある事件を、いちいち記録にとる習慣がありましてね」

私は照れたように軽く咳払いをした。

「そのことでは、じつは私も——」と私は言いかけてやめた。

ポワロは椅子のなかでからだを起こした。目が輝いていた。

「なんですって？　なにをおっしゃろうとしたんですか？」

「じつは私もヘイスティングズ大尉の書かれたものを読んだことがありますので、自分でも真似ごとみたいなものをやってみようと思ったのです。なにしろ珍しい機会で——こういう種類の事件に関係するのは、おそらく二度とないだろうと思いますし——記録にとらずにおくのは、いかにも残念だと思いまして——」

　こんなことを、しどろもどろに言っているうちに、だんだん混乱してきて、いっそうしどろもどろになるのを感じた。

　ポワロは椅子からはね起きた。一瞬、彼がフランス流に抱きついてくるのではないかと思って恐怖を感じたが、いいあんばいに、それだけは遠慮してくれた。

「それはすばらしい——では、事件が進むにつれて、それについてのあなたの印象をお書きになったんですね？」

　私はうなずいた。

「それはすばらしいですね《エパタン》」ポワロは叫んだ。「ぜひ拝見したいものです——いますぐ見せてください」

　しかし、私のほうには、そんな突然の要求に応じる心構えができていなかった。私は、ある細かい部分を思い出そうと、脳味噌《のうみそ》をしぼった。

「しかし、気にしないでいただきたいんですが」私は、どもりながら言った。「すこしばかり――その――ところどころ個人的なことに触れた部分があるかもしれませんので」

「いや、すこしもかまいませんよ。ときどき私のことを喜劇的にお書きになったんでしょう――ときどき滑稽なことをやらかす人間としてね。しかし、ちっともかまいませんよ。ヘイスティングズだって、いつも礼儀正しいとはかぎりませんでしたからね。私は、そういうことには、すこしも拘泥《こうでい》しません」

まだいくらかためらいながらも、私は机のひきだしをかきまわして、雑然と積み重ねた原稿の束をとり出してポワロに渡した。将来、あるいは出版する機会があるかもしれないと思って、いくつもの章に分けて書いておいたが、昨夜までに、ミス・ラッセルが訪ねてきたところまで書いてあった。だからポワロに渡したのは二十章までだった。

私は原稿をあずけたまま彼を残して外出した。かなり遠方の患者のところまで往診に行かなければならなかったのだ。もどると八時をすぎていた。盆には、あたたかい夕食が用意されていた。ポワロとカロラインは七時半に夕食をすませ、それからポワロは原稿を読みあげるために私の作業場へ行ったということだった。

「ねえ、ジェイムズ」と姉は言った。「あなたは、あの原稿のなかで、わたしのことは、十分気をつけて書いてくれたでしょうね？」

私は、ぽかんと口をあけた。全然そんな注意は払わなかったからだ。

「まあ、いずれにせよ、たいしたことじゃないけれどね」カロラインは私の表情を正確に読みとって言った。「ポワロさんなら、それをどう解釈したらいいか、ちゃんとわかってくださるからね。あの方は、あなたなんかより、ずっとよくわたしのことを理解していらっしゃるわ」

私は作業場へ行ってみた。ポワロは窓ぎわに腰かけていた。原稿は、すぐそばの椅子の上に、きちんと重ねてあった。彼はその原稿の上に手をおいて話しかけた。

「けっこうです《エ・ビヤン》。あなたに敬意を表しますよ——あなたの謙遜な態度に」

「いや、どうも」私は、いくらかたじたじとなって言った。

「それから、あなたの寡黙《かもく》ぶりにも敬意を表します」

「いや、どうも」私はまた同じことをくりかえした。

「ヘイスティングズは、こんなふうには書きませんでした」ポワロはつづけた。「彼の場合は、どのページにも、『私』という言葉がたくさん出てくるのです。私はどう考えたとか、私がなにをしたとか。しかし、あなたは、自分というものを、つねに背後に引っこめている。ほんの一度か二度、前面に出てきますが、それは家庭生活の場面にかぎられています」

彼の目の光を見ると、私はいくらか赤くなった。

「ほんとうのところ、これについて、どうお考えになりますか？」私は、おずおずとたずねた。

「私の率直な意見を求めるのですか？」

「そうです」

ポワロは、冗談めかした態度を改めた。

「まことに詳細かつ正確な記録です」彼は、あたたかい口調で言った。「あらゆる事実を、忠実に、正確に記録していらっしゃる——ただ、ご自分に関係のある部分は、適度に沈黙を守っておられるようですね」

「いくらか参考になりましたか？」

「さよう、かなり参考になったと申してよろしいでしょうね。さて、出かけましょうか。私の家へ行って、ちょっとしたお芝居の舞台づくりをいたしましょう」

カロラインはホールにいた。いっしょにくるようにと誘ってもらいたいようだったが、ポワロは、たくみにこの場を切り抜けた。

「あなたにも出席していただきたいのですがね、カロラインさん」ポワロは、いかにも残念そうに言った。「しかし、この際あなたが出席されるのは、あまり賢明ではないようです。というのは、今夜集まるのは、みんな容疑者ばかりだからです。そのなかから、私はアクロイド氏を殺した犯人を見つけ出すわけなんです」

「ほんとうにそう思っていらっしゃるんですか？」私は半信半疑でたずねた。

「あなたが、そう思っていらっしゃらないことはわかっています」ポワロは冷ややかに言った。「あなたはエルキュール・ポワロの真価を、まだ認めていらっしゃいませんからね」

そのときアーシュラが階段をおりてきた。

「用意はできましたか?」ポワロは言った。「それはけっこう。では、いっしょに私の家へまいりましょう。カロラインさん、あなたのご厚意に対しては、できるだけお返しをいたしますよ」

散歩においてけぼりをくわされた犬のように玄関の石段に立って見送っているカロラインを残して、私たちは出かけた。

ポワロの家の客間は、すでに用意ができていた。テーブルの上には、いろいろな飲み物やグラスがならんでいた。ビスケットの皿も出ていた。ほかの部屋から椅子が運びこまれていた。

ポワロは、あちこち動きまわって、おいてあるものを置きかえた。こちらの椅子を引っぱり出したり、あちらの電灯の位置を変えたり、ときには床に敷いた敷物の上にかがんで、しわをのばしたりした。照明には、とりわけ入念に気をくばった。椅子をならべた側に明るく光があたるようにし、ポワロ自身が座を占めるらしい一隅は暗くするように電灯を配置した。

アーシュラと私は、だまってポワロの動きを眺めていた。まもなく玄関の呼鈴が鳴った。

「みなさんが、お見えになったようです」ポワロが言った。「うまいぐあいに用意はすっかりできました」

ドアが開いて、アクロイド家の人々が揃ってはいってきた。ポワロは進み出て、セシル・アクロイド夫人とフロラに挨拶した。

「よくおいでくださいました」と彼は言った。「それに、ブラント少佐もレイモンドさんも、ようこそ——」

レイモンド秘書は、あいかわらず陽気だった。

「どういう趣向ですか、今夜は？」レイモンドは笑いながら言った。「科学機械でもすえつけたんですか？　手首にバンドをまきつけて、心臓の鼓動をはかって犯人をつきとめる機械が発明されたそうじゃありませんか」

「私も、そんな記事を読んだことがあります」ポワロは言った。「しかし私は旧式な人間ですからね。昔ながらの方法を用いますよ。小さな灰色の脳細胞をはたらかせるだけです。さて、それでは、はじめましょう——しかし、そのまえに、みなさんに、ご披露したいことがあります」

ポワロはアーシュラの手をとって一同の前に立たせた。

「このご婦人はラルフ・ペイトン夫人です。去る三月にペイトン大尉と結婚されました」

セシル・アクロイド夫人の口から小さな叫びが洩れた。

「ラルフと？　結婚したんですって？　この三月に——まあ、そんなばかなことが——。

そんなはずはありませんわ！」
夫人は、まるではじめて会う人を見るようにアーシュラをみつめた。

「ラルフがこのアーシュラ・ボーンと結婚したんですって？」夫人は言った。「ほんとうですか、ポワロさん？　わたしには信じられませんわ」

アーシュラは、まっ赤になって、なにか言いかけたが、そのとき、いちはやくフロラが機先を制した。

フロラは、すばやくアーシュラのそばへ寄り、彼女の腕に手をかけた。

「わたしたちがびっくりしたからって、気にすることはないわ」フロラは言った。「わたしたちは、そんなことは考えてもいなかったから、びっくりしたのよ。あなたもラルフもよく秘密を守っていたわね。わたし――心から祝福するわ」

「ご親切に、ありがとうございます、お嬢さま」アーシュラは低い声で言った。「お嬢さまは、どんなにお怒りになっても当然なのに。ラルフのやりかたは、ほんとうにひどいと思いますわ――とりわけお嬢さまに対して」

「そのことなら気にしなくてもいいわ」相手の腕を、なぐさめるように軽く叩きながら、フロラは言った。「ラルフは追いつめられて、あれ以外に逃げ道がなかったんですもの。わたしがラルフだったとしても、やはり同じことをしたと思うわ。ただ、でも、わたしにだけは秘密をうちあけてほしかったわ。そうすれば、わたしだって、ラルフを見すてるようなことはしなかったと思うわ」

ポワロがテーブルをコツコツと叩いて意味ありげに咳払いをした。

「会議がはじまるんだわ」フロラは言った。「ポワロさんは、わたしたちに話をやめるようにと合図していらっしゃるんだわ。でも、一つだけ聞かせてください。ラルフはどこにいますの？ ラルフの行方を知っている人がいるとすれば、それはあなただわ」

「でも、ほんとうにわたしは存じませんのよ」アーシュラは泣きそうな声で言った。「わたし、ほんとうに知らないのです」

「リヴァプールで留置されているんでしょう？」レイモンドがたずねた。「新聞にはそう出ていましたよ」

「彼はリヴァプールにはおりません」ポワロは、そっけなく言った。

「事実――」私は言った。「ラルフがどこにいるか、誰も知らないんですよ」

「エルキュール・ポワロをのぞいては――でしょう？」レイモンドが言った。

このひやかしに対して、ポワロは、大まじめに答えた。

「私は、なにもかも知っています。このことはご承知おきください」

ジェフリー・レイモンドは眉をあげた。

「何もかもですって？」彼は口笛を鳴らした。「ほう？ いくらなんでも、そうはいきますまい」

「ポワロさん、ほんとにあなたは、ラルフ・ペイトンがどこにかくれているか見当がついたとおっしゃるんですか？」私は信じかねてたずねた。

「あなたは見当とおっしゃるが、私は知っていると言っているんです」

「クランチェスターですか？」と私は言ってみた。

「いいえ」ポワロは重々しく答えた。「クランチェスターではありません」

ポワロは、それ以上なにも言わず、身ぶりで一同に席につくように示した。そのとき、ふたたびドアが開いて、二人の人物がはいってきてドアの近くの席に腰をおろした。パーカーと家政婦のミス・ラッセルだった。

「これで顔ぶれが全部そろいました」とポワロが言った。「一人残らず出席してくださったわけです」

彼の語調には満足そうなひびきがこもっていた。そして、そのひびきとともに、部屋の片側に集まった全員の顔に、なにか不安のようなものが、さざ波のようにかすめたのを、私は見た。この場の空気には、罠――出口をふさがれた罠を思わせるものがあった。

ポワロは、もったいぶったようすで、手にした紙片を読みあげた。

「セシル・アクロイド夫人、フロラ・アクロイド嬢、ブラント少佐、ジェフリー・レイモンド氏、ラルフ・ペイトン夫人、ジョン・パーカー、エリザベス・ラッセル」

彼は読み終わると紙片をテーブルの上においた。

「いったいこれはどういう意味ですか？」レイモンドが言った。

「ただいま読みあげましたのは」とポワロは言った。「容疑者の名簿です。ここに出席しておられる方は、みなそれぞれアクロイド氏を殺す機会をもっていました」

セシル・アクロイド夫人は、叫び声とともに、いきなり立ちあがって、咽喉をふるわせた。

「わたしはいやです。いやですわ。わたしは帰らせていただきます」

「お帰しするわけにはまいりませんよ、奥さん」ポワロは、きびしく言った。「私が申しあげることを全部聞いていただくまでは、お帰しできません」

ポワロは、ちょっと間をおいて、それから咳ばらいをした。

「まず事件の最初から申しあげます。私はフロラさんから、この事件の調査を依頼されて、シェパード先生といっしょにアクロイド家へまいりました。先生とテラスを歩いて、窓敷居に残された足跡を見せていただきました。そこから、ラグラン警部に案内されて、車道に通じる小道を行きました。そのとき、小さな離れ家が目につきましたので、そのなかを入念に調べてみました。その結果、二つの品物を発見しました――糊のついた白麻の切れ端と、なかが空の鵞鳥の羽根です。白麻の切れ端を見て、すぐに私は女中のエプロンを思いうかべました。ラグラン警部から家族の人たちのリストを見せていただいたとき、即座に私は、召使の一人――小間使のアーシュラ・ボーンに確実なアリバイがないことに気がつきました。当人の申立てによりますと、彼女は九時三十分から十時まで自分の寝室にいたということです。しかし、そのあいだ離れ家にいたとしたら、どういうことになるでしょう？　もし、そうだとすれば、誰かに会うために離れ家へ行ったものと考えられます。ところで、シェパード先生のお話によって、当夜、外部の人間がアクロイド家へきたことを私たちは知っております。先生が門のすぐ外で会ったという謎の人物です。最初、この問題は、かんたんに解けたように思われました。その人物は、アーシュラ・ボーンに会うために離れ家へ行ったのだと考えれば。その男が離れ家へ行ったことは、落ちていた鵞鳥の羽根から推察して、まずたしかだと思われます。鵞鳥の羽根を見て、私はすぐに、麻薬常用者を思いうかべました。しかも、麻薬を用いることが、この国よりも、もっと流行している、大西洋の向う側で、そういう習慣に染まった男を。したがって、その男はアメリカからきたのだろうと考えました。シェパード先生が会われた男にはアメリカなまりがあったということですから、この仮定にぴったり合うわけです。

ところが、私は一つの点で壁につき当たりました。時間が合わないのです。アーシュラ・ボーンが離れ家へ行ったのは、たしかに九時三十分より前であるはずはありません。ところが、その男が離れ家へ行ったのは、九時ちょっとすぎです。もちろん男がそこで三十分ほど待ったということも考えられます。また、もう一つ考えられることは、その夜、あの離れ家では二組の人間が別々に会ったのではないかという仮定です。そこで、この仮定を調べてみますと、いくつか重要な事実を発見しました。家政婦のミス・ラッセルが、翌朝シェパード先生を訪ねて、麻薬常用者の治療法について非常な関心を示したという事実がわかったのです。このことを、さっきの鵞鳥の羽根と結びつけて考えますと、問題の男がファーンリー荘へきたのはアーシュラ・ボーンに会うためではなくて、家政婦のミス・ラッセルに会うためだったと想像できます。それならば、アーシュラ・ボーンのほうは誰と会うために離れ家へ行ったのか？　しかし、この疑問は、ほどなく解けました。まず私は、指環を――『Rより』という文字と日付を内側に刻みつけた結婚指環を発見しました。つぎに、ラルフ・ペイトンが、九時二十五分ごろ、離れ家へ通じる小道を歩いて行くのを見たものがいることを知りました。また、その同じ日の午後、村の近くの森のなかでかわされた会話――ラルフ・ペイトンと誰だかわからない若い女とのあいだにかわされた会話のことも聞きました。そこで私は、これらの事実を、順序を立てて配列してみました。秘密の結婚、悲劇の日に発表された婚約、森のなかのはげしい口争い、その夜の離れ家での密会。

当然の結果として、一つのことが明らかになりました。それはラルフ・ペイトンも、アーシュラ・ボーン（あるいはアーシュラ・ペイトン夫人）も、アクロイド氏殺害のきわめて強い動機をもっていたということです。ところが、ここに、もう一つ意外な点が明白になりました。それは、九時三十分にアクロイド氏と書斎にいたのは、ラルフ・ペイトンであるはずはないということです。

かくて、われわれは、この事件の、もう一つの、そしてもっとも興味ある局面に到達しました。九時三十分にアクロイド氏と書斎にいたのは誰か、ということです。ラルフ・ペイトンではありません。その時刻に彼は離れ家でアーシュラと会っていたからです。チャールズ・ケントでもありません。彼はすでに帰ったあとだからです。では、いったい誰なのか？　そこで私は、もっとも賢明な――もっとも大胆な質問を提出してみました。はたしてアクロイド氏といっしょに書斎にいたものがいるのだろうか？」

ポワロは、からだを乗り出して、この最後の言葉を、勝ちほこったように一同に投げかけ、それから、決定的な打撃をあたえたかのように、ふたたび椅子の背にもたれた。

しかし、レイモンドは、べつに驚いたようすもなく、おだやかに抗議を申しこんだ。

「ポワロさん、あなたは私が嘘つきであることを証明しようとしているのかもしれませんが、アクロイドさんが誰かと話をしていたということは――言葉の内容は別として――私の証言だけが根拠じゃありませんよ。ブラント少佐も、アクロイドさんが誰かと話しているのを聞いているんです。少佐は、外のテラスにいたので、言葉はよく聞きとれなかったが、声は、たしかに聞いているんです」

ポワロは、うなずいた。

「そのことは忘れていませんよ」ポワロは、静かに言った。「しかし、ブラント少佐は、アクロイド氏が話をしていた相手はあなただと思っておられたんです」

レイモンドは、一瞬あっけにとられたようだったが、やがて落ちつきをとりもどして言った。

「そのとおりです」

「しかし、いまはブラント少佐も、それがまちがいだったことを認めています」

「それにしても、少佐がそう思ったからには、なにか理由がなければなりません」ポワロは考えながら言った。それから、「あ、いや！」と、手をあげて相手をおさえた。「あなたがどんな理由をあげようとしておられるか、私にはわかっています——しかし、それだけで十分ではないのです。もっと別の理由をさがさなければなりません。私はこう考えるんです。この事件の最初から、私は一つのことに気がつきました——それはレイモンドさんが聞いたという言葉の性質です。誰ひとり、その点にふれないのを、——誰も変に思わないのを、私は不思議に思いました」

ポワロは、ちょっと言葉を切った。それから静かな声で、そのときのアクロイドの言葉を引用した。

「『……最近は、はなはだ出費が多いので、せっかくのお申出でながら、ご期待にそうことは……』この言葉を変だと思いませんか？」

「私はそうは思いませんね」レイモンドは言った。「アクロイドさんは、よく私に手紙を口述筆記させましたが、いまの言葉とほとんど同じような言葉をよく使いましたよ」

「そこですよ」ポワロは叫んだ。「私が求めていたのは、その点なんです。人と対談する場合に、こんな言葉づかいをする人がいるでしょうか？　この言葉が、ほんとの会話の一部分だとは、とても考えられません。そこで、もし、アクロイド氏が手紙の口述をしていたのだとすると――」

「それでは、アクロイド氏が声に出して手紙を読んでいたとおっしゃるんですか？」レイモンドはゆっくりと言った。「それにしたところで、誰かに向かって読んできかせていたのではありませんか？」

「なぜですか？　あのとき書斎に誰かがいたという証拠はないんですよ。アクロイド氏の声のほかは誰の声も聞こえなかったんですよ」

「たしかに、こういう種類の手紙を、ひとりで声に出して読む人はないでしょうね――気でも狂っていないかぎり」

「みなさんは、一つのことを忘れているようです」ポワロは、おだやかに言った。「その前の水曜日に、一人の男がこの家へ訪ねてきたことです」

一同はポワロをみつめた。

「そうなのです」ポワロは大きくうなずきながら言った。「水曜日ですよ。その若い男は、それ自身としては、たいして重要ではありません。しかし、その男の代表している会社が私の興味をそそったのです」

「録音器会社ですね？」レイモンドは、はっとしたように言った。「わかりました。録音器でしょう？　あなたはそれを考えておられるんですね？」

ポワロはうなずいた。

「あなたもおぼえていらっしゃると思いますが、アクロイド氏は録音器を買う約束をしました。私は好奇心から、その会社に照会してみました。その回答によると、アクロイド氏は、録音器を一台、その会社の販売人から実際に購入されたそうです。それを、なぜ秘書のあなたにかくしていたのか、それが私にはわかりませんがね」

「きっと私を、びっくりさせるつもりだったんでしょう」レイモンドはつぶやくように言った。「アクロイドさんは、よく人をびっくりさせて、子供みたいによろこんでいました。きっと、一日か二日、私にかくしておくつもりだったんでしょう。新しい玩具でも手に入れたみたいに、一人でいじくりまわしていたんでしょう。そうです、それで理屈が合いますよ。あなたのおっしゃるとおりです——ふだんの会話で、ああいう言葉を使う人は、たしかにいませんよ」

「それからまた、これで、ブラント少佐が、書斎にいたのがあなただと思った理由もわかりました」とポワロは言った。「少佐の耳にきれぎれにきこえてきたのは口述の断片だったのです。それで少佐は潜在意識的に、アクロイド氏といっしょにいるのはあなただと思いこんでしまったのです。少佐の意識上の心は、そのとき、まったく別のことに奪われていたのです、ちらと見かけた白い姿にです。それを少佐はフロラ嬢だと思われたんです。実際は、もちろん人目につかぬように離れ家に行こうとしていたアーシュラ・ボーンの白いエプロン姿だったんですがね」

レイモンドは、ようやく最初のおどろきから立ち直った。

「しかし」と彼は言った。「あなたのこの発見は、たしかにすばらしいものですが、(私なんか、とても思いつきもしないことです) どのみち本質的な線は動きませんね。アクロイドさんが録音器に吹きこんでいたとすると、九時三十分には、まだ生きていたわけですからね。チャールズ・ケントという男は、すでにその時分には、あきらかにこの邸内にはいなかったのです。ラルフ・ペイトンとなると——」

彼はためらって、ちらとアーシュラのほうを見た。

アーシュラの顔に血の気がのぼった。だが彼女はおちついて答えた。

「ラルフとわたしが別れたのは、ちょうど十時十五分まえでございました。はっきり申しあげられますが、ラルフは絶対に家へは近づいておりません、近づこうなどとは考えてもいませんでした。どんなことがあっても、お継父《とう》さまとは顔を合わせたくないと言っていましたから。ラルフは、お継父さまと会わないよう、逃げまわっていたのでございます」

「私はあなたの言葉を疑るわけではありません」レイモンドは言った。「私はペイトン大尉の潔白を確信しています。しかし法廷へ出る場合のことも――取調べのことも考えなければなりません。ペイトン大尉は、いまのところ、じつに不利な立場にあります。しかし、自分から姿をあらわしさえすれば――」

ポワロがさえぎった。

「それがあなたのご忠告なんですね？　姿をあらわすというのが」

「そうです。もしあなたが大尉の居所を知っていらっしゃるなら――」

「私が知っていることを、あなたはお信じにならないようですね。たったいま、私はすべてを知っていると申しましたのに。電話の件も、窓敷居の足跡のことも、ラルフ・ペイトンのかくれ場所のことも、私はすべての真相を知っているんですよ」

「どこにいるのですか？」ブラント少佐が鋭く言った。

「あまり遠くないところです」ポワロは小さく笑いながら言った。

「クランチェスターですか？」私はたずねた。

ポワロは私のほうをふり返った。

「あなたはいつもそればかりたずねますね。クランチェスターという考えが、あなたには固定観念《イデ・フィクス》になっているようだ。いや、クランチェスターではありません。ラルフは――ほら、あそこにいますよ！」

彼は芝居がかったようすで指さした。一同は、いっせいにそのほうをふり向いた。

ラルフ・ペイトンが入口に立っていた。

24 ラルフ・ペイトンの話

それは私にとって、きわめて不愉快な瞬間だった。それにつづいて起こったことが、私にはほとんど理解できなかった。ただおどろきの声や叫びがわき起こったのをおぼえているだけだ。私がようやく落ちつきをとりもどして、事の成行きを見きわめる余裕ができたときには、ラルフ・ペイトンは妻のそばに立ち、彼女の手をとって、部屋越しに私にほほえみかけていた。

ポワロも微笑しながら、私に向かって雄弁に指を振ってみせた。

「いかがですか、エルキュール・ポワロには、なにをかくそうとなさってもむだですと、すくなくとも三十六回は申しあげたはずです」と彼は言った。「どんな場合でも、かならず探しあてるのです」

ポワロは、ほかの人たちのほうをふり向いた。

「先日、私たちが、テーブルをかこんで、ちょっとした集まりを開いたことを、皆さんご記憶でしょうね？　あのときは六人でしたが、私は自分をのぞいた五人の方々に、それぞれなにかをかくしていらっしゃる、と非難しました。そのうち四人の方は私に秘密をうちあけてくださいました。しかしシェパード先生だけは、なにもうちあけてくださいません。しかし、その後私はずっと疑いをもっていました。シェパード先生は、あの夜、スリー・ボアーズ館へラルフを探しに行かれた。ラルフはいなかった、と先生はおっしゃいました。私は、もしかしたら先生は帰る途中、道でラルフと会われたのではないかと考えました。シェパード先生はペイトン大尉の友人です。しかも先生は、犯罪の現場からまっすぐそこへ行かれたのです。おそらく先生は、状況がラルフにとってきわめて不利であることを知っておられたにちがいない。一般の人が考える以上に、そのことを知っておられたはずです」

「そうです」私は悲しそうに言った。「いまとなっては、なにもかもはっきり申しあげましょう。私は、あの日の午後、ラルフに会いに行きました。彼は、最初のうちは、なにもうちあけてくれませんでしたが、やがて、アーシュラさんとの結婚のことや、窮地におちいったことなどを話してくれました。私は、アクロイド氏の死体が発見されると同時に、これらの事実が判明すれば、嫌疑は、かならずラルフに――あるいはラルフが愛している女性に、かかるにちがいないと思いました。その夜、私は率直にそのことをラルフに話しました。ラルフは妻に嫌疑がかかるような証言をしなければならない事態をさけるためなら、どんな犠牲でも忍ぼうと決心しました――それで――」

私はためらった。するとラルフがあとをうけて言った。

「それで逃亡することにしたんです」彼ははっきりと言った。「アーシュラは、ぼくを残して家へ戻って行きましたので、ことによると彼女はもう一度継父に会うつもりじゃないかと思いました。その日の午後、すでに継父はアーシュラに対して非常に無礼な態度をとっています。それで、ぼくは、ふと、継父が例の調子でひどくアーシュラを侮辱したので——とても我慢できないほど侮辱したので——アーシュラは、つい前後の見さかいもなく——」

彼は言葉を切った。アーシュラは彼の手をふり放して、あとずさりした。

「あなたは、そんなことを考えていたの、ラルフ？　わたしがあんなことをしたと、ほんとうにあなたは考えたの？」

「シェパード先生の許すべからざる行為に話をもどしましょう」ポワロは、冷ややかな口調で言った。「シェパード先生は、できるだけラルフを助けることに同意しました。そして、ラルフ・ペイトン大尉を警察の目からかくすことに成功したのです」

「どこへかくしたんですか？」レイモンドがたずねた。「先生の自宅へですか？」

「いや、そうではありません」ポワロは言った。「あなたも、私と同じように、ご自分で推理してみてごらんなさい。お医者さんが若い男をかくそうとする場合、どんな場所を選ぶでしょう？　当然、どこか手近なところでなければなりません。私はまずクランチェスターを考えました。ホテルか？　ちがう。下宿屋か？　いや、それは、なおまずい。では、どこか？　あれこれ考えた末、やっと思いついたのが療養所です。精神障害者の療養所です。私はこの思いつきをたしかめるために、精神病の甥をでっちあげました。そして、どこか適当な療養所はないかとカロラインさんに相談しました。カロラインさんは、シェバード先生が患者を送ったことのあるクランチェスターの近くの二つの療養所の名を教えてくれました。そこで私は、その二か所に問い合わせてみました。はたして、その一つに、土曜日の朝早く、シェパード先生ご自身で一人の若い患者を送りこんだことが判明しました。その患者は、偽名を使っていましたが、わけなくペイトン大尉であることがわかりました。私は必要な手続きをすませて、ラルフをつれ出す許可を得ました。こうしてラルフ大尉は、昨日の朝早く私の家へきたのです」

私は、みじめな気持でポワロを見あげた。

「カロラインが言った、内務省の鑑識課の役人というのは、それだったのか」私はつぶやいた。「私は、そんなこととは思いもしませんでしたよ」

「あなたの手記を拝見して、ひどく控えめだと申したわけが、これでおわかりになったでしょう？」ポワロは、つぶやくように言った。「あの手記は、書いてあるかぎりでは、非常に正確です。しかし、書いてない部分が、だいぶあるようですね」

私は、ひどく当惑して、返す言葉もなかった。

「シェパード先生は、最後まで信義を守ってくださいました」ラルフが言った。「なにかにつけて、ぼくの味方になってくださいました。先生は、一番よいと考えられることをなさったのです。しかし、それがかならずしも最良の方法ではなかったことが、いまポワロさんのお話でわかりました。ぼくは進んで姿をあらわして事態に直面すべきだったのです。しかし、療養所では新聞を読ませてくれないので、事件がどんなふうになっているのか全然わからなかったんです」

「シェパード先生は慎重そのものでした」ポワロは、そっけなく言った。「しかし私は、どんな小さな秘密でも、かならずみんな発見します。それが私の仕事なんですから」

「それでは、ラルフさん、あの夜、どんなことが起こったか、話を聞かせてくれませんか」レイモンドは、もどかしげに言った。

「みなさんがすでにご存じのとおりですよ」ラルフは言った。「ぼくとして、つけ加えることは、ほとんどありません。ぼくは九時四十五分ごろ離れ家を出て、小道をぶらぶら歩きながら、これから、どうしたらいいか——どういう方針をとったらいいか、考えをまとめようと思っていました。ぼくにアリバイがないことは認めないわけにはいきませんが、しかし、ぼくは誓って申します。ぼくは書斎へは行きませんでした。継父が生きている姿も死んでいる姿も、絶対に見ていません。世間がどう思おうと、ここにいらっしゃるみなさんにだけは、それを信じていただきたいんです」

「アリバイがないんですね？」レイモンドはつぶやいた。「それは困りましたね。私は、むろんあなたを信じています。しかし——困りましたね」

「しかし、それで事はきわめて簡単になりましたよ」ポワロは快活な調子で言った。「まったく、きわめて簡単です」

私たちは、いっせいにポワロをみつめた。

「私の申す意味は、おわかりになりますね？　おわかりにならない？　では申しましょう——ペイトン大尉を救うには、真犯人が自白すればいいのです」

ポワロは笑いながら一同を見まわした。

「そうなんです——私は言葉どおりの意味で言っているんです。ごらんのとおり、私はラグラン警部をこの席に招待しませんでした。それにはわけがあるんです。私は、自分の知っていること全部を警部に知らせたくなかったからです——すくなくとも今夜は知らせたくなかったのです」

彼は体を前に乗り出した。急に、声も態度も、がらりと変わった。突如として彼は近づきがたい人物に一変したのだ。

「みなさんに申しあげます——私はアクロイド氏を殺した犯人が現在この部屋にいることを知っています。その犯人に警告します。明日になると私は真相をラグラン警部に知らせます。おわかりになりましたか？」

息づまるような沈黙がつづいた。その最中に、例の老女中が一通の電報を盆にのせてはいってきた。ポワロは封を切った。

ブラント少佐の声が、だしぬけに沈黙を破ってひびいた。

「殺人犯人はわれわれのなかにいるとおっしゃるんですね？　それは誰ですか？」

ポワロは電報を読み終わっていた。彼はその紙片を手のなかでまるめた。

「これでわかりましたよ――」

彼は、まるめた紙片を叩いた。

「それはなんですか？」レイモンドが鋭くたずねた。

「無線電報です――アメリカに向かって航行中の汽船からきたものです」

死のような沈黙がつづいた。ポワロは立ちあがってお辞儀をした。

「紳士ならびに淑女のみなさん、本夕の私の集まりは、これで終わります。でも、お忘れにならないでください――明日の朝になれば私は真相をラグラン警部に知らせますよ」

25　真　相

ポワロは、軽く身ぶりで示して、私だけあとに残るように命じた。私は、それにしたがい、炉ばたへ行って、考えこみながら靴のさきで大きな薪を動かした。

私は当惑していた。いまはじめてポワロの考えていることが完全にわからなくなったのだ。ちょっとのあいだ私は、たったいま見た場面を、誇張された一つの見せ場——自分を興味ある重要人物に見せるために演じられた、ポワロのいわゆる「道化芝居」ではないかと思った。しかし、私は、われにもなく、その底に横たわる真実味を認めないわけにはいかなかった。彼の言葉には、おびやかすような力——抵抗しがたい真剣さがこもっていた。しかし、私はまだ、彼がまったく見当ちがいの道を進んでいるものとばかり思っていた。

最後の客が出て行って、ドアがしまると、ポワロは炉ばたへ近づいてきた。

「いかがですか、先生?」彼は、おだやかな口調でたずねた。「これをどうお考えになりますか?」

「どう考えていいのか見当がつきません」私は率直に答えた。「ポワロさんの狙いは、どこにあるんですか? 犯人に、あんな念入りな警告をあたえるかわりに、なぜすぐラグラン警部に真相を知らせないんですか?」

ポワロは腰をおろして、ロシア煙草を入れた小さなケースをとり出した。そして、しばらく黙って煙草を吸っていたが、やがて言った。

「あなたの小さな灰色の脳細胞をはたらかせてごらんなさい」彼は言った。「私の行動の背後には、いつもそれなりの理由があるんです」

私は、ちょっとためらったが、やがてゆっくりと言った。

「はじめに私の心に浮かぶのは、あなた自身も犯人が誰だか知らないが、今夜ここに集まった人たちのなかにいるはずだと信じていらっしゃる、ということです。したがって、あなたの言葉は、その未知の犯人から自白を引き出すためのものだったと思います」

ポワロは同意するようにうなずいた。

「もっともな考えです。しかし、事実ではありません」

「たぶん犯人にあなたが知っていると信じさせれば、自白を待つまでもなく、犯人のほうから明るみに出てくるとお考えになったのだろうと思いましたよ。あるいは犯人は、あすの朝あなたが行動を起こすまえに、さきにアクロイドの口を封じたのと同様に、あなたの口も封じようとするかもしれない、そうお考えになったんでしょう」

「つまり私自身を囮《おとり》にして罠をしかけたというんですか？　どういたしまして、私はそれほど英雄的な人間ではありませんよ」

「とすると、私にはあなたという人が理解できません。あんな警告をあたえてしまったら、犯人に逃げろと言っているようなものじゃありませんか」

ポワロは首を振った。

「犯人は逃げるわけにはいきません」彼は重々しく言った。「逃げる道は一つしかありません――そして、その道は、自由に通じる道ではないのです」

「あなたは、今夜ここに集まった人々のなかに殺人犯人がいると、ほんとうに信じていらっしゃるんですか？」私は信じられない気持でたずねた。

「そのとおりです」

「誰ですか？」

しばらく沈黙がつづいた。やがてポワロは吸殻を暖炉のなかに投げこみ、静かな、しんみりした調子で話しはじめた。

「私がこれまでたどってきた道を、ご案内しましょう。私といっしょに、その道を一歩一歩すすむにつれて、あらゆる事実が疑問の余地なく一人の人物を指していることに、お気づきになるはずです。さて、まず最初に、特別に私の注意をひいたのは、二つの事実と、時間についてのわずかなくいちがいです。第一の事実は、電話の件です。ラルフ・ペイトンがほんとうに犯人だとしたら、あの電話は、無意味な、ばかげたことになります。そこで、ラルフ・ペイトンは犯人ではないと自分に言い聞かせました。

あの電話がアクロイド家の人間にはかけられなかったことを私はたしかめました。その一方、犯人として追及すべき人物は、あの運命的な夜アクロイド家にいた人々のなかにいるにちがいないと確信しました。そこで私は、あの電話は共犯者がかけたものにちがいないと考えました。この推理には、それほど満足できませんでしたが、しばらくは、そういうことにしておきました。

つぎに、電話をかけた動機を調べてみました。それは困難な仕事でした。そこで、結果から判断して、わずかながら知ることができました。結果というのは、電話がなかったら翌朝発見されるはずの殺人が、電話のために、その夜のうちに発見されたという事実です。この点には異論はないでしょうね？」

「そうです――おっしゃるとおりです」私は彼の意見を認めた。「おっしゃるとおり、アクロイド氏は誰もじゃまをしてはならぬと命じておいたのですから、誰もあの夜書斎へは行かなかったでしょうからね」

「よろしい《トレ・ビヤン》。これで事件は、だいぶ進展しました。しかし、まだ不明な点が、たくさんあります。犯行が翌朝ではなく、その夜のうちに発見されることで、犯人にとって、どんな利益があるのでしょう？　考えられる唯一の理由は、犯人は、いずれ犯行が発見されることを予期していたので、ドアを破ってはいるとき、あるいは、その直後に、自分も確実に現場に居合わせることができるということです。つぎに、第二の事実へ移りましょう。それは、例の椅子が壁ぎわから引き出されてあったことです。ラグラン警部は、そのことを、あまり重要ではないと見て、考えから外《はず》しました。しかし、私は反対に、その点を、はじめから非常に重要視しておりました。

手記の原稿のなかで、あなたは書斎の見取図を手際よく描いておられましたね。いま持っておられると、よくわかるんですが、パーカーが証言した位置に椅子が引き出されていたとすると、それはちょうどドアと窓とを結ぶ直線上にくるのです」

「窓ですって？」私は急《せ》きこんでたずねた。

「あなたも、私が最初に考えたのと同じことを考えていらっしゃるようですね。椅子が引き出されたのは、なにか窓に関係のあるものを、ドアからはいってくる人間に見えないようにするためであろうと私は想像しました。しかし、この仮定は、すぐに捨てました。というのは、あれは、背の高い大きな安楽椅子ですが、窓をかくすためには、ほとんど役立たない——窓わくから床までの部分がかくれるにすぎないからです。ですから、これはちがいます。しかし、窓のすぐ前に、書物や雑誌をのせたテーブルがあったのをおぼえていらっしゃるでしょう？　椅子を引き出すと、あのテーブルが完全にかくれるのです。ここまできて、すぐに私は、おぼろげながら真相に感づいたのです。

あのテーブルの上に、人に見られたくないものがのっていたと仮定したらどうでしょう？　犯人がテーブルにのせておいたものです。それでもまだ、それがどんなものか、私には、まるで見当がつきませんでした。しかし、それについて、非常に興味のある事実を、いくつか知りました。たとえば、それは、犯人が殺人をおかしたときには持ち出すことのできなかったものだということです。それと同時に、犯行が発見されたのちは、できるだけ早く片づけることが絶対に必要なものです。そこで電話は、死体が発見されたとき犯人が現場に居合わせる機会をあたえるためのものだということになります。

ところで、警官がくるまえに、現場にいたのは四人でした。あなたと、パーカーと、ブラント少佐と、レイモンド君です。パーカーは最初から除外しました。いつ犯行が発見されようと、パーカーは、当然現場に居合わせるべき人間だからです。それに、椅子が引き出されてあったことを話したのもパーカーだったからです。そこで、パーカーに対する嫌疑は晴れました。(ただし、これは殺人に関する嫌疑です。私は、そのときはまだ、フェラーズ夫人を恐喝していたのはパーカーかもしれぬと思っていたのです）しかし、レイモンドとブラントの嫌疑は、依然として晴れませんでした。というのは、犯行が翌朝早く発見された場合、二人は、例のテーブルの上のものを見つけられないように現場にくるには、間に合わないおそれが十分あるからです。

では、その品物は、いったいなんでしょうか？ あなたは今夜、書斎からきれぎれに聞こえてきた会話についての私の話を、お聞きになりましたね？ 録音器会社の外交員がアクロイド氏を訪問したことを聞くとすぐに、録音器という考えが私の心に根をおろしました。あなたは、いまから三十分ほどまえに私がこの部屋で言ったことをお聞きになりましたね？ ここにいた人たちはみなさん私の説に同意されました――しかし、きわめて重要な事実が一つ、見のがされています。あの晩、アクロイド氏が録音器を使ったとすると、どうしてその録音器が見当たらないのでしょう？」

「私もそれは気がつきませんでした」と私はつぶやくように言った。

「アクロイド氏が録音器を購入したことはわかっているが、アクロイド氏の所有物のなかに録音器は発見されておりません。そこで、なにかがあのテーブルの上から持ち去られたとすれば、そのなにかというのは録音器と考えていいんじゃないでしょうか。しかし、この推理にも若干の難点があります。現場にかけつけた人々の注意は、もちろん殺された人間に集中されています。したがって、部屋にいる他の人々に気づかれずに、テーブルに近づくことは容易にできます。しかし、録音器は相当かさばるものです——なにげなくポケットに忍ばせるというわけにはいきません。それを入れられるだけの、なにか容器がなければなりません。

私が到達しつつあった点は、先生にもおわかりでしょう？　犯人の姿が形を結びはじめました。現場へまっすぐに行った人物で、しかも翌朝犯行が発見されたのでは現場へ行くことができなかった人物です。そして、録音器がはいるだけの大きさの容器を持った人物です——」

私は言葉をはさんだ。

「しかし、なぜ録音器を持ち去る必要があるんですか？　その目的は、なんですか？」

「あなたもレイモンドさんと同じようなことをおっしゃいますね。九時三十分に聞こえたのは、アクロイド氏が録音器に吹きこんだ声だと思っていらっしゃる。しかし、この便利な発明品を、もうすこしよく考えてみてください。まず言葉を吹きこみますね。それからあとで秘書なりタイピストなりが、これをかけると、吹きこんだ声が再現されるんですよ」

「それでは、あなたは――」私は喘《あえ》ぐように言った。

ポワロは、うなずいた。

「そうです。そのとおりですよ。九時三十分にはアクロイド氏はすでに死んでいたのです。話していたのは録音器で、本人ではなかったのです」

「では犯人が録音器をかけたんですね？　すると、その時刻に犯人は部屋のなかにいなければならないわけですね？」

「あるいはそうかもしれません。しかし、なにか機械的な装置――時限装置とか、あるいは目ざまし時計の原理を応用した装置をとりつけることも可能なんじゃありませんか。しかし、その場合は、犯人の想像図に、さらに二つの制限を加えなければなりません。アクロイド氏が録音器を購入したことを知っている人物で、しかも、ある程度機械の知識をもっている人物でなければなりません。

窓敷居の足跡の問題にはいるとき、私の推理は、そこまで進んでいました。ここで、三つの推定が成り立ちます。⑴足跡は実際にラルフ・ペイトンのものかもしれない。彼はあの夜ファーンリー荘へきていたから、あるいは窓から書斎へはいりこんで、アクロイド氏が死んでいるのを発見したかもしれない。これが一つの仮説です。⑵あの靴跡は、たまたま同じ型のゴム鋲のついた靴をはいた別の人間がつけたということも考えられないことはない。しかし家族のものは、皺模様のゴム底靴をはいていたから、外部からきたものがラルフ・ペイトンと同じ型の靴をはいていたと考えるのが正しいでしょう。チャールズ・ケントは、『犬と口笛』の女給の証言によると、底のすり切れた編上げ靴をはいていたそうです。(3)この靴跡は、ラルフ・ペイトンに嫌疑をかけるために、誰かが故意につけたものである。この最後の結論に到達するためには、なお若干の事実をたしかめる必要がありました。ラルフの靴を一足、警察がスリー・ボアーズ館から押収しました。ラルフにせよ、あるいは他の誰にせよ、あの晩その靴をはいたものは絶対におりません。なぜなら、その靴は磨くために階下においてあったからです。警察の意見によると、ラルフは同じ型の靴をもう一足もっていて、それをはいたのだろう、ということでした。ラルフが靴を二足もっていたのが事実であることを、私も知りました。さて、私の説が正しいと証明されるためには、殺人者があの夜ラルフの靴をはいていなければならないことになります。そうすると、ラルフは、もう一足、別の靴をはいていたはずです。しかし、そっくり同じ型の短靴を三足ももっていたとは、とても考えられません。そこで三足目の靴は編上げ靴と考えるのが正しいように思われます。私は、この点を、あなたの姉上に調べていただきました。靴の色を、とくに強調しましたが、それは率直に申しますと、ほんとうの理由をかくすためだったのです。

姉上の調査の結果は、あなたもごぞんじのはずです。ラルフ・ペイトンは編上げ靴を一足もっていたのです。昨日の朝、ラルフが私の家へきたとき、私が最初に質問したのは、あの夜、どんな靴をはいていたかということでした。彼は即座に編上げ靴をはいていたと答えました。現にそのときも編上げ靴をはいていました——ほかにはくものがないんです。

そこでわれわれは、犯人の人物像に、さらに一歩近づいたわけです——すなわち犯人はあの日ラルフ・ペイトンの靴をスリー・ボアーズ館から持ち去る機会のあった人物です」

ポワロは一息入れてから、やや声を高めて言葉をつづけた。

「もう一つ重要な点があります。犯人は例の短剣を銀卓から盗み出す機会のあった人物だということです。アクロイド家のものなら、誰だって、盗もうと思えば盗めると、あなたはおっしゃるかもしれませんが、ここで思い出していただきたいのは、フロラが、きわめてはっきりと、自分が銀卓を見たときには短剣はなかったと証言していることです」

彼は、ふたたび一息入れた。

「すべてが明らかになりましたから——ここでもう一度要点をまとめてみましょう。あの日の午後スリー・ボアーズ館へ行った人物、録音器を購入したことを知っているほどアクロイド氏と親しい人物、機械に特別の知識のある人物、フロラ嬢がくるまえに銀卓から短剣を持ち出す機会のあった人物、録音機をかくすに都合のいい容器——たとえば黒い鞄を持っている人物、犯行が発見され、パーカーが警察へ電話をかけているあいだ、数分間、書斎に一人きりでいた人物——それはほかでもないシェパード医師です！」

26　ただ真実あるのみ

ちょっとのあいだ死のような沈黙がつづいた。

やがて私は笑いだした。

「あなたは気でも狂ったんじゃありませんか」と私は言った。

「いいえ」ポワロは、おちついて答えた。「気は狂っていません。最初、私の注意をあなたにひきつけたのは、ほんのわずかな時間のくいちがいでした——そもそものはじめのことです」

「時間のくいちがい？」私は、わけがわからないのできかえした。

「そうです。おぼえておいででしょうが、誰もが口をそろえて——あなた自身もふくめて——門番小屋から家までは歩いて五分——近道してテラスのほうへ行けば五分もかからない、と言っています。ところが、あなたもパーカーも、あなたが玄関を出たのは九時十分まえだと供述しています。そして、あなたが門番小屋の木戸を通ったのは九時でした。あの晩は、とても寒くて、ぶらぶら歩きしたくなるような夜ではありませんでした。それでは、あなたは五分で行けるところを、なぜ十分もかかったのでしょう？　それからまた、書斎の窓がしまっていたと証言したのは、あなただけだということに、私はずっと前から気がついていました。アクロイドはあなたに、窓をしめたかとたずねましたが、しかし彼自身でそれをたしかめたわけではありません。もし書斎の窓が開いていたとしたら、どうでしょう？　その十分間に、家の外側をまわり、靴をはきかえ、窓からはいってアクロイド氏を殺し、九時までに門のところへ行くことができたのではないでしょうか？　しかし私は、この考えははっきり否定しました。というのは、あの晩のアクロイド氏のように、なにかに怯えている人間が、窓からはいってくるあなたに気づかないはずはないし、気づいたとすれば当然一騒動起こったにちがいないからです。しかし、かりにあなたが書斎を出るまえにアクロイド氏を殺したのだとしたら？――彼の椅子のそばに立っていたときに――。その場合には、あなたは玄関から出て、離れ家へ走って行き、あの晩持っていた鞄からラルフ・ペイトンの靴を出してはきかえ、ぬかるみのなかを歩いて、窓敷居に靴跡を残し、書斎へ忍びこんで、内側からドアに鍵をかけ、ふたたび離れ家へとって返し、自分の靴にはきかえて、門のところへ駆けつければいいわけです。（先日私は、あなたがセシル氏の未亡人と話しているあいだに、それと同じことを実際にやってみました――正確に十分かかりましたよ）それからあなたは家へ帰る。アリバイは、ちゃんとできています――あなたは録音器を九時三十分に仕掛けておきましたからね」

「ポワロさん」私は言ったが、その声は、われながら奇妙に、しぼり出されたようにひびいた。「あなたは、この事件のことばかり考えすぎて、どうかしたんじゃないですか。いったい私がアクロイドを殺して、なんの利益があるというんです？」

「身の安全ですね。フェラーズ夫人を恐喝していたのは、あなただったのです。フェラーズ氏の死因を、主治医であるあなたほどよく知っているものが、ほかにいるでしょうか？あなたとはじめて庭でお会いしたとき、あなたは一年ほどまえに遺産を受けたと言っていましたね。ところが、いくら調べても、あなたが遺産を受けた形跡はありませんでした。あなたは、フェラーズ夫人からゆすりとった二万ポンドの出所を説明するために、なにか口実を考え出さなければならなかったんです。そのお金も、あなたには、あまり役に立たなかったようですね。あなたは、ほとんど全部投機ですってしまって――そのあげく、フェラーズ夫人に対する恐喝をますます強め、そして、とうとう夫人は、あなたが予想しなかった逃げ道を選んだのです。もしアクロイド氏がこの事実を知ったら、けっしてあなたを容赦しなかったでしょう――あなたは永久に破滅です」

「すると、電話の件は？」私は破れかぶれで反撃した。「あなたは、それにもたぶんもっともらしい説明をつけるんでしょうね？」

「正直なところを白状しますと、あの電話が実際にキングズ・アボットの駅からお宅へかかったことを知ったときには、私は最大の障害につき当たりましたよ。最初は、あなたのつくり話だとばかり思っていました。まったく巧妙なやり方です。あなたとすれば、ファーンリー荘へ駆けつけて、死体を発見し、アリバイ工作に必要な録音器を持ち出す機会をつくるための口実が、どうでも必要だったわけですからね。はじめてお宅を訪ねて、お姉さまにお会いした日、金曜日の朝どんな患者が診察をうけにきたかをおたずねしたとき、はなはだ漠然とではありますが、そのからくりがわかりました。ミス・ラッセルのことなど、あのときはまったく念頭になかったのです。ミス・ラッセルが訪ねてきたというのは、幸運な偶然でした。なぜなら、そのために私は、私の質問のほんとうの目的を、あなたの心からそらすことができたからです。私は求めていたものを発見することができました。あの朝の患者のなかにアメリカ航路の汽船の司厨長給仕がいたのです。その夜の汽車でリヴァプールへ行くのに、これほどうってつけの人物が他にいるでしょうか？　しかも、その後は、遠く大洋上にいるのですから、全然後腐れがないわけです。私はオリオン号が土曜日に出航することを知り、その男の名前もわかりましたので、無電で、あることを問い合わせました。さっき私が受けとったのは、その男からきた返電なのです」

ポワロは電報を私に示した。それは、つぎのような意味の電文だった。

「ご照会のとおり、シェパード医師は私に対して、ある患者の家に手紙をとどけ、アボット駅から電話でその返事を報告するよう依頼した。電話では単に『返答なし』と報告した」

「まったく巧妙な思いつきです」とポワロは言った。「電話がかかったことは事実なのです。あなたが電話に出るのを、お姉さまは、はっきり見ているんですからね。しかし、実際に聞こえたのは、たった一人の人間の声——つまり、あなた自身の声だったのです」

私は、あくびをした。

「なにもかも、とてもおもしろいお話ですね。しかし、実際上は、あまり役に立たないようですね」

「そう思いますか？　さっき私が言ったことを忘れないでくださいよ、明朝になれば真相がラグラン警部に報告されるということを。しかし、私は、善良なお姉さまのために、あなたに一つの逃げ道を、よろこんで提供したいと思っているんです。たとえば睡眠剤ののみすぎというような方法もあると思います。私の申しあげることがおわかりですか？　しかし、ラルフ・ペイトン大尉の嫌疑は晴らしてやらなければなりません——それは、いう《サ・ヴァ》までもない《サン・ディール》ことです。そこで私は、あなたが例の興味ある手記を最後まで書きあげることをおすすめします——ただし、まえのように控えめな書き方は捨てることですね」

「ずいぶんいろいろと忠告してくださるんですね」私は言った。「これでお話は全部おしまいですか？」

「そう言われて思い出しましたよ。実は、もう一つ残っているんです。あなたがアクロイドの口を封じたように私の口を封じようとしても、それはあまり賢明ではないということです。おわかりでしょうが、そういう種類の仕事は、エルキュール・ポワロには通用しませんからね」

「ポワロさん」私は、うす笑いを浮かべながら言った。「私は、ほかになんと言われようと、すくなくともばかではないつもりですよ」

私は立ちあがった。

「さて」あくびまじりに私は言った。「おいとまするとことにしましょう。おかげで、たいへんおもしろい有意義な夜をすごすことができました。感謝します」

ポワロも立ちあがって、私が部屋を出て行くとき、いつものようにいんぎんにお辞儀をした。

27 弁 明

午前五時。ひどく疲れた――だが、仕事は終わった。あまり書きつづけたので腕が痛む。

この手記が、こんなふうに終わろうとは意外である。私は他日これをポワロの失敗の記録として発表するつもりだったのだ。それが、まことに妙なことになったものだ。

ラルフ・ペイトンとフェラーズ夫人が顔を寄せて話しているのを見た瞬間から、ずっと私は、なにか破局がくるのではないかという予感をもっていた。そのときは、夫人がラルフに秘密をうちあけたものとばかり思った。その点では、まったく私の思いちがいであったが、その危惧は、あの夜アクロイドと書斎で会って、彼から本当のことを聞くまでは、ずっと心につきまとっていた。

気の毒なのはアクロイドだ。私は彼に機会をあたえてやったことを、いつも満足に思っている。後で読んでは間に合わないといけないから、早くあの手紙を読むようにと、私は何度も彼にすすめてやったのだ。だが、正直なところ――アクロイドのようなつむじ曲がりの男に、手紙を読ませないためには、逆にああするのが最良の方法だと無意識に感じていたのかもしれない。あの夜の彼の怯えようは、心理学的に興味ある問題だ。彼は危険が目前に迫っていることを感じていた。にもかかわらず彼は、いささかも私を疑わなかったのだ。

短剣は、あとで思いついたことだ。実は小さな手ごろの凶器を用意して行ったのだが、銀卓に短剣があるのを見て、すぐに、足のつくおそれのない凶器を用いるほうが、どんなにいいかわからないと即座に考えたのである。

私は、ずっとアクロイドを殺すつもりであったにちがいない、と自分でも思っている。フェラーズ夫人が死んだことを聞いた瞬間から、私は、死ぬまえに夫人はすべてをアクロイドにうちあけたにちがいないと思った。あの日、道で会ったとき、彼はひどく興奮していたので、たぶん彼は夫人から事実を聞かされたが、自分でも信じる気になれず、私に弁明の機会をあたえるつもりなのだ、と考えた。

そこで私は家へ帰って予防手段を講じた。もしアクロイドの悩みが、ラルフに関することにすぎなかったら——彼を殺すようなことにはならなかったであろう。録音器は、アクロイドが二日ほどまえに、修理のために私に預けたものである。ちょっとした故障だったので、会社へ送り返さないで私に修理をまかせてほしいと言って持ってきたのだ。私は、それに思いどおりの仕掛けをほどこし、その晩、鞄に入れて持って行った。

私は、文筆家としての自分に、いささか満足している。たとえば、つぎの個所など、実に巧妙に書かれているではないか。

「パーカーが手紙を持ってきたのは九時二十分まえだった。手紙が読まれないまま私がアクロイドの部屋を出たのは、きっかり九時十分まえだった。私はドアのノブに手をかけたまま、ちょっとためらって、ふりかえり、なにかしのこしたことはないかと考えた」

これはすべて事実そのままなのだ。

しかし、かりに最初の文章の後に星印でもつけておいたら、どうだろう？　それでも、あの空白の十分間に、どういうことが起こったかと疑問に思う人はいないだろう。

入口から部屋のなかをふりかえって見たとき、私はすっかり満足した。なに一つ、しのこしたことはなかった。録音器は窓ぎわのテーブルの上にあり、九時三十分に動き出すように仕掛けてあった（この仕掛けのからくりは、なかなかうまくできていた――目ざまし時計の原理を応用したのだ）。安楽椅子は、録音器が入口からは見えないように、ちゃんと引き出してあった。

ドアから出たところでパーカーと顔を合わせたときには、正直なところぎょっとした。このことも忠実に記録しておいたはずだ。

そのあと死体が発見され、警察に知らせるためパーカーを電話をかけに行かせたとき、「すべきことはした」と書いているが、実に慎重な書き方ではないか。まったくそれはちょっとしたことだった――録音器を鞄に入れ、椅子をもとの位置へもどすだけのことだった。パーカーが椅子のことに気がつくとは夢にも思っていなかった。理屈からいえば、パーカーは死体のことに気をとられて、ほかのことなど目につくはずはないのだ。訓練された召使の職業的コンプレックスまでは計算に入れていなかったのである。

フロラが、十時十五分まえに、生きている伯父に会ったと証言することが前もってわかっていたら、私としても、もっとほかに方法があったはずだ。この証言は、なんともいえないほど私を混乱させた。実際、この事件全体を通じて、手がつけられないほど私を困惑させる出来事が、つぎつぎと起こった。誰もがその混乱に関係しているように感じられたものだ。

はじめから終わりまで、私がもっとも怖れていたのは、姉のカロラインだった。姉は気づいているのではあるまいかと私はびくびくしていた。あの日、姉が私の「性格の弱さ」について言ったときのようすが、いかにも奇妙に思えた。

だが、カロラインは、ついに真相を知ることはないだろう。ポワロが言ったように、私のまえには逃げ道が一つあるのだ……。

ポワロを信頼することはできる。彼とラグラン警部と、二人だけでうまく処理してくれるだろう。カロラインには知られたくない。姉は私を愛しているし、それに彼女には自尊心がある……私の死は彼女にとって大きな悲しみであろう。しかし悲しみは、いつかは消えるものだ……。

この手記を書き終わったら、私は全部の原稿を封筒に入れて、ポワロ宛の上書きを書いておくつもりだ。

それがすんだら――なににしようか？　ヴェロナールか？　すべてが因果応報というものかもしれない。とはいうものの、私がフェラーズ夫人の死に責任をとるという意味ではない。夫人の死は、彼女自身の罪の報いなのだ。夫人に対しては、私は、なんの憐れみも感じない。

では、ヴェロナールにしよう。

それにしても、つくづく残念に思うのは、なぜエルキュール・ポワロは隠退して、こんな村へ、かぼちゃづくりなんかにきたのかということだ。

解説

中島河太郎

矍鑠《かくしやく》ということばは年老いても元気で丈夫なさまの形容だが、それに精神的な面まで含めるなら、アガサ・クリスティ女史以上にふさわしい人は見出せそうにもない。八十歳を越す長寿には今は驚かなくなったが、毎年新作を発表し続けている旺盛な創作力は、作家としても稀有《けう》な例である。殊に推理小説の世界で読者に新鮮な驚きを与えているのだから、まさに奇蹟的といってよい。

一九七一年には『復讐の女神』でミス・マープルを活躍させ、七二年には『象は忘れない』でポワロを登場させ、七三年の『運命の裏木戸』はトミーとタッペンス物だというから、そのサービスぶりと底知れぬ創作意欲は、いささか怪物的でさえある。

怪物といえば女史の年齢さえまだ定かではない。キャッスル文学百科事典やノース・カロライナ大学刊行の "Who's whodunit" には一八九一年生まれになっているというし、

『フランクフルトへの乗客』が満八十歳の誕生月に刊行されたというなら、九〇年生まれである。

　ともかく推理小説の歴史を通じて、女流作家の第一人者という名誉は、当然女史の上に輝くにちがいない。六十余の長編、十数冊の短編集の他に、推理戯曲が十数種とメアリー・ウェストマコットの名義で書いた普通小説が六冊あるから、その多才な点においても、驚嘆に値する。

　女史の略歴は"Twentieth Century Authors"に載せられたものが、女史自身の回想にもとづくものだから、信頼できよう。

　アガサ・メアリ・クラリッサ・ミラー Agatha Mary Clarissa Miller は、アメリカ人を父としてイングランドに生まれた。父に早く死に別れたため、母の手ひとつで育ったが、学校にはあがらず、母自身が教育してくれた。

　家族のなかで飛び離れて幼かったので、いつも孤独な思いをしていたアガサは、心のなかで物語をこしらえるのが好きだった。母は小さい時分から詩や物語を書くことをすすめていたが、風邪で外に出られないとき、勧められて筆を執ってから、だんだん文章を綴れるようになった。だがそのころの物語はひどくセンチメンタルなものばかりであった。

　十六歳のとき、パリの学校で声楽を習ったが、オペラには声量が不足なことがわかって、たいへん失望した。

ある冬のこと、母に連れられ避寒のためカイロに行った。そこで一生懸命に長編小説を書いた。その際普通小説の大家で、推理小説にも『赤毛のレドメイン家』『闇からの声』の古典的作品を残したイーデン・フィルポッツが、彼女の生まれたトーケイでの隣人だったので、創作の上で親切な指導と激励を受けた。後年に彼女は第十五作の『エンド・ハウスの怪事件』を彼に捧げて、友情と激励に感謝している。それからのちは短編小説が時折り雑誌に載るようになった。

一九一四年、第一次世界大戦勃発の二、三か月後に結婚した。夫は後に大佐となったアーチボルド・クリスティである。夫は従軍してフランスに行き、彼女は篤志《とくし》看護婦となってトーケイの病院に勤めた。戦争の末期になって薬局勤務となり、余暇ができたので、そのときはじめて推理小説の執筆を思いたった。

それまで推理小説はたくさん読んでいたし、それが実生活の憂さを晴らすのに、きわめてよいものであることを知っていた。姉は彼女になんかいい推理小説は書けないと言い、彼女は書いてみせると言い張った。この議論の刺激から処女作の『スタイルズの怪事件』が生まれた。その原稿はいくつかの出版社に送られたが、どこからも返送された。最後にボドリー・ヘッド社に送ったままになっていたところ、一年ほどたって連絡があり、出版の運びにいたった。これに刺激されて次つぎに執筆した。小説家として立つつもりはちっともなかったのに、とうとうその道にはいり、六冊目の長編を出版したころ、ようやく一人前の作家という自信を得た。

一九二八年に離婚したのち、二、三年は海外旅行に出かけた。三〇年に小アジアのアルに旅行し、そこで考古学上の発掘に従事しているマクス・マローワンと知り、彼と結婚した。その後は毎年数か月を夫といっしょにシリアやイラクで暮らし、執筆の余暇には発掘場の写真をとって夫の手助けをしたが、現在はワリングフォードにひき籠っている。

さてこの八十歳を越えた老女流作家が、すこしも創作力の枯渇を見せずに健筆を揮《ふる》い続けているのは、本格推理小説家としては肩を並べるものがない。七〇年九月十八日号の「タイムズ文芸付録」は、女史の八十歳の誕生を祝して、社説にクリスティ論を載せた。そのなかで年代別に代表作をあげている。二十代で『アクロイド殺害事件』、三十代で『ミス・マープル最初の事件』『オリエント急行の殺人』『ABC殺人事件』『そして誰もいなくなった』、四十代で『杉の柩』『ねじれた家』『書斎の死体』、五十代で『マギンティ夫人は死んだ』『ポケットにライ麦を』、六十代で『蒼ざめた馬』『バートラム・ホテルにて』をあげている。

この選択にはいろいろな見方があるだろうが、ともかく年齢をとると質量ともに低下が目立つものだが、女史の場合はその弊を免れている。ドイル、ルブラン、ヴァン・ダイン、クイーン、クロフツ、フィルポッツ、カーら、みなそれぞれ盛名をはせた作品で推理小説史を飾っておりながら、その後は力量の衰えた作品が見られるのも、必ずしも作家ばかりのせいではなく、普通文学と推理小説との性格の相違が窺われるようである。その定石《じようせき》を破った女史の創作秘訣は注目に値する。

本格の推理小説は謎の論理的解決に特色があるが、それだけに独創性がきわめて強く要求される。ところが一世紀余の内外推理小説のおびただしい作量は、根幹のトリックの欠乏を示すようになった。近年本格物が減少し、カバーするためにいろいろな傾向や試みがなされているが、女史はかえってその盲点をついた感がある。

女史の近年の作品の中心トリックは独創性にこだわらず、前例のあるものが多い。副次的な小さなトリックには女史の思いつきが見られるが、中心は既成トリックの巧みな組合わせであり、その組合わせ方の独創的な技巧が、トリックそのものの独創と同じように、読者に感銘を与えるのである。

そういうむらのない六十余の長編中、なにが代表作かといえば、やはり『アクロイド殺害事件』を挙げる人が多い。これは一九二六年に刊行され、長編第六作に当たる。イギリスのダグラス・トムスンはその『探偵作家論』(一九三一年刊)で本編を、「クリスティ夫人の傑作だ。実際これなら従来の探偵小説中、傑作として五本の指に数えられる」といい、アメリカの評論家ヘイクラフトは「疑いもなく近代探偵小説のなかでは、稀有のクラシックに属するものである。そしてもっともそれらしからぬ人物を、可能な限り、最高度にまで活用している点は、同じジャンルの多くの作家たちの絶賛を浴びた」と述べている。また江戸川乱歩も「彼女の近年の作が優れているといっても、代表作としてはやはり『アクロイド殺害事件』を推すべきであろう。これだけは動かないところだ」というのだから、内外の衆評はまず一致していると見てもよい。

この作品の魅力は、はなはだ冒険的なトリックの成功にある。ここでは本編をまだ読まずに解説に目を通される読者を恐れて、トリックの詳細に言及するわけにはいかないが、本編の根本トリックがはたして合法的かどうかという議論が、多くの人々によって闘わされてきた。

フェア・プレイでないとする側の代表者はヴァン・ダインで、「『アクロイド殺害事件』において読者に対し仕掛けられているトリックは、推理小説の作者の合法的な手法とは言いがたい。それゆえ、作中のポワロ探偵の捜査ぶりにはときおり秀でたところがあるのだが、その効果も結末によってすべて帳消しにされている」と述べ、本編を全然推奨しがたいものとして葬っている。

それに対してドロシー・L・セイヤーズは「こういう見解は作者のため、うまくトリックにかけられたことを残念がって漏らすごくあたりまえの意見にすぎず、必要なデータはすべて提供されているのだから、読者たるもの鋭くさえあれば犯人を推定し得るはずであって、これ以上のことを作者に要求することはできない。つまり絶えず機知を働かせて、完全なる探偵のように、あらゆる人物を疑ってかかるのが読者の仕事だろう」と、クリスティを全面的に支持している。

　クイーンも支持者の一人だし、前記『探偵作家論』のトムソンも「作中ポワロ探偵は『各人各様の解釈があるだけのことで、私はなにひとつ事実を隠してはいない』といっているし、記述者シェパード医師もまた、『ポワロ自身の発見したものをことごとく私に見せてくれたけど』と記しているし、ともにライト氏（ヴァン・ダインの本名）の所説と矛盾している」と肯定している。

　クリスティ自身は後で添えた「作者の言葉」で、「読者のなかには、読み終わってはらを立て、『インチキ』だと叫ぶ人もいたが、そういう人に対しては、言葉の使い方のはしばしにいたるまで、どんなに綿密な注意がはらわれているかを示して、非難に対抗することを、私はよろこびとしてきた」と強気である。

　ではどちらの所論が妥当だろうか。犯人推定の手掛りが与えられているという点では、セイヤーズやトムソンの述べるように、作者はフェア・プレイを演じているというべきであろう。だがヴァン・ダインの不信の念はデータの問題に関してではなく、「推理小説の形態をとった記録」という、この叙述上の根本トリックの必然性のなさに由来するものではなかろうか。

　この根本トリックについて、クリスティは「このアイディアは、一度きりしか使えない独創的なもので（あとからこれを模倣した作品が多く出たが）、おそらくたいていの読者を完全に驚かせるものである」と自賛している。ところがわが国でもお馴染のスウェーデンの作家、ドゥーセの作品に先例があり、一九一七年に出版されている。さらに同国のエルウェスタットにそれより早く同じアイディアの作があるといわれる。

女史は恐らくこれらに気付かなかったろうが、たといこれらに先鞭を譲っても、比較してみれば本編のほうが一段とすぐれていることに誰も異論はあるまい。女史一流の周到な技巧がみごとな成果を収めているのである。すなわち伏線が縦横に敷かれ、読者の推理方向を誤らせ、判断を混乱させる工夫がうまくて、あらゆる微細な手掛りや暗示の記述が、ポワロの下す断案と照応するように配慮されている。その驚くべき用意周到さは一語一句の末にまで及んでいる。

最後に関係人物を一堂に集めて、真相を解き明かす結末は、女史の作によく見られるが、本編ではそれがすばらしい効果を発揮し、さらにもう一歩進んで真相の中核をつく一章に、強烈なスリルを感ずる。

女史の多くの作品のなかでも、指折りの佳作であり、世界推理小説史上のマイル・ストーンであることに、異存のある人はあるまい。

P.S.　アガサ・クリスティは、一九七六年一月十二日、ロンドン郊外の自宅で死去した。八十五歳であった。

訳者紹介　1905年生まれ。慶應大学卒業。主な訳書，ハガード「洞窟の女王」，ハル「伯母殺人事件」，アイルズ「殺意」，ブラッドベリ「何かが道をやってくる」，サバチニ「スカラムーシュ」他多数。1987年歿。

検印
廃止

アクロイド殺害事件

1959年5月20日　初版
2003年6月13日　96版
新版2004年3月26日　初版
2021年3月31日　10版

著者　アガサ・クリスティ

訳者　大《おお》久《く》保《ぼ》康《やす》雄《お》

発行所（株）東京創元社
代表者　渋谷健太郎

162-0814/東京都新宿区新小川町1-5
電話　03・3268・8231-営業部
03・3268・8204-編集部
URL　http://www.tsogen.co.jp
振替　00160-9-1565
工友会印刷・本間製本

ISBN978-4-488-10543-3　C0197

Agatha Christie

アガサ・クリスティ（英 一八九〇―一九七六）

一九二〇年に**『スタイルズの怪事件』**でデビュー以来、長短編合わせて八十冊を超す作品を発表した。着想のうまさと錯綜したプロット構成、それに独創的なトリックの加わった**『アクロイド殺害事件』**や**『オリエント急行の殺人』**といった、すでに古典の座を占めるものも少なくない。彼女の創造した名探偵には**エルキュール・ポワロ**や**ミス・マープル**などがいる。

アガサ・クリスティ
大久保康雄 訳

アクロイド殺害事件

エルキュール・ポワロ・シリーズ

〈本格ミステリ〉

村の名士アクロイド氏が短刀で刺殺されるという事件がもちあがった。その前に、さる婦人が睡眠薬を飲みすぎて死んでいる。シェパード医師はこうした状況を正確な手記にまとめ、犯人は誰かという謎を解決しようとする。八十余編あるクリスティ女史の作品の中でも、代表作としてとりあげられる名作中の名作。独創的なトリックは古今随一。

10543-3

アガサ・クリスティ
深町眞理子 訳

ABC殺人事件

エルキュール・ポワロ・シリーズ

〈本格ミステリ〉

ポワロのもとに奇妙な犯人から、殺人を予告する挑戦状が届いた。果然、この手紙を裏がきするように、アッシャー夫人（A）がアンドーヴァー（A）で殺害された。つづいてベティー・バーナード（B）がベクスヒル（B）で……。死体のそばにはABC鉄道案内がいつもおいてある。Cは、Dはだれか？ ポワロの心理捜査が始まる！

10538-9

アガサ・クリスティ
西脇順三郎 訳

三幕の悲劇

エルキュール・ポワロ・シリーズ

〈本格ミステリ〉

嵐をよぶ海燕のように、しゃれ者の探偵ポワロの現われるところ必ず犯罪が起こる。引退した俳優サー・チャールズのパーティの席上、老牧師がカクテルを飲んで急死した。自殺か、他殺か、自然死か。しかしポワロはいっこうに腰をあげようとしない。そして、二幕、三幕と進むにつれて、小さな灰色の脳細胞、ポワロの目が光りはじめ……。

10515-0

S. S. Van Dine

S・S・ヴァン・ダイン（米 一八八八―一九三九）

本名はウィラード・H・ライトといい、美術評論家として一家を成していたが、病気療養中に二千冊の推理小説を読破し、自らS・S・ヴァン・ダインの変名に隠れて創作の筆をとった。学究肌の探偵**ファイロ・ヴァンス**の登場する十二の作品は、すべて本文庫に収録されている。『**グリーン家殺人事件**』『**僧正殺人事件**』を頂点とする心理的探偵法で一世を風靡した。

ファイロ・ヴァンス・シリーズ
S・S・ヴァン・ダイン全集1

ベンスン殺人事件

S・S・ヴァン・ダイン
日暮雅通 訳

〈本格ミステリ〉

証券会社の経営者ベンスンが自宅で射殺された事件は、有力な容疑者がいるため、解決は容易かと思われた。しかし、尋常ならざる教養と才気をもつファイロ・ヴァンスが捜査に加わり、事態は一変した！ 心理学的推理手法で事件に挑むファイロ・ヴァンス。巨匠のデビュー作にして、米国本格ミステリ黄金時代の幕開けを告げた記念碑的傑作。

10319-4

ファイロ・ヴァンス・シリーズ
S・S・ヴァン・ダイン全集2

カナリヤ殺人事件

S・S・ヴァン・ダイン
井上 勇 訳

〈本格ミステリ〉

ブロードウェイの名花〝カナリヤ〟が密室で殺される。容疑者は四人しかいない。その四人のアリバイは、いずれも欠陥があるが、犯人と断定し得るきめ手の証拠はひとつもない。ファイロ・ヴァンスはポーカーの勝負を通じて犯人に戦いをいどむ。ヴァン・ダインの第二作で、ワールド紙が推理小説の貴族と評し、発売後七か国語に翻訳された。

10302-6

ファイロ・ヴァンス・シリーズ
S・S・ヴァン・ダイン全集3

グリーン家殺人事件

S・S・ヴァン・ダイン
井上 勇 訳

〈本格ミステリ〉

ニューヨークのどまんなかにとり残された、前世紀の古邸グリーン家で、二人の娘が射たれるという惨劇がもちあがった。この事件を皮切りに、一家のみな殺しを企てる姿なき殺人者が跳梁する。神のごとき探偵ファイロ・ヴァンスにも、さすがに焦慮の色が加わった！ 一ダースにのぼる著者の作品中でも一、二を争うといわれる超A級の名作。

10303-3

John Dickson Carr (Carter Dickson)

ジョン・ディクスン・カー（カーター・ディクスン）（米 一九〇六―一九七七）

〈不可能犯罪の巨匠〉といわれるカーは、密室トリックを得意とし、怪奇趣味に彩られた独自の世界を築いている。本名では**フェル博士**、ディクスン名義では**ヘンリ・メリヴェール卿**（H・M）が活躍する。作風は**『赤後家の殺人』**等初期の密室ものから、**『皇帝のかぎ煙草入れ』**など中期の心理トリックもの、そして**『死の館の謎』**等晩年の歴史ものへと変遷した。

ジョン・ディクスン・カー
宇野利泰 訳

不可能犯罪捜査課

カー短編全集1

〈本格ミステリ〉

発端の怪奇性、中段のサスペンス、解決の意外な合理性、この本格推理小説に不可欠の三条件を見事に結合して、独創的なトリックを発明するカーの第一短編集。奇妙な事件を専門に処理するロンドン警視庁D三課の課長マーチ大佐の活躍を描いた作品を中心に、「新透明人間」「空中の足跡」「ホット・マネー」「めくら頭巾」等、十編を収録する。

11801-3

ジョン・ディクスン・カー
宇野利泰 訳

妖魔の森の家

カー短編全集2

〈本格ミステリ〉

長編に劣らず短編においてもカーは数々の名作を書いているが、中でも「妖魔の森の家」一編は、彼の全作品を通じての白眉ともいうべき傑作である。発端の謎と意外な解決の合理性がみごとなバランスを示し、加うるに怪奇趣味の適切ないろどり、けだしポオ以降の短編推理小説史上のベストテンにはいる名品であろう。他に中短編四編を収録。

11802-0

ジョン・ディクスン・カー
宇野利泰 訳

パリから来た紳士

カー短編全集3

〈本格ミステリ〉

カー短編の精髄を集めたコレクション、本巻にはフェル博士、H・M、マーチ大佐といった名探偵が一堂に会する。内容も、隠し場所トリック、不可能犯罪、怪奇趣味、ユーモア、歴史興味、エスピオナージュなど多彩を極め、カーの全貌を知る上で必読の一巻である。殊に「パリから来た紳士」は、著者の数ある短編の中でも最高傑作といえよう。

11803-7

Ellery Queen

エラリー・クイーン（米 リー 一九〇五―一九七一 ダネイ 一九〇五―一九八二）

マンフレッド・リーとフレデリック・ダネイのいとこ同士の合同ペンネーム。一九二九年『**ローマ帽子の謎**』で、作者と同名の名探偵**エラリー・クイーン**を創造してデビュー。三二年からはバーナビー・ロス名義で、引退したシェークスピア俳優**ドルリー・レーン**の『**Xの悲劇**』をはじめとする四部作を発表。二人二役を演じた。謎解き推理小説を確立した本格派の雄。

Xの悲劇

エラリー・クイーン
鮎川信夫 訳
ドルリー・レーン・シリーズ

〈本格ミステリ〉

ニューヨークの電車の中で起きた奇怪な殺人事件。恐るべきニコチン毒針を無数にさしたコルク玉という凶器が使われたのだ。この密室犯罪の容疑者は大勢いるが、聾者の探偵、かつての名優ドルリー・レーンの捜査は、着々とあざやかに進められる。「読者よ、すべての手がかりは与えられた。犯人は誰か？」と有名な挑戦をする本格中の本格。

10401-6

Yの悲劇

エラリー・クイーン
鮎川信夫 訳
ドルリー・レーン・シリーズ

〈本格ミステリ〉

行方不明をつたえられた富豪ヨーク・ハッターの死体がニューヨークの湾口に揚がった。死因は毒物死で、その後、一族のあいだに、目をおおう惨劇がくり返される。名探偵ドルリー・レーンの推理では、あり得ない人物が犯人なのだが……。ロス名義で発表した四部作の中でも、周到な伏線と、明晰な解明の論理が読者を魅了する古典的名作。

10402-3

Zの悲劇

エラリー・クイーン
鮎川信夫 訳
ドルリー・レーン・シリーズ

〈本格ミステリ〉

政界のボスとして著名な上院議員の、まだ生温かい死体には、ナイフが柄まで刺さっていた。被害者のまわりには多くの政敵と怪しげな人物がひしめき、所有物の中から出てきた一通の手紙には、恐ろしい脅迫の言葉と、謎のZの文字が並べてあった。錯綜した二つの事件の渦中へとび込むのは、サム警部の美しい娘のパティとレーンの名コンビ。

10403-0

Dorothy L. Sayers

ドロシー・L・セイヤーズ（英 一八九三—一九五七）

オックスフォードに生まれたセイヤーズは、広告代理店でコピーライターの仕事をしながら二三年に第一長編**『誰の死体？』**を発表。そのモダンなセンスにおいて紛れもなく黄金時代を代表する作家だが、名作**『ナイン・テイラーズ』**を含む味わい豊かな作品群は、今なお後進に多大な影響を与えている。ミステリの女王としてクリスティと並び称される所以である。

ドロシー・L・セイヤーズ
宇野利泰 訳

ピーター卿の事件簿

シャーロック・ホームズのライヴァルたち
ピーター・ウィムジイ卿シリーズ

〈本格ミステリ〉

クリスティと並ぶミステリの女王、セイヤーズが生み出した、貴族探偵ピーター卿の活躍を描く待望の作品集。絶妙の話術が光る秀作を集めた。「鏡の映像」「ピーター・ウィムジー卿の奇怪な失踪」「盗まれた胃袋」「完全アリバイ」「銅の指を持つ男の悲惨な話」「幽霊に憑かれた巡査」「不和の種、小さな村のメロドラマ」など、全七編を収録。

18301-1

ドロシー・L・セイヤーズ
浅羽莢子 訳

誰の死体？

ピーター・ウィムジイ卿シリーズ

〈本格ミステリ〉

実直な建築家が住むフラットの浴室に、ある朝見知らぬ男の死体が出現した。場所柄、男は素っ裸で、身につけているものは金縁の鼻眼鏡のみ。一体これは誰の死体なのか？ 卓抜した謎の魅力とウイットに富む会話、そしてこの一作が初登場となる貴族探偵ピーター・ウィムジイ卿。クリスティと並ぶミステリの女王が贈る会心の長編第一作！

18302-8

ドロシー・L・セイヤーズ
浅羽莢子 訳

雲なす証言

ピーター・ウィムジイ卿シリーズ

〈本格ミステリ〉

兄のジェラルドが殺人犯⁉ しかも、被害者は妹メアリの婚約者だという。お家の大事にピーター卿は悲劇の舞台へと駆けつけたが、待っていたのは、家族の証言すら信じられない雲を摑むような事件の状況だった！ 兄の無実を証明すべく東奔西走するピーター卿の名推理と、思いがけない大冒険の数々。活気に満ちた物語が展開する第二長編。

18303-5